山の音

新潮文庫

山の音

川端康成著

新潮社版

1054

山の音

一

尾形信吾《おがたしんご》は少し眉《まゆ》を寄せ、少し口をあけて、なにか考えている風だった。他人には、考えていると見えないかもしれぬ。悲しんでいるように見える。

息子の修一は気づいていたが、いつものことで気にはかけなかった。

息子には、父がなにか考えていると言うよりも、もっと正確にわかっていた。なにかを思い出そうとしているのだ。

父は帽子を脱いで、右指につまんだまま膝《ひざ》においた。修一は黙ってその帽子を取ると、電車の荷物棚《にもつだな》にのせた。

「ええっと、ほら……。」

こういう時、信吾は言葉も出にくい。

「このあいだ帰った女中、なんと言ったっけな。」

「加代ですか。」

「ああ、加代だ。いつ帰ったっけ？」

「先週の木曜ですから、五日前ですね。」

「五日前か。五日前に暇を取った女中の、顔も服装もよく覚えてないんだ。あきれたねえ。」

父は多少誇張していると、修一は思った。

「加代がね、帰る二三日前だったかな。わたしが散歩に出る時、下駄《げた》をはこうとして、水虫かなと言うとね、加代が、おずれでございますね、と言ったもんだから、いいことを言うと、わたしはえらく感心したんだよ。その前の散歩の時の鼻緒ずれだがね、鼻緒ずれのずれに敬語のおをつけて、おずれと言った。気がきいて聞えて、感心したんだよ。ところが、今気がついてみると、緒ずれと言ったんだね。敬語のおじゃなくて、鼻緒のおなんだね。なにも感心することはありゃしない。加代のアクセントが変なんだ。アクセントにだまされたんだ。今ふっとそれに気がついた。」と信吾は話して、

「敬語の方のおずれを言ってみてくれないか。」

「おずれ。」

「鼻緒ずれの方は？」

「おずれ。」

「そう。やっぱりわたしの考えているのが正しい。加代のアクセントがまちがっている。」

父は地方出だから、東京風のアクセントには自信がない。修一は東京育ちだ。

「おずれでございます、と敬語のおをつけて言ったと思ったから、やさしく、きれいに聞えてね。玄関へわたしを送り出して、そこに坐《すわ》ってね。鼻緒のおだと、今気がついてみると、なあんだと言うわけだが、さてその女中の名が思い出せない。顔も服装もよく覚えていない。加代は半年も家にいただろう。」

「そうです。」

修一はなれているので、一向父に同情を示さない。

信吾自身にとっては、なれてはいても、やはり軽い恐怖であった。加代をいくら思い出そうとしても、はっきり浮んで来ない。このような頭の空《むな》しいあせりは、感傷につかまってやわらぐこともあった。

今もそうで、信吾は加代が玄関に両手を突いていたように思われる。そのまま少し

乗り出す形になって、

「おずれでございますね。」と言ったように思われる。

加代という女中は半年ばかりいて、この玄関の見送り一つで、やっと記憶にとまるのかと考えると、信吾は失われてゆく人生を感じるかのようであった。

二

信吾の妻の保子《やすこ》は一つ年上の六十三である。

一男一女がある。姉の房子には女の子が二人出来ている。

保子は割に若く見えた。年上の妻とは思われない。信吾がそう老《ふ》けているわけではなく、一般の例にしたがって、妻が下と思われるまでだが、不自然でなくそう見えた。小づくりながら岩乗《がんじょう》で達者なせいもある。

保子は美人ではないし、若い時は勿論《もちろん》年上に見えたから、保子の方でいっしょに出歩くのを嫌《きら》ったものだ。

それが何歳ごろから、夫が年上で妻が年下という常識で見て無理がなくなったのか、信吾は考えてみてもよくわからない。五十半ばを過ぎてからと見当はつく。女の方が早く老けるはずだが、逆になった。

還暦の去年、信吾は少し血を吐いた。肺かららしいが、念入りの診察も受けず、改まった養生もせず、その後故障はなかった。

これで老衰したわけではない。むしろ皮膚などはきれいになった。半月ほど寝ていた時も、目や唇《くちびる》の色が若返ったようだった。

信吾は既往に結核の自覚症状はなかった。六十で初めて喀血《かっけつ》というのは、いかにも陰惨な気がするので、医者の診察を避けたところもあった。修一は老人の頑冥《がんめい》としたが、信吾にしてみるとそうではなかった。

保子は達者なせいかよく眠る。信吾は夜なかに保子のいびきで目がさめたのかと思うことがある。保子は十五六のころいびきの癖があって、親は矯正《きょうせい》に苦心したそうだが、結婚でとまった。それがまた五十過ぎて出て来た。

信吾は保子の鼻をつまんで振るようにする。まだとまらない時は、咽《のど》をつかまえてゆすぶる。それは機嫌《きげん》のいい時で、機嫌の悪い時は、長年つれ添って来た肉体に老醜を感じる。

今夜も機嫌の悪い方で、信吾は電燈《でんとう》をつけると、保子の顔を横目で見ていた。咽をつかまえてゆすぶった。少し汗ばんでいた。

はっきり手を出して妻の体に触れるのは、もういびきをとめる時くらいかと、信吾は思うと、底の抜けたようなあわれみを感じた。

枕《まくら》もとの雑誌を拾ったが、むし暑いので起き出して、雨戸を一枚あけた。そこにしゃがんだ。

月夜だった。

菊子のワン・ピイスが雨戸の外にぶらさがっていた。だらりといやな薄白い色だ。洗濯物《せんたくもの》の取り入れを忘れたのかと信吾は見たが、汗ばんだのを夜露にあてているのかもしれぬ。

「ぎゃあっ、ぎゃあっ、ぎゃあっ。」と聞える鳴声が庭でした。左手の桜の幹の蟬《せみ》である。蟬がこんな不気味な声を出すかと疑ったが、蟬なのだ。

蟬も悪夢に怯《おび》えることがあるのだろうか。

蟬が飛びこんで来て、蚊帳《かや》の裾《すそ》にとまった。

信吾はその蟬をつかんだが、鳴かなかった。

「おしだ。」と信吾はつぶやいた。ぎゃあっと言った蟬とはちがう。

また明りをまちがえて飛びこんで来ないように、信吾は力いっぱい、左手の桜の高みへ向けて、その蟬を投げた。手答えがなかった。

雨戸につかまって、桜の木の方を見ていた。蟬がとまったのか、とまらなかったのかわからない。月の夜が深いように思われる。深さが横向けに遠くへ感じられるのだ。

八月の十日前だが、虫が鳴いている。

木の葉から木の葉へ夜露の落ちるらしい音も聞える。

そうして、ふと信吾に山の音が聞えた。

風はない。月は満月に近く明るいが、しめっぽい夜気で、小山の上を描く木々の輪郭はぼやけている。しかし風に動いてはいない。

信吾のいる廊下の下のしだの葉も動いていない。

鎌倉《かまくら》のいわゆる谷《やと》の奥で、波が聞える夜もあるから、信吾は海の音かと疑ったが、やはり山の音だった。

遠い風の音に似ているが、地鳴りとでもいう深い底力があった。自分の頭のなかに聞えるようでもあるので、信吾は耳鳴りかと思って、頭を振ってみた。

音はやんだ。

音がやんだ後で、信吾ははじめて恐怖におそわれた。死期を告知されたのではないかと寒けがした。

風の音か、海の音か、耳鳴りかと、信吾は冷静に考えたつもりだったが、そんな音などしなかったのではないかと思われた。しかし確かに山の音は聞えていた。

魔が通りかかって山を鳴らして行ったかのようであった。

急な勾配《こうばい》なのが、水気をふくんだ夜色のために、山の前面は暗い壁のように立って見えた。信吾の家の庭におさまるほどの小山だから、壁と言っても、卵形を半分に切って立てたように見える。

その横やうしろにも小山があるが、鳴ったのは信吾の家の裏山らしかった。頂上の木々のあいだから、星がいくつか透けて見えた。

信吾は雨戸をしめながら、妙なことを思い出した。十日ほど前、新築の待合で客を待っていた。客は来ないし、芸者も一人だけ来ていて、あとの一人か二人かはおくれた。

「ネクタイをお取りなさいよ、暑苦しいわ。」と芸者が言った。

「うん。」

信吾は芸者がネクタイをほどくのにまかせておいた。

なじみというわけではないが、芸者はネクタイを、床の間の脇《わき》にある信吾の上着のポケットへ入れて来てから、身の上話をはじめた。

二月あまり前に、芸者はこの待合を建てた大工と、心中しかかったのだそうである。しかし青酸加里《せいさんカリ》を呑《の》む時になって、この分量で確かに工合よく死ねるのかという疑いが、芸者をとらえた。

「まちがいのない致死量だと、その人は言うんですの。その証拠に、こうして一服ずつ別々に包んであるじゃないか。ちゃんと盛ってあるんだ。」

しかし信じられない。疑うと疑いが強まるばかりだ。

「だれが盛ってくれたの？　あんたと女とをこらしめに苦しませるように、分量を加減してあるかもしれないわ。どこの医者か薬屋かがくれたのとたずねても、それは言えない。だって、おかしいでしょう。二人とも死んでしまうのに、どうして言えないのかしら。後でわかるはずがないでしょう。」

「落語かい。」と信吾は言いそうだったが、言わなかった。

私がだれかに薬の分量を計ってもらってから、やり直しましょうと、芸者は言い張った。

「ここにそのまま持ってますわよ。」

怪しい話だと信吾は思った。この待合を建てた大工というのだけが、耳に残った。

芸者は紙入から薬の包みを出して、開いて見せた。

「ふうん。」と言って眺《なが》めただけだった。それが青酸加里かなにかも、信吾にはわからなかった。

雨戸をしめながら、その芸者を思い出したのだ。

信吾は寝床にはいったが、山の音を聞いたというような恐怖について、六十三の妻を起して話しは出来なかった。

三

修一は信吾と同じ会社にいて、父の記憶係りのような役もつとめていた。

保子は勿論、修一の嫁の菊子も、信吾の記憶係りの役目を分担していた。家族三人がかりで信吾の記憶をおぎなっていた。

会社で信吾の部屋つきの女事務員も、また信吾の記憶を助けていた。

修一が信吾の部屋へはいって来て、片隅《かたすみ》の小さい書棚《しょだな》からなにか一冊抜き出すと、ばらばら頁《ページ》をくっていたが、

「おやおや。」と言いながら、女事務員の机へ行って、開いた頁を見せた。

「なんだね。」と信吾は少し笑いながら言った。

修一は頁を開いたまま持って来た。

——ここでは貞操観念が失われているのではない。男は一人の女性を愛しつづける苦しさと、女が一人の男を愛する苦しさに堪えられず、どちらも楽しく、より長く相

手を愛しつづけ得られるために、相互に愛人以外の男女を探すという手段。つまり互いの中心を堅固にする方法として……。

そんなことが書いてあった。

「ここってどこだい。」と信吾は聞いた。

「パリですよ。小説家の欧洲《おうしゅう》紀行です。」

信吾の頭は警句や逆説に対してもはや鈍くなっていた。しかし、警句でも逆説でもなく、立派な洞察《どうさつ》のようにも思えた。

修一はこの言葉に感銘したわけではあるまい。会社の帰りに女事務員をつれ出そうと、素早くしめしあわせたのにちがいなかった。そう信吾はかぎつけた。

鎌倉の駅におりると、信吾は修一と帰りの時間を打ち合わせるか、修一よりおそく帰るかすればよかったと思った。

東京帰りの群れでバスもこんでいるし、信吾は歩いた。

さかな屋の前に立ちどまってのぞくと、亭主《ていしゅ》にあいさつされたので、店先へ寄って行った。車海老《くるまえび》を入れた桶《おけ》の水は薄白くよどんでいる。信吾は伊勢《いせ》海老を指先でつついてみた。生きているのだろうが動かない。さざえがたくさん出ているので、さざえを買うことにした。

「おいくつ。」と亭主に聞かれて、信吾はちょっとつまった。

「そうだね。三つ。大きそうなの。」

「おつくりいたしますね。はい。」

亭主と息子と二人が、さざえに庖丁《ほうちょう》の尖《さき》を突っこんで、身をこじ出すその刃物の貝《かい》殻《がら》にきしむ音が、信吾はいやだった。

水道の蛇口《じゃぐち》で洗ってから、手早く切っている時に、娘が二人店先に立った。

「なに。」と亭主がさざえを切りながら言った。

「あじを頂戴《ちょうだい》。」

「いくつ。」

「一つ。」

「一匹？」

「え。」

「一匹？」

少し大きめの小あじである。亭主の露骨な態度を娘はそう気にかけない。

亭主は紙きれであじをつまんで渡した。

うしろから重なるようにした娘が、前の娘の肱《ひじ》をつついて、

「おさかなはいらないのに。」と言った。

前の娘はあじを受け取ってから、伊勢海老の方を見ていた。

「あの海老、土曜日まであるかしら。私の人が好きなのよ。」

うしろの娘はなにも言わなかった。

信吾ははっとして娘をぬすみ見た。

近ごろの娼婦《しょうふ》である。背をまる出しにして、布のサンダルをはき、いい体である。

さかな屋の亭主はきざんだ身をまな板の真中にまとめて、三つの貝殻へ分けて入れながら、

「あんなのが鎌倉にもふえましたね。」と吐き出すように言った。

信吾はさかな屋の口調がひどく意外で、

「だってしゅしょうじゃないか。感心だよ。」となにか打ち消した。

亭主は無造作に身を入れているが、三つの貝の身が入りまざって、それぞれの貝の身が元通りの貝殻にはかえらないだろうと、信吾は妙に細かいことに気がついた。

今日は木曜で、土曜まで三日あるが、このごろは伊勢海老がよく魚屋に出ているからとも、信吾は思った。あの野性の娘が一尾の伊勢海老をどう料理して、外人に食わせるのだろうか。しかし伊勢海老は煮ても、焼いても、蒸しても、野蛮で簡単な料理

だ。

信吾はたしかに娘に好意を持ったのだが、その後で自分がうらさびしいように感じられてならなかった。

家族は四人なのに、さざえを三つ買った。修一が夕飯に帰らないとわかっているから、嫁の菊子に気がねをしたというほどははっきりしていない。さかな屋にいくつと聞かれて、ただなんとなく修一を省いたのだった。

信吾は途中の八百屋《やおや》で銀杏《ぎんなん》も買って帰った。

四

信吾が例になくさかなを買って来たのだが、保子も菊子もおどろく風はなかった。いっしょのはずの修一が見えないので、その方の感情をかくすためかもしれなかった。

さざえと銀杏とを菊子に渡して、信吾も菊子のうしろから台所へ行った。

「砂糖水を一杯。」

「はい、今お持ちいたします。」と菊子は言ったが、信吾は自分で水道の栓《せん》をひねった。

そこに伊勢海老と車海老とがおいてあった。信吾は符合を感じた。さかな屋で海老を買おうかと思った。しかし、両方とも買おうとは思いつかなかった。

信吾は車海老の色を見て、

「これはいい海老だね。」と言った。生きのいいつやがよかった。

菊子は出刃《でば》庖丁の背で銀杏を叩《たた》き割りながら、

「せっかくですけれど、この銀杏は食べられませんわ。」

「そうか。季節外れだと思った。」

「八百屋に電話をかけて、そう言ってやりましょう。」

「いいよ。しかし海老にさざえは似たもので、蛇足《だそく》だったね。」

「江の島の茶店。」と、菊子はちらっと舌の先きを出しかかった。

「さざえは壺焼《つぼやき》ですから、伊勢海老は焼いて、車海老はてんぷらにいたしましょう。椎茸《しいたけ》を買ってまいりますから、お父さま、そのあいだにお庭のお茄子《なす》を取っていただけません?」

「へえ。」

「小さめのを。それから、しその葉のやわらかいのを少し。そうか、車海老だけでよろしゅうございますか。」

夕飯の食卓に、菊子は壺焼を二つ出した。

信吾はちょっと迷ってから、

「さざえがもう一つあるだろう。」

「あら、おじいさまとおばあさまとはお歯が悪いから、お二人で仲よく召しあがるのかと思いましたわ。」と菊子は言った。

「なに……。情ないことを言うなよ。孫がうちにいないのに、どうしておじいさんだ。」

保子は顔を伏せて、くっくっ笑った。

「すみません。」と菊子は軽く立って、もう一つの壺焼を持って来た。

「菊子の言う通りに、二人で仲よくいただけばよろしいのに。」と保子が言った。

信吾は菊子の言葉を当意即妙と内心感歎していた。さざえを三つか四つかというこだわりも、それで助かったようなものだ。無邪気そうに言ってのけたところが、隅におけない。

一つを修一に残して自分が遠慮するとか、一つをお母さまと自分と二人でとか言いそうなものだが、菊子も考えたのかもしれぬ。

しかし、保子は信吾の心隈《こころぐま》に気づかなくて、

「さざえは三つしかなかったんですか。四人いるのに、三つ買ってらっしゃるから。」

と間抜けなむしかえしをした。

「修一は帰らんから、いらんじゃないか。」

保子は苦笑した。しかし、年のせいか苦笑とは見えない。

菊子は陰った顔もせず、修一がどこへ行ったとも聞かなかった。

菊子は八人きょうだいの末っ子である。

上の七人とも結婚していて、子供が多い。菊子の親からの盛んな繁殖ぶりを、信吾は思う時がある。

菊子の兄や姉の名を、いまだに信吾がよく覚えてくれぬと、菊子はたびたび不平を言った。大勢の甥《おい》や姪《めい》の名はなお覚えない。

菊子の生れたのは、もういらないし、もう出来ないと、思いこんだ後で、母もこの年でと恥じ、自分の体を呪《のろ》ったほどで、堕胎をこころみたがしくじった。難産で額に鉤《かぎ》をかけられた。

母に聞いたと言って、菊子は信吾にもそう言った。

そんなことを子供に話す母親も、また舅《しゅうと》に話す菊子も、信吾は解《げ》せなかった。

菊子は前髪を掌《て》でおさえて、額のかすかな傷あとを見せた。

それからは、額の傷あとが目につくと、信吾はふっと菊子が可愛《かわい》くなることもあった。

しかし、菊子は末っ子らしく育ったようだ。あまやかすというよりも、みなに気安く愛されたらしい。少しひよわいところはあった。

菊子が嫁に来た時、信吾は菊子が肩を動かすともなく美しく動かすのに気づいた。明らかに新しい媚態《びたい》を感じた。

ほっそりと色白の菊子から、信吾は保子の姉を思い出したりした。

信吾は少年のころ、保子の姉にあこがれた。姉が死んでから、保子は姉の婚家に行って働き、遺児を見た。献身的につとめた。保子は姉のあとに直りたかったのだ。美男の義兄が好きでもあったが、保子もやはり姉にあこがれていたのだ。同じ腹と信じられぬほど姉は美人だった。保子には姉夫婦が理想の国の人に思われた。

保子は姉の夫にも遺児にも調法だったが、義兄は保子の本心を見ぬ振りした。さかんに遊んだ。保子は犠牲的な奉仕にあまんじて生きるつもりらしかった。

信吾はそのような事情を知って、保子と結婚した。

三十幾年後の今、信吾は自分たちの結婚がまちがっていたとは思っていない。長い結婚は必ずしも出発に支配されない。

しかし、保子の姉のおもかげは、二人の心の底にあったわけだ。信吾も保子も姉の話はしないけれども、忘れたわけではなかった。

息子の嫁に菊子が来て、信吾の思い出に稲妻《いなずま》のような明りがさすのも、そう病的なことではなかった。

修一は菊子と結婚して二年にならないのに、もう女をこしらえている。これは信吾にはおどろくべきことだった。

田舎出の信吾の青年時代とちがって、修一は情欲《じょうよく》にも恋愛にも悩む風がなかった。重苦しく見せなかった。修一がいつ初めて女を知ったのかも、信吾は見当がつかなかった。

今の修一の女は商売女か娼婦型の女にちがいないと、信吾はにらんでいた。

会社の女事務員などは、ダンスにつれ出すくらいのもので、あるいは父の目をくらますためかと疑われた。

相手の女はこんな小娘ではないのだろう。信吾はなんとなく菊子からそれを感じた。女が出来てから、修一と菊子との夫婦生活は急に進んで来たらしいのである。菊子のからだつきが変った。

さざえの壺焼の夜、信吾が目をさますと、前にはない菊子の声が聞えた。

菊子は修一の女のことをなにも知らないと、信吾は思った。

「さざえ一個で、親がわびた形か。」とつぶやきそうだった。

しかし、菊子は知らないでいながら、その女から菊子に波打ち寄せて来たものはなんだろう。

うとうとすると朝方になっていた。信吾は新聞を取りに出た。月が高く残っていた。新聞をざっと見てから、また一寝入りした。

五

東京駅で修一は素早く電車に乗りこんで座席を取ると、後からはいって来た信吾にかわって立った。

夕刊を渡しておいて、自分のポケットから信吾の老眼鏡を出してくれた。信吾も持っているが、よく置き忘れるので、予備を修一に持たせてある。

夕刊の上から信吾の方へ身をかがめて、

「今日ね、谷崎《たにざき》の小学校の友だちで女中に出たいのがあるそうですから、頼んでおきましたが。」と修一が言った。

「そうか。谷崎の友だちじゃ都合が悪くないのか。」

「その女中が谷崎に聞いて、お前のことを菊子にしゃべるかもしれんよ。」

「ばからしい。なにをしゃべるんです。」

「まあ、女中の身もとがわかっていていいだろう。」と信吾は夕刊を見た。

鎌倉駅におりると、修一が言い出した。

「谷崎がお父さんに、なにか僕《ぼく》のことを言ってるんですか。」

「なにも言ってない。口がきけんようにしてあるらしいね。」

「ええ？　いやだなあ。お父さんの部屋つきの事務員に、僕がどうかしたら、お父さんがみっともなくて、もの笑いじゃありませんか。」

「あたりまえだ。しかしお前、菊子には知らさんようにしろ。」

修一はあまりかくすつもりもないのか、

「谷崎がしゃべったんですね。」

「谷崎は、お前に女のあることを知っていて、お前と遊びたがっているのか。」

「まあそうでしょうね。やきもちが半分ですよ。」

「あきれたもんだ。」

「別れますよ。別れようとしているんです。」

「どうしてです。」

「お前の言い方は、わたしにはわからん。まあそういうことは、ゆっくり聞こう。」

「別れてから、ゆっくり話します。」

「とにかく、菊子には知らせんようにしろ。」

「ええ。しかし、菊子は知ってるのかもしれませんよ。」

「そうか。」

信吾は不機嫌《ふきげん》にだまりこんだ。

家に帰っても不機嫌で、信吾は夕飯の席をさっと立って、自分の部屋へはいった。

菊子が西瓜《すいか》の切ったのを持って来た。

「菊子、お塩を忘れましたよ。」と保子が後から来た。

菊子と保子とはなんとなく廊下に坐《すわ》った。

「お父さま、西瓜西瓜と、菊子が呼んだの、聞えませんでしたか。」と保子が言った。

「聞えなかったね。西瓜のひやしてあることは知ってたさ。」

「菊子、あれが聞えないんだって。」と保子は菊子の方を向いた。菊子も保子の方を向いて、

「お父さまはなにか怒ってらっしゃるからですわ。」

信吾はしばらくだまっていてから言った。

「このごろ少し耳が変になったのかもしれんね。このあいだ、夜なかにそこの雨戸をあけて涼んでいると、その山の鳴るような音が聞えてね。ばあさんはぐうぐう寝てるんだ。」

保子も菊子も裏の小山を見た。

「山の鳴ることってあるんでしょうか。」と菊子が言った。

「いつかお母さまにうかがったことがありますわね。お母さまのお姉さまがおなくなりになる前に、山の鳴るのをお聞きになったって、お母さまおっしゃったでしょう。」

信吾はぎくっとした。そのことを忘れていたのは、まったく救いがたいと思った。山の音を聞いて、なぜそのことを思い出さなかったのだろう。

菊子も言ってしまってから気にかかるらしく、美しい肩をじっとさせていた。

蟬《せみ》の羽

一

娘の房子が二人の子供をつれて来た。

上の子は四つ、下の子は誕生を過ぎたばかり、その間隔でゆくと、後はまだ先きのはずだろうが、信吾はついなにげなく、

「後は出来ないのか。」と言った。

「また、お父さま、いやですわ。この前もおっしゃったじゃありませんか。」

房子はさっそく下の子を仰向けにして、巻いたものを取りながら、

「こちらの菊子さんはまだですの？」

これもなにげなく言っているのだが、菊子は赤ん坊をのぞきこむようにしている顔が、ふと固くなった。

「その子を、しばらくそうしておいてやれよ。」と信吾は言った。

「国子ですよ。その子じゃないわ。おじいさんにつけていただいた名前じゃありませんか。」

菊子の顔色に気がついたのは、信吾だけらしかった。しかし、信吾もそれは気にかけないで、赤ん坊の開放された裸の脚の運動を可愛《かわい》く眺《なが》めていた。

「そうしておいておやり。気持よさそうよ。暑苦しかったのでしょう。」と保子も言うと、いざり寄って、赤ん坊の下腹から股《また》をくすぐるように叩《たた》きながら、

「お母さんは、お姉ちゃんもいっしょに湯殿へ行って、汗を拭《ふ》いてらっしゃい。」

「お手拭《てぬぐい》は？」と菊子が立ちかかった。

「持って来ました。」と房子が言った。

幾日か泊るつもりで来たらしい。

房子が風呂敷《ふろしき》から手拭や着替えを出す、その背に上の子の里子はくっついて、むっつりと立っていた。この子は来てからまだひとことも言わない。うしろから見ると、里子は頭の毛の黒く濃いのが目立った。

房子の荷物の風呂敷を信吾は見覚えていたが、うちにあったものということしか思い出せなかった。

房子は国子を背負い、里子の手を引き、風呂敷包をさげて、電車の駅から歩いて来

たのだった。やれやれと信吾は思った。

こういう風に手を引いて歩くのに、里子は工合悪い子供だった。母親が困ったり弱ったりの時に、なお変にむずかる子供だった。

嫁の菊子が身だしなみよくしているので、保子はつらいだろうかと、信吾は思った。

房子が湯殿へ行ったあと、保子は国子の内股の薄赤くなったところを撫《な》でてみながら、

「なんだか、この子の方が、里子よりしっかりしそうですね。」

「親がいけなくなってから生れたせいだろう。」と信吾は言った。

「里子は生れてから親がいけなくなって、影響したんだね。」

「四つの子にわかりますか。」

「わかるさ。影響するね。」

「生れつきですよ、里子は……。」

赤ん坊が思いがけないやり方で、うつ向けになると、いきなり這《は》い出して、障子をつかんで立った。

「あ、あっ。」と菊子が両腕をひろげて行くと、赤ん坊の両手を持った。そして、隣りの部屋の方へ歩かせてやった。

保子がふと立った。房子の荷物のそばの財布を拾い上げて、なかをのぞいた。

「おい、なにをする。」

信吾は声を殺したが、ふるえていた。

「よせっ。」

「どうしてですか。」

保子は落ちついていた。

「よせと言ったら、止せ。なんということをする。」

信吾は手の指先がふるえていた。

「別に盗むわけじゃなし。」

「盗むより悪い。」

保子は財布を元のところにおいた。しかし、そこに坐ったまま、

「娘のことを見てやるのに、どうして悪いんでしょう。うちへ来て早速、子供のおやつも自分で買えないようじゃ、困りますよ。房子のところの模様も知りたいし。」

信吾は保子をにらんでいた。

房子が湯殿からもどって来た。

保子は早速言いつけるように、

「ねえ、房子、今ね、房子の財布をのぞいて、おじいさんに叱《しか》られたところ。悪かったら、ごめんなさい。」

「悪かったらとはなんだ。」

保子が房子に言ったのが、信吾はなおいやだった。

保子の言う通りに、母と娘とのあいだでは、なんでもないことなのかもしれないと、信吾も考えてみたが、怒りで体がふるえると、年齢の疲れが深い底から来るようだった。

房子は信吾の顔色をうかがった。母に財布を見られたことよりも、父の腹を立てていることに、驚いたのかもしれない。

「見ていただいていいわよ。どうぞ。」と少し投げ出し気味に言って、ぽいと財布を母の膝《ひざ》の前へ投げた。

これがまた信吾は気にさわった。

保子は財布に手を出そうとしなかった。

「相原は、お金がなければ、私が逃げ出せないと思ってるんですから、どうせなにもはいってませんわよ。」と房子が言った。

菊子に歩かせられていた国子が、ふっと足の力を抜いて倒れた。菊子が抱いて来た。

房子がブラウスを下から持ち上げて、乳を飲ませた。

房子は不器量だが、体はよかった。胸の形もまだくずれていない。乳をふくんで乳房が大きく張っていた。

「日曜なのに、修ちゃんはお出かけ？」と房子は弟のことを聞いた。

父と母との気まずさを和らげなければと、気づいたらしい。

二

信吾は家の近くまで帰って、よその家の日まわりの花を見上げていた。

見上げながら、花の真下まで行った。日まわりは門口の脇《わき》に立ち、花を門口の方へ垂れているので、信吾はその家の出入りのじゃまをしている恰好《かっこう》になった。

その家の女の子が帰って来た。信吾のうしろに立って待っていた。信吾の横を抜けて門口にはいれないことはないのだが、女の子は信吾を見知っているから、そうして待っていたのだ。

信吾は女の子に気がついて、

「大きい花だねえ。実に立派だ。」と言った。

女の子は少しはにかむようにほほえんだ。

「花を一つだけにしたんです。」

「一つだけにね。それでこんなに大きくなったんだね。長いこと咲いてる？」

「ええ。」

「幾日くらい咲いてるの？」

十二三の女の子は答えられなかった。考えながら信吾の顔を見て、それから信吾といっしょに、また花を見上げた。女の子は日焼けして、顔はふっくら円いのに、手足は痩《や》せていた。

信吾は女の子に路《みち》をあけようとして向うを見ると、二三軒先きにも日まわりがあった。

向うのは一本に三輪の花をつけていた。花は女の子の家の一輪の半分ほどしかなく、茎のいただきについていた。

信吾は立ち去りかけて、また日まわりを振り仰いでいると、

「お父さま。」と菊子の声がした。

菊子は信吾の背に立っていた。買物籠《かいものかご》の縁から枝豆が出ていた。

「お帰りなさいませ。日まわりを御覧になってますの？」

信吾は日まわりを見ているそのことよりも、修一と連れ立って帰らないで、家の近

所まで来たところで、日まわりを見ていたことが、菊子に工合悪かった。

「みごとなものだろう。」と信吾は言った。

「偉人の頭のようじゃないか。」

菊子はまあなんとなくうなずいた。

偉人の頭という言葉は、今とっさに浮んだのだ。信吾はそんなことを考えて見ていたわけではない。

しかし、そう言った時、日まわりの花の、大きく重みのある力が、信吾に強く感じられた。花の構造が秩序整然としているのも感じられた。

花弁は輪冠《わかんむり》の縁飾りのようで、円盤の大部分は蕊《しべ》である。張りつめて盛り上るように、しべが群がっている。しかも、蕊と蕊とのあいだに争いの色はなく、整って静かである。そして力があふれている。

花は人間の頭の鉢廻《はちまわ》りより大きい。それの秩序整然とした量感に、信吾は人間の脳を、とっさに連想したのだろう。

また、さかんな自然力の量感に、信吾はふと巨大な男性のしるしを思った。この蕊の円盤で、雄しべと雌しべとが、どうなっているのか知らないが、信吾は男を感じた。

夏の日も薄れて、夕凪《ゆうなぎ》だった。

しべの円盤のまわりの花弁が、女性であるかのように黄色に見える。

菊子がそばに来たので、変なことを思いつくのかしらと、信吾は日まわりを離れて歩き出した。

「わたしはね、このごろ頭がひどくぼやけたせいで、日まわりを見ても、頭のことを考えるらしいな。あの花のように頭がきれいにならんかね。さっき電車のなかでも、頭だけ洗濯《せんたく》か修繕かに出せんものかしらと考えたんだよ。首をちょんぎって、というと荒っぽいが、頭をちょっと胴からはずして、洗濯ものみたいに、はい、これを頼みますと言って、大学病院へでも預けられんものかね。病院で脳を洗ったり、悪いところを修繕したりしているあいだ、三日でも一週間でも、胴はぐっすり寝てるのさ。寝返りもしないで、夢も見ないでね。」

菊子は上瞼《うわまぶた》をかげらせて、

「お父さま、お疲れなんでしょう。」と言った。

「そう。今日も会社で客と会って、煙草《たばこ》を一口吸って灰皿《はいざら》におく、また火をつけて灰皿におく、気がついてみると、同じように長い煙草が、三本ならんで煙を出してるのさ。わたしは恥ずかしかったね。」

脳の洗濯を、電車のなかで、空想していたのは事実だが、信吾はきれいに洗われる脳よりも、むしろぐっすり寝ている胴の方を空想していた。首をはずしてもらった胴の眠りの方が、気持よさそうだ。たしかに疲れている。

今日の明け方、二度夢を見て、二度とも夢に死人が出た。

「夏休みをお取りになりませんの？」と菊子が言った。

「休みを取って、上高地《かみこうち》へ行こうかと思ってるんだ。頭をはずして預かってくれるところもないからね。山を見て来たい。」

「いらっしゃればいいわ。」と菊子は少し蓮葉《はすは》に言った。

「ああ。しかし今、房子がいるだろう。房子も骨休めに来ているらしい。それで房子は、わたしがいる方がいいか。うちにいない方がいいか。菊子はどう思う。」

「まあ。いいお父さまで、お姉さまがうらやましいわ。」

菊子の調子も変だった。

信吾は菊子をおびやかしたり、はぐらかしたりして、息子と帰らなかった自分を、嫁に見せまいとしているのだろうか。そのつもりはないのだが、いくらかそうらしい。

「おい、今のは皮肉かい。」

信吾はあっさり言ったが、菊子はびっくりした。

「房子があのざまじゃ、いいお父さんでもないだろう。」

菊子は困った。頰《ほお》が赤くなり、耳まで赤くなった。

「お父さまのせいじゃないんですもの。」

菊子のそう言う声の色に、信吾はなにかなぐさめを感じた。

三

信吾は夏も冷たい飲みものを嫌《きら》った。保子が飲ませまいとしたので、いつかそうなっていた。

朝起きても、そとから帰っても、先《ま》ず熱い番茶をたっぷり飲むのがおきまりで、それは菊子が気をくばっている。

日まわりを見てもどった時も、菊子はなにより先きに番茶をいそいで入れた。信吾は湯呑《ゆのみ》の半分ほど飲んでから、ゆかたに着替え、その湯呑を持って縁側へ出た。歩きながら一口すすった。

その後から、菊子が冷やした手拭と煙草などを持って来て、また湯呑に熱い番茶をついだ。一度立って、夕刊と老眼鏡とを持って来た。

冷たい手拭でふいた顔に、眼鏡をかけるのが、信吾は面倒臭くて、庭をながめていた。

芝生の荒れた庭だ。向うのはずれに萩《はぎ》やすすきがひとむら、野生のようにのびている。

その萩の向うに蝶《ちょう》が飛んでいた。青い萩の葉のすきまから、ちらちらと見えるので、幾羽もの蝶のように見える。萩の上へ飛び立つか、萩の横へ飛び出るかと、信吾は心待ちしているのに、蝶はいつまでも萩の裏ばかりを飛んでいた。

信吾は見ているうちに、その萩の向うになにか小さい世界があるかのように思えて来た。萩の葉のあいだにちらちらする蝶の羽が、美しいものに思えて来た。

この前の満月に近い夜、裏の小山の木々のあいだから透けて見えた星を、信吾はふと思い出した。

保子が来て縁側に坐《すわ》った。団扇《うちわ》を使いながら、

「今日も修一はおそいんですか。」と言った。

「ああ。」

信吾は顔を庭に向けた。

「あすこの萩の向うに、蝶が飛んでるだろう。見えるか。」

「ええ。見えますよ。」

しかし、蝶は保子に見つかったのをきらうかのように、この時、萩の上へ出た。三

羽だった。

「三羽もいたのか。あげは蝶だね。」と信吾は言った。

あげはにしては小型で、色のくすんだ種類だった。

蝶は板塀《いたべい》に斜線を描いて、隣家の松の前へ出た。三羽が縦にならんで、その縦の線をくずさず、間隔もみださず、松の真中を早く梢《こずえ》へ上って行った。松は庭木らしく作ってなくて、高く伸びていた。

しばらくして、思いがけない方から、一羽のあげは蝶が低く庭を横切り、萩の上をかすめて行った。

「今朝《けさ》目が覚める前に、死んだ人の夢を二度も見ちゃったよ。」と信吾は保子に言った。

「たつみ屋の小父さんに、そばを御馳走《ごちそう》になったんだ。」

「あなた、そのおそばを召し上ったんですか。」

「ええ？　さあ？　食べるといけないのか。」

夢で死人に出されたものを食うと死ぬというようなことがあるのだろうかと、信吾は思った。

「どうだったかな。どうも、食べなかったように思うな。ざるそばが一つ出たが。」

食わないで目が覚めたようである。

外が黒塗り、内が朱塗りの、四角い枠《わく》に、竹のすだれを敷いて、その夢のなかのそばの色まで、信吾は今もはっきり見える。

夢に色があったのか、覚めてから色があったことにしたのか、よくわからない。とにかく今は、そのざるそばだけがはっきりしている。そのほかはぼやけている。

ざるそばが一つ、畳へじかにおいてあった。その前に信吾は立っていたようだ。たつみ屋とその家族とは坐っていたようだ。座蒲団《ざぶとん》はだれも敷いていなかったようだ。信吾が立ったままでいるのはおかしいが、立っていたようだ。ぼんやりこれだけしかおぼえていない。

この夢で眠りがやぶれた時は、夢をちゃんと覚えていた。それからまた寝入って起きた今朝も、もっとよく覚えていた。しかし夕方には、ほとんど覚えていない。ざるそばのある場面がぼんやり浮ぶだけで、前後の筋道が消えてしまった。

たつみ屋というのは、三四年前に七十過ぎで死んだ指物師《さしものし》だ。昔風の職人気質を信吾は好きで、仕事をさせていた。しかし、三年も後に夢に見るほど親しい間柄《あいだがら》ではない。

夢にそばの出ていたのは、仕事場の奥の茶の間なのだろうが、信吾は仕事場に立って茶の間にいる老人と話したことはあっても、茶の間に上ったことはないようだ。どうしてそばを出される夢を見たのかわからない。

たつみ屋には娘ばかりが六人あった。

その六人の娘のうちの一人であったかどうか、信吾は夕方の今はもう思い出せないが、夢で一人の娘に触れたのだった。

触れたことはたしかに覚えている。相手が誰《だれ》であったかは、まったく思い出せない。思い出す手がかりをなに一つ覚えていない。

夢がさめた時は、相手が誰か、よく分っていたようだ。それから一眠りした今朝も、相手が誰かを、知っていたのかもしれない。ところが夕方の今は、もうまったく思い出せない。

たつみ屋の夢の続きだったから、たつみ屋の娘のうちの一人だったのかしらと考えてみても、さっぱり実感がない。第一、たつみ屋の娘たちの面影《おもかげ》が、信吾には浮んで来ない。

夢の続きにはちがいなかったが、ざるそばとの前後はわからない。目がさめた時、ざるそばの姿がいちばんはっきり頭にあったように、今はおぼえている。しかし、娘に触れた驚きで夢が破れたとする方が、夢の定石《じょうせき》ではなかろうか。

もっとも、目をさますような刺戟《しげき》はなかったのである。

これも筋道はなにも覚えていない。相手の姿も消えてしまって、思い浮ばない。信吾が今覚えているのは、ゆるい感覚だけだ。からだが合わなくて、答えがなかった。まがぬけていた。

信吾は現実にもこれほどの女を経験したことはない。誰かはわからないが、とにかく娘なのだから、実際にはあり得ないことだろう。

信吾は六十二になって、みだらな夢を見るのもめずらしかったが、みだらとも言えぬほど、それが味気ないものであったのには、目覚めてからもけげんに思った。

しかし、この夢の後で直ぐに眠った。間もなくまた夢を見た。

大兵肥満《だいひょうひまん》の相田が一升徳利をぶらさげて、信吾の家へ上って来た。大分飲んだらしく、毛穴のひろがったような赤い顔で、素振りにも酔いが見えた。

それだけしか覚えていない夢だ。信吾の家は、この家か、前にいた家か、よくわからない。

相田は十年ほど前まで、信吾の会社の重役をしていた。去年の暮、脳溢血《のういっけつ》で死んだ。近年は痩せて来ていた。

「それからまた夢を見て、こんどは相田が一升徳利をさげてね、うちへやって来たんだよ。」と信吾は保子に言った。

「相田さん？　相田さんなら、お飲みにならないじゃありませんか。おかしいですよ。」

「そうなんだ。相田は喘息《ぜんそく》持ちで、脳溢血で倒れた時も、痰《たん》がのどにつまって死んだんだが、飲まなかったね。よく薬びんはさげて歩いていた。」

しかし、酒豪のように大きく歩いて来た、夢のなかの相田の姿が、信吾の頭にまざまざと浮んだ。

「それであなた、相田さんとお酒盛りなさったんですか。」

「飲まないさ。わたしの坐っている方へ歩いて来るところで、相田が坐るまでには至らないで、目がさめたらしい。」

「いやですね、なくなった人が二人も。」

「お迎えに来たのかね。」と信吾は言った。

もうこの年では、親しかった人は多く死んでいる。夢に死人の現われるのが当然かもしれない。

しかし、たつみ屋も相田も死んだ人としては現われていない。生きている人として、信吾の夢に現われている。

また、今朝の夢のなかのたつみ屋と相田との顔や姿は、まざまざと見えた。不断の記憶よりもはっきりしている。相田の酔いで赤い顔は、実際にはなかった顔だが、毛穴のひろがったのまで思い出される。

たつみ屋や相田の姿が、こんなにはっきり思い出せるのに、おなじ夢で触れた娘は、姿も覚えていず、誰かもわからないのは、なぜであろう。

気がとがめて、うまく忘れたのかと、信吾は疑ってみた。そうでもなかった。道徳的な反省をするほどには覚めないで、眠ってしまった。感覚の失望をおぼえているだけだ。

しかし、どうしてそんな感覚の失望を夢にみたのか、信吾はおかしくもなかった。

保子にもこれは話さなかった。

台所で夕飯の支度をする、菊子と房子との声が聞えていた。少し高過ぎる声のようだった。

四

毎夜、桜の木から蟬《せみ》が家のなかへ飛びこんで来る。

庭へ出たついでに、信吾はその桜の木の下へ行ってみた。

八方に飛び立つ蟬の羽音がした。信吾は蟬の数にもおどろいたが、羽音にはおどろいた。雀《すずめ》の群が飛び立つくらいの羽音だと感じた。

桜の大木を見上げていると、まだ蟬が飛び立ちつづけた。

空一面の雲が東に走っていた。二百十日は無事らしいと、天気予報は言っているが、今夜は温度の下るような吹降りになるかもしれないと、信吾は思った。

菊子が来た。

「お父さま、どうかなさいましたの。蟬が騒いで、なにかと思って。」

「まったくなにか事故があったような騒ぎだね。水鳥の羽音と言うが、蟬の羽音にもわたしはおどろいた。」

菊子は赤い糸を通した針を指につまんでいた。

「羽根の音よりも、おびえたような鳴声がたいへんでしたわ。」

「こっちは、鳴声はあまり気がつかなかった。」

信吾は菊子がいた部屋を見た。子供の赤いきものが縫いかけだった。保子の大昔の長じゅばんのきれだ。

「里子はやはり蟬をおもちゃにしてるかね。」と信吾は聞いた。

菊子はうなずいた。唇《くちびる》だけでかすかに、

「ええ。」と言ったらしい。

東京の里子は蟬がめずらしく、また里子の性質のせいか、はじめはこわがるのを、房子が油蟬の羽根を鋏《はさみ》で切って与えた。それから里子は油蟬をつかまえると、保子にでも菊子にでも、羽根を切ってくれと言う。

これを保子はひどくいやがった。

房子はあんなことをする娘ではなかったと、保子は言った。あんな風に亭主《ていしゅ》が房子を悪くしたと言った。

羽根のない油蟬を赤蟻《あかあり》の群がひいているのを見て、保子はほんとうに青くなった。

平素そんなものに動じる保子ではないから、信吾はおかしくもあり、あきれもした。

しかし、保子が毒気にあてられたようなのは、悪い予感に追われてなのだろう。問題は蟬にないことを、信吾は知っていた。

里子もしんねりといこじで、大人が負けて油蟬の羽根を切っても、まだぐずついていた。羽根を切らせたばかりの蟬を、そっとかくすような素振りで、暗い目つきで、庭に投げ捨てたりした。大人が見ていることを知っているのだ。

房子は毎日、保子に愚痴をこぼしているらしいが、いつ帰るとも言わないところをみると、まだ肝腎《かんじん》の話を切り出せないのかもしれない。

保子は寝床へはいってから、その日の娘の愚痴を、信吾に取りつぐのだった。信吾は大方聞き流しながら、房子がなにか言い残していると感じられた。

親の方から相談に乗り出してやらねばと思っていても、嫁に行って三十になる娘は、親もそう簡単には割り切れない。二人の子持ちを引き取るのも容易ではない。なりゆきを待っているという風な一日延ばしになった。

「お父さまは、菊子さんにやさしくていいわねえ。」と房子は言ったりした。

夕飯の時で、修一も菊子もいた。

「そうですよ。わたしだって、菊子にはやさしくしているつもりですよ。」と保子が答えた。

房子は答えを必要とするような言い方でなかったのに、保子が答えた。笑いをふくんだ声でありながら、房子をおさえつけるようだった。

「このひとが、わたしたちに、たいへんやさしくしてくれますからね。」

菊子は素直に赤くなった。

保子も素直に言ったのだろう。しかし、なにか自分の娘にあてつけがましく聞えた。幸福に見える嫁を好いて、不幸に見える娘をきらうように聞えた。残酷な悪意を含むかと疑われるほどだ。

保子の自己嫌悪《けんお》だと、信吾は解した。信吾のうちにも似たものがある。しかし、女の保子が、年老いた母が、みじめな娘に向って、それを爆発させることもあるのかと、信吾はいささか意外だった。

「僕は賛成しないぞ。亭主にだけはやさしくない。」と修一が言ったが、じょうだんにもならなかった。

信吾が菊子にやさしくすることは、修一や保子は勿論《もちろん》、菊子もよく知っていて、誰も改めて口に出さないことなのだが、房子に言われてみると、信吾はふとさびしさに落ちこんだ。

信吾にとっては、菊子が鬱陶《うっとう》しい家庭の窓なのだ。肉親が信吾の思うようにならないばかりでなく、彼ら自身がまた思うように世に生きられないとなると、信吾には肉親の重苦しさがなおかぶさって来る。若い嫁を見るとほっとする。

やさしくすると言っても、信吾の暗い孤独のわずかな明りだろう。そう自分をあまやかすと、菊子にやさしくすることに、ほのかなあまみがさして来るのだった。

菊子は信吾の年齢の心理まで邪推はしない。信吾を警戒もしない。

房子の言葉で、信吾はちょっとした秘密を突かれたようだ。

三四日前の夕飯の時だった。

里子の蝉のこといっしょに、桜の木の下で信吾は、房子のその時の言葉も思い出した。

「房子は昼寝か。」

「はい。国子ちゃんを寝かせていらっしゃいましたから。」と菊子は信吾の顔を見ながら答えた。

「里子はおもしろいね。房子が赤ん坊を寝かせつけると、里子もそこへ行って、母親の背にくっついて寝ちゃうんだからね。あの時はおとなしいね。」

「可愛《かわい》いですわ。」

「ばあさんはあの孫をきらってるが、十四五になると、ばあさんに似て、いびきをかくようになるかもしれんよ。」

菊子はきょとんとした。

菊子は縫いものをしていた部屋へ、信吾はどこか別の部屋へもどるのだから、そのつもりで信吾が行きかかると、菊子が呼びとめた。

「お父さま。踊りにいらっしゃったんですって?」

「ええ?」と信吾は振り向いた。

「もう知れてるのか。おどろいたね。」

会社の女事務員と信吾がダンス・ホオルへ行ったのは、一昨夜である。

今日は日曜だから、昨日のうちに、その谷崎英子が修一にしゃべり、修一がまた菊子にしゃべったのにちがいなかった。

信吾は近年ダンス場へ出入りしたことがない。英子は誘われておどろいたらしかった。信吾とでは、会社の評判になって困るからと言った。黙っていろと信吾は言った。それに明くる日、早速修一に言ったとみえる。

修一は英子に聞いておきながら、昨日も今日も、信吾には知らん顔をしていた。妻には早速言ったとみえる。

修一がよく英子と踊りに行くらしいので、信吾は行ってみたのだ。英子と踊りに行くダンス・ホオルに、修一の女がいるのかもしれないと思ったからだ。

さて行ってみると、いきなりそんな女を物色出来るものでもなかったし、英子に聞いてみる気も起らなかった。

英子は思いがけない信吾と来て、上気しているらしく、調子っぱずれなのが、信吾にはあぶないものだと見られて、可憐《かれん》になった。

英子は二十二なのに、ちょうど掌《てのひら》いっぱいくらいの乳房らしい。信吾はふと春信の春画を思い出したりした。

しかしあたりの乱雑なさまを見ると、春信を思い出しているなどは、たしかに喜劇的でおかしかった。

「こんどは菊子と行こう。」と信吾は言った。

「ほんとうですか。おともさせて下さい。」

菊子は信吾を呼びとめた時から赤くなっていた。

修一の女がいるかと思って行ったことを、菊子は察しているだろうか。

踊りに行ったのを知られてもいいが、修一の女という下心があるので、信吾は突然菊子に言い出されて、少しまごついたらしい。

信吾は玄関に廻《まわ》って上ると、修一のところへ行って、立ったまま言った。

「おい、谷崎に聞いたか。」

「わが家のニュウスですからね。」

「なにがニュウスだ。お前も、踊りにつれて行くなら、夏服の一つくらい買ってやれよ。」

「へええ、お父さん恥をかいたんですか。」

「どうも、ブラウスとスカアトと、ちぐはぐらしいんだな。」

「なにか持ってますよ。突然つれてらっしゃるから悪いんです。前から約束しとけば、なにか着て来ますよ。」と言って、修一はそっぽを向いた。

信吾は房子と子供二人が眠っている横を通って、茶の間にはいると、柱時計を見た。

「五時だな。」と、たしかめるようにつぶやいた。

雲の炎

一

二百十日は無事だろうと、新聞に出ていたが、二百十日の前夜、颱風《たいふう》が来た。

もっとも信吾がその記事を見たのは、幾日前か忘れたほどで、天気予報とは言えないのかもしれない。近づいてからは、無論予報も警報もあった。

「今日は早く帰るんだろう。」と信吾は修一を誘って帰った。

女事務員の英子が信吾の帰り支度を手つだってから、自分もいそいで支度した。白い透き通る雨外套《あまがいとう》を着ると、なお胸がぺちゃんこに見えた。

踊りにつれて行って、英子の乳房の貧弱なのに気づいて以来、かえって信吾はついそれが目につくのだった。

英子は後から階段を駈《か》けるようにおりて来て、会社の出口に信吾たちとならんで立った。ひどい雨なので、顔も直さなかったのだろう。

「どこまで帰るんだったかね。」と信吾は言おうとしてやめた。もうおそらく二十度も聞いて、おぼえないことだ。

鎌倉駅でも、おりた人々が軒下に立って、吹降りの様子をうかがっていた。

日まわりを門口に植えた家のあたりまで来ると、吹降りの音のなかに、「巴里祭《パリさい》」の主題歌が聞えた。

「あいつ、のんきですねえ。」と修一が言った。

リス・ゴウチイのレコオドで、菊子がかけているのだと、二人には分った。

歌が終ると、また初めからくりかえされた。

歌のなかほどから、雨戸を引く音が聞えた。

そして、雨戸をしめながら、菊子がレコオドに合わせて歌う声も、二人に聞えた。

二人が門から玄関にはいるのを、菊子は嵐《あらし》と歌とで気づかなかった。

「ひどいですね。靴《くつ》のなかへ水がはいった。」と修一は言って、玄関で靴下を脱いだ。

信吾は濡《ぬ》れたまま上った。

「あら、お帰りなさいませ。」と菊子が寄って来た。よろこびがあふれていた。

修一は片手につまんだ靴下を渡した。

「まあ。お父さまもお濡れでしょう。」と菊子は言った。

レコオドが終った。菊子はまた針を始めへもどしておいて、二人の濡れた洋服を抱えて立った。

修一は帯を巻きながら、

「菊子、近所まで聞えて、のんきだぞ。」

「こわいから、鳴らしてましたのよ。お二人が心配で、じっとしていられないんですもの。」

しかし、菊子はいくらか嵐に乗りうつられたようにはしゃいでいた。

台所へ信吾の番茶を汲《く》みに行きながらも、小声で口ずさんでいた。

パリのシャンソン集は、修一が好きで買ってやったものだ。

修一はフランス語が出来る。菊子はフランス語を知らないが、修一に発音を教えられ、レコオドの口真似《くちまね》をくりかえして、割と上手《じょうず》に歌った。たとえば巴里祭のリス・ゴウチイでも、苦しい境遇をただ死なないで来た人と言われる、そんな味が菊子にあるはずはないが、たどたどしい菊子の薄い歌いようも楽しかった。

菊子が嫁に来る時、女学校の級友たちに、世界の子守歌の組レコオドを贈られた。新婚のころ、菊子はよくその子守歌を鳴らせていた。人がそばにいないと、レコオドに合わせて、そっと歌っていた。

信吾はあまい心を誘われた。

女らしい祝いだと、信吾は感心した。菊子も子守歌を聞きながら、娘の追憶にふけっていそうに思われた。

「わたしのお葬《とむら》いは、この子守歌のレコオドをかけてもらおうか。それだけで、念仏も弔辞もいらないよ。」と信吾は菊子に言ったこともあった。本気で言ったのでもないが、ふと涙が出そうになったものだ。

しかしまだ菊子に子供は産れず、子守歌のレコオドにもあきたとみえて、このごろは聞かない。

巴里祭の歌が終り近くで、急に低く消えた。

「停電ですよ。」と茶の間で保子が言った。

「停電ですわ。今日はもうつきませんわ。」と菊子は電気蓄音機のスイッチを切って、

「お母さま、御飯を早くいたしましょう。」

その夕飯のあいだにも、細い蠟燭《ろうそく》の火は、透間風で三四度消えた。

嵐の音の向うに海が鳴っているように聞えて、その海鳴りの方が嵐の音よりも、恐ろしさを押し上げて来る感じだった。

二

枕《まくら》もとで吹き消した蠟燭の臭《にお》いが、信吾の鼻をはなれなかった。

家が少し揺れた時、保子は寝床の上にマッチ箱を手さぐりして、それを確めるように、また信吾にも聞かせるように、ちょっと振り鳴らした。

そして、信吾の手をさがした。握るでもなく、軽く触れさせていた。

「大丈夫でしょうか。」

「大丈夫さ。少しはなにか外のものが吹き飛んでも、出て行くわけにはゆかない。」

「房子の家は大丈夫でしょうか。」

「房子とこか。」

信吾は忘れていた。

「まあ、大丈夫だろう。嵐の晩くらいは、夫婦で仲よく早寝してるだろう。」

「寝てられますかね。」と保子は信吾の話をそらして、黙ってしまった。

修一と菊子の話声が聞えた。菊子はあまえていた。

しばらくして保子が続けた。

「小さい子供が二人いるんですよ。うちとはちがいますから。」

「それにおふくろは足が悪いんだろう。神経痛はどうなんだ。」

「そう、そう。逃げるとなると、相原はお母さんを背負わなければなりませんね。」

「足が立たないのか。」

「動けるそうですけれど、この嵐じゃ……。あすこは、憂鬱《ゆううつ》ね。」

六十三の保子の「憂鬱ね。」が信吾はおかしくて、

「どこも憂鬱だよ。」と言った。

「一生のうちに女のひとはいろいろの髪を結うって、新聞に出てましたが、うまいことを言ったものですね。」

「なにに出てた？」

保子の話によると、それは近ごろ死んだ女の美人画家を、男の美人画家が弔《とむら》った文章の、書き出しの言葉である。

しかし本文はその言葉の反対で、その女画家がいろいろの髪を結わなかったというのである。その人は二十過ぎから七十五で死ぬまで、ざっと五十年、惣髪《そうはつ》の櫛巻《くしまき》で押し通してしまった。

保子は櫛巻で押し通した人にも感心したが、それを離れて、女は一生にいろいろの髪を結うとの言葉にも、感じるところがあったらしい。

保子は毎日見る新聞を、幾日分かまとめておいて、また拾い読みする癖があるから、いつの記事を話し出すかわからない。また、夜の九時のニュウス解説を、耳傾けて聞いているから、ときどき思いがけないことを言い出したりする。

「房子もまだこれから、いろいろの髪を結うだろうというわけか。」と信吾は言ってみた。

「そうですよ、女はね。しかし、昔、日本髪を結った私たちほどの変りはないでしょうね。房子も菊子ほどきれいだと、髪の形の変るのが楽しみですけれど。」

「お前、房子が来ていた時、ずいぶんじゃけんにあたったね。房子は絶望して帰ったと思うな。」

「あなたの気持が私にうつるんじゃありませんの？　菊子ばかりを可愛《かわい》がりなさるから。」

「そんなことはない。言いがかりだ。」

「そうですよ。昔から房子をきらって、修一ばかり可愛がってらしたじゃありませんか。あなたはそういう方ですよ。今だって、修一がそとに女をこしらえてるのに、なんともおっしゃれないでしょう。妙に菊子をいたわって、かえって残酷よ。あの子はお父さまに悪いと思って、やきもちもやけやしない。憂鬱ですよ。颱風に吹き飛んでしまえばいい。」

信吾は愕然《がくぜん》とした。

しかし、吹きつのるような保子のもの言いに、

「颱風だね。」と言った。

「颱風ですよ。房子も、あの年になって、今の時代に、親に離婚を言い出させようと思っているのなら、卑怯《ひきょう》じゃありませんの？」

「そうでもないさ。しかし、別れ話まで来ているのか。」

「話よりもなによりも、あの孫つきの房子を背負いこむ、あなたの憂鬱な顔が、私の目先にちらつくんですもの。」

「お前がそういう顔を、露骨に見せた。」

「それはね、お父さまにお気に入りの、菊子もいますから。でも、菊子は別にしても、ほんとうのところ、私もいやはいやです。菊子がなにか言ったりしたりすると、ほっと気の軽くなる時もありますが、房子だと気が重くなって……。嫁にやる前は、それほどでもなかった。自分の娘と孫にちがいないのに、親もこうなるものなんでしょうか。恐ろしい。あなたの感化で。」

「房子より卑怯だな。」

「今のは嘘《うそ》。あなたの感化でと言って、ぺろっと舌を出すところ、暗がりでお見えにならないでしょう。」

「よく舌がまわるばあさんだね。あきれた。」

「房子はふびんですね。ふびんにお思いでしょう。」

「引き取ってもいいよ。」

そして信吾はふと思い出したように、

「このあいだ、房子が持って来た風呂敷《ふろしき》ね。」

「風呂敷？」

「うん、風呂敷。あの風呂敷は見覚えがあって、思い出せなかったんだが、うちのだろう。」

「木綿の大風呂敷でしょう。房子が嫁にゆく時、鏡台の鏡をつつんでやったじゃありませんか。大きい鏡でしたから。」

「ああ、そうか。」

「あの風呂敷包を見ても、私はいやになったんですよ。あんなものをぶらさげなくても、新婚旅行の時の衣裳《いしょう》カバンにでも、入れて来たらよさそうにと思いますね。」

「カバンは重いさ。二人子供をつれてちゃ。もう見えもありゃしない。」

「でも、うちには菊子だっていますし。あの風呂敷は、私が嫁に来る時に、やはりなにかくるんで来ましたよ。」

「そうだったかね。」

「もっと古いんですよ。姉の形見なんでしょうね。姉が死んでから、植木鉢《うえきばち》をつつんで、実家へ返して来た風呂敷ですから、大きいもみじの盆栽でした。」

「そうかね。」と信吾は静かに言ったが、みごとな盆栽のもみじのくれないが、頭いっぱいに照り明るんだ。

田舎町で保子の父は盆栽道楽だった。とりわけもみじの盆栽に凝ったらしい。保子の姉は父の盆栽いじりを手伝わせられた。

嵐の音の寝床で信吾は、盆栽棚《だな》のあいだに立つ、その人の姿も思い出せた。

父は嫁にゆく娘に、盆栽を一つ持たせたのだろう。娘がほしがったのかもしれない。しかし娘が死ぬと、娘の実父の大事な盆栽だし、婚家で世話する者はないし、返してよこしたのだろう。父が取りもどしたのかもしれない。

今信吾の頭いっぱいに紅葉するもみじは、保子の家の仏間に入れてあった盆栽だ。してみると、保子の姉が死んだのは秋だったかと、信吾は思った。信濃《しなの》だから秋は早い。

しかし、嫁が死んで早速盆栽を返したかしら。紅葉していて、仏間にある、というのも都合がよすぎるようだ。追憶の懐郷病的な空想ではなかろうか。信吾は自信がなかった。

保子の姉の命日を、信吾は忘れている。

しかし、保子に聞くのはやめた。

「私は父の盆栽のお手伝はしませんでした。私の性質にもよるでしょうけれど、父が姉ばかり可愛がるという気持があったんでしょうね。私も姉に参っていましたから、ひがむっていうばかりじゃなく、姉のようによく出来ないと恥ずかしいから。」

そういう風に保子が話したこともあるからだ。

信吾の修一への偏愛に触れると、この話が出るので、

「私もちょっとまあ房子みたいだったのでしょう。」と保子は言ったりするのだ。

あの風呂敷も保子の姉の思い出だったのかと、信吾はおどろいているのだが、姉の話まで来たので黙りこんだ。

「やすみましょうか。年寄もなかなか寝ないと思ってますよ。」と保子が言った。

「この嵐に、菊子はうれしそうに笑ってられるんだから……。レコオドを続けさまにかけたり、私はあの子が可哀想《かわいそう》です。」

「お前、今言っただけのうちにも、矛盾があるよ。」

「なにもそう、あなた。」

「それはこっちの言いぶんだ。たまに早寝をすると、大いにやっつけられたね。」

盆栽のもみじはまだ信吾の頭にあった。

信吾が少年のころ、保子の姉にあこがれたことが、保子と結婚して三十幾年後、まだ古疵《ふるきず》なのだろうかと、もみじのくれないのある頭の一方で思った。

保子より一時間ほどおくれて寝入った信吾は、えらい音に目が覚めた。

「なんだ。」

暗がりを菊子が手さぐりで歩いて来る足音で、廊下の向うから、

「お目覚めでいらっしゃいますか。お宮の御輿小屋《おみこしごや》の屋根のトタンが、うちの屋根の上へ吹き飛ばされて来たらしい、そう言ってますの。」と知らせた。

三

御輿小屋の屋根のトタン板は、全部吹き飛ばされていた。

信吾の家の屋根や庭にも、七八枚落ちていて、神社の世話人が朝早く拾いに来た。

翌日は横須賀《よこすか》線も通って、信吾は会社に出た。

「どうだった。寝なかったの？」

番茶を入れてくれる女事務員に、信吾は言った。

「はい。眠れませんでした。」

英子は通勤電車の窓から見た、颱風のあとを二三話した。

信吾は煙草《たばこ》を二本すってから、

「今日は踊りに行けないね。」

英子は顔をあげてほほえんだ。

「このあいだね、あくる朝、腰が痛くってね。年寄はだめだ。」と信吾が言うと、英子は下瞼《したまぶた》から鼻の横あたりに、いたずらっぽい笑いを見せて、

「お体を反るようになさってたからじゃございませんの？」

「反る？　そうかね。腰が曲ったのかな。」

「私にね、私にさわると悪いように、離れるように反って、お踊りになるんですもの。」

「ふうん？　それは意外だ。そんなことはないよ。」

「でも。」

「姿勢をよくしようとしたのかな。自分じゃ気がつかないね。」

「そうでございますか。」

「それあ君たちが、いつもくっつき合って、お行儀悪く踊ってるからさ。」

「あら、ひどいわ。」

このあいだは踊りながら、英子が上気して、調子っぱずれだと、信吾は思っていたのだが、あまいものだ。なんのことはない、自分の方が固くなっていたのか。

「じゃあ、こんどは前にかがんで、くっつくように踊るから、行こうか。」

英子はうつ向いて、忍び笑いしながら、

「お供いたします。でも、今日はだめですわ。こんな恰好《かっこう》していて、失礼ですもの。」

「今日じゃないよ。」

英子が白いブラウスを着て、白いリボンを結んでいるのを、信吾は見た。

白いブラウスは珍らしくないが、白いリボンのために、ブラウスの白も感じられるわけだろう。少し幅の広いリボンで、髪をきゅっと一束ねに、うしろで結んでいた。

いくらか颱風のいでたちだ。

耳や耳のうしろの生え際《ぎわ》のあたりが出て、ふだん髪にかくれた青白い肌《はだ》に、毛はきれいに生え揃《そろ》っていた。

薄い毛織の紺のスカアトをはいていた。スカアトは古い。

乳房の小さいのも気にならぬ服装だった。

「あれから、修一は誘わないか。」

「はい。」

「それは気の毒したね。おやじが踊ったんで、若い息子に敬遠されちゃ、君が可哀想だ。」

「あら、困りますわ。私からお誘いしますわ。」

「御心配なくというわけだね。」

「おからかいになると、踊ってさしあげませんわ。」

「いや。しかし、修一は君に見られてるから、頭が上らんよ。」

英子に反応があった。

「君は修一の女を知ってるんだろう。」

英子は困った風だ。

「ダンサアか。」

答えなかった。

「年上なの？」

「年上って？　お宅の奥さまよりは上です。」

「美人だね？」

「ええ、おきれいですわ。」と英子は口ごもっていたが、

「でも、ひどくしゃがれ声のひとですの。しゃがれ声って言うより、声が割れているようで、二重になって出るようで、それがエロチックだっておっしゃいますの。」

「ふうん？」

英子が口をわりそうになると、信吾は耳をふさぎたくなった。

自身に恥辱も感じ、修一の女や英子の本性の出そうな嫌悪《けんお》も感じた。

女のしゃがれ声がエロチックという、話の切出しにも、信吾はあきれた。修一も修一だが、英子も英子だ。

信吾の顔色を読んで、英子は黙ってしまった。

その日も、修一は信吾といっしょに早く帰り、戸じまりして、一家四人で映画の「勧進帳《かんじんちよう》」を見に出た。

ワイシャツを脱ぎ、シャツを着替える時、修一の乳の上や腕のつけ根が赤くなっているのを、信吾は見て、嵐のなかで、菊子がつけたのかと思った。

「勧進帳」の幸四郎、羽左衛門《うざえもん》、菊五郎、三人とも今は死んでいる。

その感じようが、信吾と修一や菊子とではちがっていた。

「幸四郎の弁慶を、私たち幾度見ましたかしら。」と保子は信吾に言った。

「忘れた。」

「あなたは直《す》ぐ、忘れただから。」

町は月の光なので、信吾は空を見た。

月は炎の中にあった。信吾はふとそう感じた。

月のまわりの雲が、不動の背の炎か、あるいは狐《きつね》の玉の炎か、そういう絵にかいた炎を思わせる、珍奇な形の雲だった。

しかし、その雲の炎は冷たく薄白く、月も冷たく薄白く、信吾は急に秋気がしみた。

月は少し東にあって、だいたい円かった。炎の雲のなかにあって、縁《ふち》の雲をぼうとぼかしていた。

月を入れた炎の白雲のほかには、近くに雲はなく、空の色は嵐の後、一夜で深黒くなっていた。

町の店々は戸じまりして、これも一夜でさびれ、映画帰りの人々の行手は、しんと人通りがなかった。

「昨夜眠れなかったんで、今夜は早寝だね。」と信吾は言いながら、肌さびしくなり、人肌恋しくなった。

なにか、いよいよ生涯《しょうがい》の決定の時が来ているような、そんな気持もした。決定すべきことが迫っているようだ。

栗《くり》の実

一

「公孫樹《いちょう》がまた芽を出してますわ。」

「菊子は今はじめて気がついたのか。」と信吾は言った。

「わたしはこのあいだから見ていた。」

「お父さまはいつも公孫樹の方を向いて、お坐《すわ》りになってるんですもの。」

信吾に横を見せて坐った菊子は、首をうしろの公孫樹の方へ廻《まわ》していた。

茶の間で食事の時の家族四人の席が、いつとなく定まっている。

信吾は東向きに坐る。その左隣りに、保子は南向きに坐る。信吾の右が修一で、北向きである。菊子は西向きだから、信吾と向い合っているわけだ。

南と東とに庭があるので、老人夫婦はいい席を占めているとも言える。また女二人の席は、食事の時、料理を出したり、給仕をしたりする都合があった。

食事でない時にも、茶の間のちゃぶ台で、四人は自然ときまった席に坐る習慣がついていた。

菊子はいつも公孫樹の方に背を向けているわけだった。

それにしても、あのような大木が、時ならぬ芽を出しているのを知らずに過すのは、なにか菊子の心に空白があるようで、信吾は気になった。

「雨戸をあけたり、廊下を掃き出したりする時にだって、目につきそうなものじゃないか。」と信吾は言った。

「そうおっしゃればそうですけれど。」

「そうだよ。第一、そとから帰って来る時には、公孫樹に向って歩いて来るじゃないか。いやでも見える。菊子はいつも下うつ向いて、ぼんやり考えごとしながら歩いてるのか。」

「あら、困った。」と菊子は肩を動かした。

「これからは、お父さまの御覧になるものは、なんでも見ておくように気をつけますわ。」

信吾には少し悲しげに聞えた。

「そうはいかないよ。」

自分の見るものをなんでも相手に見ておいてほしい、そのような恋人を、信吾は生涯《しょうがい》に持ったことはなかった。

菊子は公孫樹の方を見つづけていた。

「山の上の方にも、若葉を出している木がありますわ。」

「そうだね。やはりあの木も、嵐《あらし》に葉を吹き飛ばされたのかね。」

信吾の家の裏山は神社のところで切れている。その小山の端をひらいて、神社の境内になっている。公孫樹はその境内に立っているのだが、信吾の家の茶の間からは、山の木のように見える。

その公孫樹が颱風《たいふう》の一夜で、裸木になったのだった。

嵐に葉を吹き払われたのは、公孫樹と桜とだ。公孫樹と桜とが、信吾の家のまわりでは大木だから、風あたりも強かったのかもしれないが、葉が風に弱い性質なのだろうか。

桜はしおれた葉を少し残していたが、それも落ちつくして、裸木になったままだ。

裏山の竹の葉も枯れしなびた。海に近く、風に潮を含んだせいかもしれない。しかし、竹は幹を吹き切られて、庭へ飛び落ちていたのもあった。

公孫樹の大木は再び芽を吹いた。

大通りから小路に折れると、信吾はその公孫樹に向って帰るわけなので、毎日眺《なが》めていた。茶の間からも見ていた。

「公孫樹はやはり、桜よりも強いところがあるんだね。長生きをする木はちがうのかと思って見ているんだ。」と信吾は言った。

「あんな老木が、秋になってもう一度若葉を出すには、どれほどの力がいるものだろうね。」

「でも、さびしそうな葉じゃありませんの。」

「そう。あれで、春に出る葉のような大きさになれるかと思って見ているんだが、なかなか大きくならないね。」

葉は小さいばかりでなく、まばらであった。枝をかくすほどには多くない。その葉はまた薄いようであった。色も緑が足りなくて、薄黄色かった。

秋の朝日は公孫樹のやはり裸木にさしている感じだった。

社《やしろ》の裏山は常磐木《ときわぎ》が多かった。常磐木の葉は雨風にも強いらしく、少しもいたんでいない。

その常磐木の茂りの頂上に、薄緑の若葉を出している木があった。

菊子はその若葉を見つけたのだった。

保子が勝手口からはいって来たのだろう。水道の水の音が聞えた。なにか言ってい
るが、信吾は水の音で聞きわけられない。

「なんだって。」と大きな声を出した。

「萩《はぎ》がきれいに咲いてましたって、おっしゃってるんですわ。」と菊子が口を添えた。

「そうか。」

「薄《すすき》ももう花が出てますって、おっしゃってます。」とまた菊子が取り次いだ。

「そうか。」

保子はまだなにか言っていた。

「やめてくれ。聞えやしない。」と信吾は怒鳴った。

菊子はうつ向いて笑いそうになって、

「私が通弁してさしあげますわ。」

「通弁か。どうせばあさんのひとりごとなんだろう。」

「昨夜《ゆうべ》ね、田舎の家がぼろぼろになってる夢を、御覧になったんですって。」

「ふうん。」

「お父さまのお返事は？」

「ふうんと言うよりしかたがないね。」

水道の水の音がとまって、保子が菊子を呼んだ。

「菊子。ちょっとこれを生けて下さい。きれいだから折って来てみたけれど、まあ頼みましょう。」

「はい。お父さまにちょっとお見せして。」

菊子は萩と薄とを抱いて来た。

保子は手を洗い、それから信楽《しがらき》の壺《つぼ》を濡《ぬ》らしていたらしく、壺を持ってはいって来た。

「お隣りの葉鶏頭《はげいとう》もいい色になってますよ。」

保子はそう言って坐った。

「葉鶏頭は、あの日まわりが植わってた家にもあるな。」と信吾は言いながら、あの立派な日まわりの花が、嵐に吹き落されていたのを思い出した。

茎を五六尺つけて吹き切られ、路《みち》ばたに落ちていた。花は幾日も落ちたままになっていた。人間の首でも落ちているようだった。

まわりの花弁から先《ま》ずしおれ、太い茎も水気を失い、色が変り、土にまみれて来た。

信吾は行き帰りに、それを跨《また》いで歩くような工合だが、見たくなかった。

首を落されたあとの、日まわりの茎の下の方は、門口にそのまま立っていた。葉がついていない。

その横に葉鶏頭が五六本ならんで、色づいている。

「でも、お隣りのような葉鶏頭は、この近所にはありませんよ。」と保子は言った。

二

田舎の家がぼろぼろになっている夢を見たと、保子が言ったのは、保子の実家の事だった。

保子の両親が死んでから、もう幾年も住みつく者がないままだった。

父は保子に家をつがせるつもりで、姉を嫁に出したらしい。姉を愛していた父としては、逆なわけだが、美人の姉は懇望される口もあって、保子をふびんと思ったのであろう。

だから、姉の死後、保子が姉の婚家へはいって働き、姉のあとに直りたい風なのを見ると、父は保子に絶望したかもしれない。保子がそんな気持になったのには、親や家庭の責任もあろうから、父は悔恨もあったかもしれない。

保子と信吾との結婚は、父をよろこばせたようであった。

父は家の相続人なしに、残生を送る決心をしたものとみえる。

保子を嫁にくれた時の父の年配を、現在の信吾はもう越しているわけだった。

保子の母が先立ち、父が死んでみると、田畑は売りつくされていて、わずかの山林と家屋敷とが残った。骨董《こっとう》というほどのものもなかった。

それらは保子の名義になったけれども、その後は田舎の縁者にまかせきりだった。おそらく山の木でも伐《き》って、税金などをまかなっていてくれたのだろう。長年保子には、田舎の家のための支出もなければ、それからの所得もなかった。

一時、戦争の疎開者が入りこんだところに、買手もついたが、信吾は保子の未練をいたわっておいた。

信吾は保子とその家で婚礼したのだった。一人残った娘を出すかわりに、うちで式をあげたいという父の希望だった。

盃《さかずき》の時に栗の実が落ちたのを、信吾はおぼえている。

栗の実は大きい庭石にあたって、その斜面の角度のせいか、遠くへ飛び、谷川へ落ちた。石にあたってからの飛び方が、意外にみごとだったので、

「あっ。」と信吾は声を立てそうになった。一座を見廻《みまわ》した。

一粒の栗の落ちたのに気づいた者はないようだった。

明くる朝、信吾は谷川へおりてみた。栗の実が水際《みずぎわ》に見つかった。

そこらに幾つでも落ちるのだから、式の時の栗の実とは限らないのだが、信吾は拾って、保子に話そうと思った。

しかし、子供じみている。また、保子や、それから話を聞く人が、その栗の実を信じるだろうか。

信吾は栗を川岸の草むらに捨てた。

保子が信じないかもしれぬというよりも、信吾は保子の姉の夫に恥ずかしいように思うのだった。

この義兄が見えなかったら、昨日の式の時にも、信吾は栗が落ちたと言えたかもしれない。

婚礼の席にこの義兄がいるので、信吾は屈辱に似た圧迫を感じた。

姉が結婚してからもあこがれ続けていた信吾は、義兄に心やましいものもあったし、その姉の病死、それから妹の保子との結婚となっては、義兄に心平らかでないものも生じた。

まして保子の立場は、なお屈辱的であった。義兄は保子の本心を知らぬ振りをして、ていのいい女中代りに使っていたと見れば見られた。

義兄が親戚《しんせき》として、保子の婚礼に呼ばれて来るのは当然だが、信吾は面映《おもは》ゆくて、義兄の方をよう見なかった。

事実義兄はこういう席でも、まぶしいほど美男だった。

義兄の坐っているあたりがなにか光るように、信吾には感じられた。

保子には姉夫婦が理想の国の人だったし、信吾もその保子と結婚したことで、義兄たちには及びもつかぬ人間と決定してしまったわけだ。

義兄は高いところから、信吾と保子との婚礼を、冷たく見下していそうに、信吾は思いもした。

栗の実が一つ落ちたという、ささいのことを、信吾が話しそびれたような暗点は、後まで夫婦のどこかに残っただろう。

房子が生れた時にも、保子の姉に似て美人になってくれないかと、信吾はひそかに期待をかけた。妻には言えなかった。しかし、房子は母親よりも醜い娘になった。

信吾流に言うと、姉の血は妹を通じて生きては来なかった。信吾は妻に秘密の失望を持った。

保子が田舎の家の夢を見て三四日後に、田舎の縁者から電報で、房子が子供をつれて帰って来たと、しらせてよこした。

その電報は菊子が受け取って、保子に渡し、保子は信吾が会社からもどるのを待った。

「田舎の家の夢を見たのは、虫がしらせたんでしょうか。」と保子は言って、信吾が電報を読むのを見ながら、案外落ちついていた。

「ふうん。田舎の家へね？」

それでは死にはしないだろうと、信吾は先ず思った。

「しかし、このうちへどうして帰らないんだ。」

「ここへもどったら、相原に直《す》ぐ知れると思ったんじゃありませんの？」

「それで、相原はなんとか言って来たのか。」

「いいえ。」

「やはりもうだめなんだね、女房《にょうぼう》が子供をつれて出てるのに……。」

「でも、この前のように、房子は実家へ行って来るとことわって出たのかもしれませんし、相原にしてみると、うちへはちょっと顔を出しにくいでしょう。」

「とにかくだめなんだね。」

「田舎へよく行けたと思って、驚いてるんですよ。」

「うちへ来ればよさそうなもんじゃないか。」

「よさそうなものだって、ずいぶん冷淡なおっしゃり方ですよ。うちへ帰れなかった房子がふびんと、私たちは気がつかなければなりませんよ。親も子もこうなってしまうのかと、私はさびしい思いをしていたんです。」

信吾は眉《まゆ》を寄せ、あごを突き出して、ネクタイをほどきながら、

「まあ、待ってくれ。着物はどこだ。」

菊子が着替えを持って来た。信吾の洋服をかかえて、だまって出て行った。

そのあいだ保子は下向いていたが、菊子がしめて行った襖《ふすま》の方を見て、

「あの菊子だって、逃げ出さないとは限りませんよ。」とつぶやいた。

「そういつまでも、親が子供の夫婦生活に、責任が持てるものかね。」

「女の気持はおわかりにならないから……。女は、悲しいことになると、男とはちがいますから。」

「しかし、女にはどの女の気持もみな分ると思うのもどうかね。」

「今日だって、修一は帰らないんでしょう。どうしていっしょにお帰りになれないいんですの。御自分だけお帰りになって、菊子に洋服をしまわせて、それではね。」

信吾は答えなかった。

「房子のことだって、修一にも相談したいじゃありませんか。」と保子は言った。

「修一を田舎へやるかね。房子を迎えに行かなくちゃなるまい。」

「修一の迎えでは、房子も気にいらないかもしれませんけれどね。修一は房子を馬鹿《ばか》にしていますから。」

「つまらんことを今言い出しても、はじまらんさ。土曜日に、修一に行かせよう。」

「田舎へも、いい恥をさらしましたね。私たちも田舎と縁が切れたように帰らないし、房子は頼る人もないのに、よく行けたものですよ。」

「田舎でどこの世話になっているんだろうね。」

「あの空家にいるつもりかもしれませんよ。叔母さんのところに、そう厄介《やっかい》になっているわけにもゆかないでしょう。」

保子の叔母はもう八十を過ぎているはずだ。当主の従弟《いとこ》とも、保子はほとんどつき合っていない。信吾はその家が何人家族かも思い出せなかった。

保子の夢では、ぼろぼろに荒れているという、保子の家に、房子がのがれて行ったのかと、信吾は底気味悪いようでもあった。

三

土曜日の朝、修一は信吾といっしょに家を出て、会社に寄った。汽車に間があった。

修一は父の部屋へ来て、

「この傘《かさ》を預けとくよ。」と女事務員の英子に言った。

英子は少し首をかしげて、目を細めるように、

「御出張ですの?」

「そう。」

修一はカバンを置いて、信吾の前の椅子《いす》に坐った。

英子は修一を目で追うようだった。

「お寒くなりそうですから、お気をつけていらして。」

「うん、そうだ。」と修一は英子の方を見ながら信吾に、

「今日、この子と踊りに行く約束があったんですよ。」

「そうか。」

「おやじに連れて行ってもらいなさい。」

英子は赤くなった。

信吾はなにか言うのも億劫《おっくう》だった。

修一が出て行く時、英子はカバンをさげて、送り出そうとした。

「いいよ、みっともない。」

修一はカバンを奪い取って、扉《とびら》の向うに消えた。

取り残された形の英子は、扉の前で目立たぬほどのしぐさをすると、しおしおと自分の席にもどった。

気まり悪いのか、わざとなのか、信吾は見わける気もないが、その薄っぺらな女らしさで、気楽にさせられた。

「せっかくのお約束が、気の毒だね。」

「このごろは、お約束もあてになりませんの。」

「わたしが代役をつとめよう。」

「はあ。」

「工合の悪いことがあるのか。」

「あら。」

英子はびっくりしたような目を上げた。

「修一の女が踊り場に来ているのか。」

「そんなことございません。」

信吾は前に英子から、修一の女について、しゃがれ声がエロチックだということしか聞いていない。それ以上は、聞き出そうとしなかったのだ。

信吾の部屋つきの英子までがその女に会っていて、修一の家族がその女を知らないのは、世間通例のことなのだろうが、信吾は納得ゆかなかった。

殊《こと》に英子を目の前に見ていると、なお納得がゆかなかった。

英子は見るからに軽そうな女だが、それでもこの場合は、人世の重い帳《とばり》として信吾の前に立っているようだった。なにを考えているか、知れたものでない。

「それでなにか、君は踊りにつれてゆかれて、その女に会ったのか。」と信吾は気楽そうに言った。

「はい。」

「たびたび？」

「そうでもございません。」

「修一が君に紹介したのか。」

「紹介ということもありませんけれど。」

「わたしはどうもわからんのだがね。女と会うのに君をつれて行って、やきもちを焼かれたいのかね。」

「私なんか、おじゃまになりませんの。」と言って、英子はちょっと首をすくめた。

英子が修一に好意を寄せ、嫉妬《しっと》もあるのを、信吾は見抜いているので、

「じゃまをしてやればいいのに。」

「あら。」

英子は下向いて笑った。

「向うもお二人でいらっしゃいますのよ。」

「へええ？　その女も男をつれて来るの。」

「女のお連れですわ。男のひとじゃありません。」

「そうか。それで安心した。」

「あら。」と英子は信吾を見て、

「いっしょに暮してる方ですの。」

「いっしょに暮すって、女が二人で、部屋でも借りてるの？」

「いいえ。小さいけれど、ちょっといいおうちですわ。」

「なんだ。君は行ったことがあるのか。」

「はあ。」

英子は言いよどんだ。

信吾はまたおどろいた。少し急に、

「どこ、家は。」と言った。

英子はふっと顔がしらけた。

「困ったわ。」とつぶやいた。

信吾はだまっていた。

「本郷《ほんごう》の、大学の近くです。」

「そうか。」

英子は圧迫をのがれるように、続けて言った。

「細い通りで、薄暗いところですが、家はきれいです。もう一人のかたが、ほんとうにきれいなひとで、私はとても好きなんですの。」

「もう一人のかたって、修一の女でない方の女か。」

「はい。とても感じのいいひと。」

「ふうん？　それで、その女たちはなにをしてるんだ。二人とも独身か。」

「はい。でも、私にはわかりませんわ。」

「女二人で暮してるんだね。」

英子はうなずいてから、

「あんな感じのいいひと、見たことがありませんわ。毎日でも会いたい。」と少しあまえるように言った。その女の感じのいいことによって、英子は自分のなにかがゆるされるかのような言い方だった。

信吾には意外なことばかりだ。

英子は同居の女をほめて、修一の女を間接にくさしているのかと、信吾は思わぬでもなかったが、どうも英子の本心は察しがつかなかった。

英子は窓に目をやった。

「日がさしてまいりましたわ。」

「そうだね。少しあけてくれ。」

「お傘をお預りした時は、どうかしらと思いましたけれど、御出張に、お天気になってよかったですわ。」

修一が会社の出張だと、英子は思っている。

英子は押し上げたガラス戸を持ったまま、ちょっと立っていた。片方の裾《すそ》が持ちあがっていた。思い迷う風だった。

下向いてもどった。

給仕が三四通の手紙を持ってはいって来た。

英子が受け取って、信吾の机に置いた。

「また告別式か。いやだなあ。こんどは鳥山か。」と信吾はつぶやいた。

「今日の二時だ。細君のやつ、どうしたかな。」

英子は信吾のひとりごとになれていて、そっと信吾を見ているだけだった。

信吾は少し口をあけて、ぼんやりしていたが、

「今日はダンスに行けないね。告別式だ。」と言った。

「この男は、細君の更年期に、ひどく虐待《ぎやくたい》されてね。細君が飯を食わせてくれないんだよ。ほんとうに食わせないんだ。朝だけはまあうちで食って出るんだが、亭主《ていしゆ》のためにはなにも用意してあるわけじゃない。子供たちの飯が出来てるから、亭主は女房にかくれるようにして、こそこそ食うんだな。夕方は女房がこわくて帰れないから、毎晩ぶらついたり、映画を見たり、寄席《よせ》へはいったりして、女房や子供が寝静まってから帰るんだ。子供もみなおふくろに加勢して、おやじを虐待するんだ。」

「どうしてでしょう。」

「どうもこうもない、更年期でそういうことになった。更年期はおそろしいんだぜ。」

英子はいくらかからかわれてると思ったらしい。

「でも、御主人の方に悪いことがおありなんでしょう。」

「当時は立派なお役人だよ。後で民間会社へはいったが、とにかく告別式も、こうして寺を借りてやるくらいだから、相当なんだ。役人の時分は道楽もしなかった。」

「おうちのかたたちを養っていらしたんでしょう。」

「あたりまえだよ。」

「わかりませんわ。」

「そう。君らにはわかるまいが、五十六十の堂々たる紳士で、女房がおそろしくて、うちへ帰れないで、夜なかにそとをさまよっているのは、いくらもいるんだよ。」

信吾は鳥山の顔を思い出そうとしたが、よく思い出せなかった。かれこれ十年会っていない。

鳥山は自宅で死んだのだろうかと考えた。

四

鳥山の告別式で、大学の同期生にでも会えるかと、信吾は焼香をすませてから、寺の門の横に立っていたが、一人も見えなかった。

信吾ほどの年の者も来なかった。

信吾はおそく来たのだったろう。

なかをのぞくと、本堂の入口にならんでいた人たちが、列をくずして動きはじめた。

遺族は本堂のなかにいた。

細君の方は多分生き残っているのだろうと、信吾が思った通り、棺のすぐ前に立っている、痩《や》せた女がそれだろう。

髪を染めているが、しばらく染めないとみえ、根元が白く出ていた。

鳥山の長患《ながわずら》いのみとりで、染める間がなかったのかと、信吾はその老女の方に頭をさげたとたんに思ったが、向き直って棺に焼香をする時は、どうだかしれたものでないとつぶやきそうになった。

つまり、信吾は本堂の階段をあがって遺族に礼をするあいだ、鳥山の細君が亭主を虐待したという話を、ころっと忘れていたのだった。向き直って死人に礼をする時に、その話を思い出した。信吾はぎょっとした。

遺族席の細君を見ないように、本堂を出て来た。

信吾がぎょっとしたのは、自分のおかしな忘れ方のせいで、鳥山や細君のためではなかったが、なにかいやな気持で、敷石道をもどって来た。

忘却と喪失とが、信吾の歩く首筋にある感じだった。

鳥山と細君とのあいだを知っている人はもう少い。知っている人が少しは生きていても、それはもう失われたことだ。後は細君の勝手な思い出にまかせるだけだ。本気にふりかえってくれる第三者はなかろう。

信吾もまじって、六七人の同期生の集まりで、鳥山の話が出た時も、本気に考えてみたものはなかった。笑っただけだ。話を出した男は、戯画と誇張とに調子づいただけだ。

その時集まった者のうち、もう二人は鳥山より先きに死んでいる。

細君がどうして鳥山を虐待したのか、鳥山がどうして細君に虐待されるようになったのか、おそらく当の鳥山や細君もわからなかっただろうと、今の信吾には考えられた。

鳥山はわからぬまま、墓の下へ持って行ってしまった。残った細君にも、それは過去というものに、相手の鳥山のいない過去になってしまった。細君もわからぬまま死んでゆくだろう。

同期生の集まりで鳥山の話を出した男の家には、古い能面が四五面伝わっているそうで、鳥山が来たとき出して見せると、鳥山は長居して動かなかったそうである。その男によると、初めて見る能面が鳥山にそうおもしろいわけはないから、細君が寝るまでうちへ帰れない時間をつぶしたのだろうというのだった。

しかし、毎日そうして夜歩きしながら、五十過ぎの一家の主人は、なにかしら考え深めていたのだろうと、今の信吾には思われた。

告別式に飾った鳥山の写真は、役人のころの正月か式日にでも写したらしく、礼服を着て、温和な円顔だった。写真屋の修正もあって、暗さは見えない。

その鳥山の温容は、棺の前の細君と不釣合《ふつりあ》いに若かった。細君が鳥山に苦しめられて老いたとしか見えない。

細君は背が低いので、髪の根元の白いのを、信吾は下の方に見たが、肩も片方が少しさがって、やつれた感じだった。

息子や娘やそのつれあいらしいのも、細君のそばにならんでいたが、信吾はよく見なかった。

「君のうちはどうだ。」

だれか旧友に出会えたら、信吾はそう聞いてみるつもりで、寺の門に待っていたのだ。

同じことを問い返されたら、

「どうにかここまで無事に来たと思ったら、あいにくと、娘の家も息子の家も、落ちついてくれないんだ。」と答えて、そんな話をしてみたいようだった。

打明け話をしたところで、おたがいになんの力にもならない。おせっかいをする気にもならない。電車の停留所まで歩いて話して、別れるだけだ。

しかし、それだけのことが、信吾は望ましかった。

「鳥山だって、死んでみれば、細君に虐待されたことなんか、跡形もないじゃないか。」

「鳥山の息子や娘の家庭がうまく行っていると、鳥山夫婦の成功ということになるかね。」

「今の世で、子供の結婚生活に、親がどれほど責任が持てるんだ。」

旧友に向って言ってみたい、そんなつぶやきが、どうしたはずみか、信吾の胸に続々と浮んだ。

寺の門の屋根で、雀《すずめ》の群がしきりに鳴いていた。のきを弓形に飛んでは屋根の上にあがり、また弓形に飛んだ。

五

寺から会社にもどると、客が二人待っていた。

信吾はうしろの戸棚《とだな》からウイスキイを出させて、紅茶に入れた。いくらか記憶力の助けにもなる。

客と応待しながら、昨日の朝、うちで見た雀を思い出した。

裏山の裾の薄《すすき》にいた。薄の穂をついばんでいた。薄の実を食うのか、虫を取っているのか。そう思って見ると、雀の群と思っていたなかに、頬白《ほおじろ》がまじっていた。

雀と頬白とがまじっているので、信吾はなおよく見た。

六七羽が穂から穂へ飛び移るので、穂はどれも大きく揺れていた。

頬白は三羽いた。頬白の方がおとなしかった。雀のようにせかせかしなかった。飛び移ることも少なかった。

頬白の翼のつやや胸毛の色で、今年の鳥と思われた。雀はほこりにまみれたように見えた。

信吾は無論頬白が可愛《かわい》かったが、頬白と雀との鳴声の性格がちがうように、動作にもその同じ性格が出ていた。

雀と頬白と喧嘩《けんか》するかと、しばらく眺《なが》めていた。

しかし、雀は雀で呼び合って飛び交い、頬白は頬白で寄り合って、なんとなく別れているだけで、時には入りまじっても、喧嘩する風はなかった。

信吾は感心した。朝の洗面の時であった。

さっき寺の門に雀がいたので、思い出したのだろう。

客を送り出すと、信吾は扉をしめて、振り向くなり、

「君、修一の女の家へ案内してくれよ。」と英子に言った。

信吾は客と話中から考えていたのだが、英子には不意だった。ふんと反抗の素振りで、英子はしらけた顔をしたが、すぐにしおれて見せた。しかし固い声で、

「行って、どうなさるんですか。」と冷たく言った。

「君に迷惑はかけないよ。」

「お会いになるんですか。」

その女に今日会おうとまで、信吾は考えていなかった。

「修一さんがお帰りになってから、ごいっしょにいらしてはいけませんの？」と英子は落ちついて言った。

英子は冷笑していると、信吾は感じた。

車に乗ってからも、英子は沈んでいた。

信吾は英子をはずかしめ、踏みにじっているだけでも、気が重かった。自分と息子の修一とをはずかしめていることでもあった。

修一の留守のあいだに解決してしまうことを、信吾は空想しないではなかった。でも、空想にとどまるという気がした。

「お話なさいますんでしたら、同居のひとにお話なさった方がいいと、私は思います

わ。」と英子が言った。

「君の感じがいいという人だね。」

「ええ。そのひとを私が会社へ呼んでまいりましょうか。」

「そうだね。」と信吾はあいまいに言った。

「修一さんは、そのうちでお酒を召しあがって、ひどく酔って、乱暴なさいますのよ。そのひとに歌をうたえと言って、そのひとがいい声でうたうと、絹子さんが泣くんですの。泣くくらいですから、そのひとの言うことを、絹子さんはよく聞きますわ。」

妙な話し方だが、絹子というのは修一の女だろう。

信吾は修一のそんな酒癖も知らなかった。

大学前で車をおりて、細い路《みち》に折れた。

「修一さんにこんなことが知れましたら、私は会社へ出られませんから、やめさせていただきますわ。」と英子は低い声で言った。

信吾は冷やっとした。

英子は立ちどまっていた。

「そこの、石塀《いしべい》の横をまがって、四軒目の、池田という表札の出ている家ですの。私は顔を知られておりますから、まいりませんわ。」

「君に迷惑かけて、今日はよそう。」

「どうしてですの。ここまでいらして……。御家庭が平和にさえなれば、よろしいじゃございませんの？」

英子の反抗には憎悪《ぞうお》も感じられた。

石塀と英子は言ったが、コンクリイトの塀で、庭にもみじの大木のある、その家の角をまがると、四軒目の池田という小さい古家は、なんの特色もなかった。入口が北向きで暗く、二階のガラス戸もしまり、物音もしなかった。

信吾は通り過ぎた。目にとまるものもなかった。

通り過ぎると、気抜けがした。

あの家に息子のどんな生活がかくれているというのだろう。その家に自分が突然はいってゆくことなど、あり得べきことと、信吾は思えなかった。

別の路を廻った。

さっきのところに英子はいなかった。車をおりた大通りに出ても、英子は見えなかった。

信吾はしかし家に帰ると、菊子の顔が見にくいようで、

「修一は、ちょっと会社へ寄ってから、立って行ったよ。天気になってよかった。」と言った。

ひどくつかれていて、早く寝床にはいった。

「修一は幾日、会社の休みを取ったんですか。」と保子が茶の間から言った。

「さあ。それは聞かなかったが、房子をつれて帰るだけだから、二三日だろう。」と寝床から答えた。

「今日、私も手つだって、菊子に蒲団《ふとん》の綿を入れてもらっておきましたよ。」

房子が二人の子供をつれてもどる、その後の菊子の気苦労を、信吾は思った。

修一に別居させたらと考えると、本郷で見た、修一の女の家が浮んで来た。

英子の反抗も思い出されて来た。毎日そばにいるが、信吾は英子のあんな爆発を見たことはなかった。

菊子の爆発はまだ見ていないということになるのだろう。あの子はお父さまに悪いと思って、やきもちもやけやしないと、保子は信吾に言ったことがある。

間もなく寝入った信吾は、保子のいびきに目をさまされて、保子の鼻をつまんだ。

保子は今まで起きていた人のように言った。

「房子はまた風呂敷包《ふろしきづつみ》をさげてもどるんでしょうか。」

「そんなことだろうな。」

話はそれきりとぎれた。

島の夢

一

床の下でのら犬が子供を産んでいた。

産んでいた、とはよそよそしい言い方だが、信吾一家にとってはまさしくそうなので、家のものが誰《だれ》も知らぬまに、床の下で産んでいたのだった。

「お母さま、テルが昨日も今日も来ませんけれど、お産をしたんじゃありませんかしら。」と菊子は七八日前、台所で保子《やすこ》に言っていたことがあった。

「そう言えば、見かけないね。」と保子は気がなさそうに答えた。

信吾《しんご》は掘火燵《ほりごたつ》に足を垂れて、玉露を入れていた。この秋から毎朝玉露を飲む癖がついて、それは自分で入れるのだった。

菊子は朝飯の支度をしながら、テルのことを言ったのだったが、話はそれきりになった。

菊子が膝《ひざ》を突いて信吾の前にみそ汁《しる》の椀《わん》をおいた時、

「一つ、どう。」と信吾は玉露をついだ。

「はい。いただきます。」

例にないことなので、菊子は改まったように坐《すわ》った。

信吾は菊子を見て、

「帯も羽織も菊か、菊の秋は過ぎたね。今年は房子の騒ぎで、菊子の誕生日を忘れちゃったな。」

「帯は四君子《しくんし》ですわ。一年じゅうしめられますの。」

「四君子てなんだ。」

「蘭《らん》に竹に梅に菊……。」と菊子はさわやかに言って、

「お父さま、なにかで御覧になって、御存じですわ。絵にもありますし、きものにはよくつかいますもの。」

「慾《よく》ばった模様なんだな。」

菊子は茶碗《ちゃわん》をおいて言った。

「おいしかったですわ。」

「ほら、あの、誰だっけ、香奠返《こうでんがえ》しに玉露をもらってから、また飲むようになったね。

昔は玉露をずいぶん飲んだ。番茶はうちではつかわなかったが。」

修一はその朝、先きに会社へ出て行った。

信吾は玄関で靴《くつ》をはきながらも、香奠返しに玉露をもらった友人の名前を思い出そうとした。菊子に聞いてみればいいのだが、だまっていた。その友人は温泉宿へ若い女をつれて行っていて、そこで突然死んだからである。

「なるほどテルが来ないね。」と信吾は言った。

「はい、昨日も今日も。」と菊子は答えた。

信吾が出かける物音で、テルは玄関へまわって来て、門の外までついて来る時もあった。

ついこのあいだ、玄関で菊子がテルの腹をなでてやっていたのを、信吾は思い出した。

「気味が悪いのねえ、ぶよぶよして。」と菊子は眉《まゆ》をひそめていたが、それでも胎児をさぐろうとするようだった。

「いくついるの？」

テルはちょっと妙な白目で菊子を見て、それから横に寝、腹を上向けた。

テルの腹は菊子が気味悪がるほどふくれてはいなかった。少し皮が薄くなったような下腹は薄桃色になっていた。しかし、乳のつけ根などに垢《あか》がたまっていた。

「お乳は十《とお》？」

菊子がそう言ったので、信吾も目で犬の乳を数えてみた。一番上の一対《つい》はしぼんだように小さかった。

テルは飼主があって、鑑札をつけているのだが、飼主がろくに食いものを与えないとみえて、のら犬になっていた。飼主の近所の台所口を廻《まわ》っていた。菊子が、朝晩の残りものに、いくらかテルの分を加えて、やるようになってからは、信吾の家にいる時間が多くなった。夜なかによく庭で吠《ほ》えているのを聞くと、テルがいついた感じもした。しかし菊子も、うちの犬と思うところまではゆかなかった。

また、お産はいつも飼主の家へ帰ってした。

だから昨日今日来ないのは、こんども飼主の家で産んだのだろうと、菊子も言ったわけだった。

お産には飼主の家へ帰るのを、信吾はなにか可哀想《かわいそう》に思った。

ところが、こんどは信吾の家の、床の下で産んでいた。十日ほどは誰も気がつかなかった。

信吾が修一といっしょに会社からもどると、

「お父さま、テルがうちで子供を産んでますのよ。」と菊子が言った。

「そうか。どこで？」

「女中部屋の床の下なんですの。」

「ふうん。」

女中がいないので、三畳の女中部屋は納戸《なんど》代りにいろんなものを置いていた。

「テルが女中部屋の床の下へはいって行きますから、のぞいてみましたら、子供がいるらしいんですのよ。」

「ふうん、何匹。」

「暗くてよく見えませんの。奥の方で。」

「そうか。うちで産んだのかね。」

「お母さまがおっしゃってましたけれど、物置小屋のところで、テルが妙な恰好《かっこう》をして、ぐるぐる廻って、土を掘るようにしていましたって。お産するところをさがしてたんですわ。藁《わら》でも入れてやれば、物置で産みましたでしょう。」

「子供が大きくなったら困るぞ。」と修一は言った。

信吾もテルがうちでお産をしたことに、好意を持ったが、のら犬の子供の始末に困って捨てる時の、いやな思いが浮んで来た。

「テルがうちで子供を産んでるんですって。」と保子も言った。

「そうだってね。」

「女中部屋の床の下だって言いますが、女中部屋だけは人がいないから、テルも考えたもんですね。」

保子は火燵にいたまま、ちょっと顔をしかめて信吾を見上げた。

信吾も火燵にはいって、番茶を飲んでから、修一に言った。

「あの、いつか、谷崎《たにざき》が世話するとか言ってた女中は、どうなったんだい。」

そして二杯目の番茶を自分でついでいると、

「灰皿《はいざら》ですよ、お父さん。」と修一が注意した。

信吾はまちがえて灰皿に茶を入れていた。

二

「われ遂《つい》に富士に登らず老いにけり。」と信吾は会社でつぶやいていた。

ふと浮んだ言葉だが、意味ありげに思えるので、くりかえしつぶやいてみた。

昨夜、松島の夢を見たせいで、こんな言葉も浮んだのかもしれない。

信吾は松島へ行ったことがないのに、松島を夢に見たのは、今朝不思議に思った。

そして、この年になるまで、日本三景の松島も天《あま》の橋立《はしだて》も行ったことがないのに気がついた。安芸《あき》の宮島だけは、季節外れの冬だったが、九州へ社用で出張の帰りに、途中下車してみたことがあった。

夢は朝になると、断片しかおぼえていなかったが、島の松の色や海の色は鮮明に残っていた。そこが松島だったということもはっきりしていた。

信吾は松蔭《まつかげ》の草原で女を抱擁していた。おびえてかくれていた。連れを二人で離れて来たらしい。女は非常に若かった。娘であった。自分の年はわからなかった。女と松のあいだを走った工合から考えても、信吾も若いはずだった。娘を抱擁して、年齢の差は感じていなかったようだ。若い者がするようにした。しかし、若返ったとも、昔のことだとも思わなかった。信吾は六十二歳の現在のままで二十代だという風だった。そこが夢の不思議だった。

連れのモオタア・ボオトが海を遠ざかって行った。その舟に、女が一人立ち上って、しきりにハンカチを振っていた。海の色のなかのそのハンカチの白い色も、夢がさめて後まで、鮮明に残っていた。信吾は女と二人で小島に取り残されたわけだが、そういう不安は少しも感じなかった。信吾には海上のボオトが見えるが、ボオトからは信吾たちの隠れ場所が見つからないと、そのことばかり思っていた。

白いハンカチのところで目がさめた。

朝起きてからは、相手の女が誰だかわからなかった。顔も姿もない。触感も残っていない。景色の色ばかりが鮮明だった。しかし、そこがどうして松島なのかも、なぜ松島の夢を見たのかもわからなかった。

信吾は松島を見たことがないし、無人の小島へボオトで渡ったこともなかった。

夢に色があるのは神経衰弱ではなかったかしらと、家人に聞いてみようと思ったが、信吾は言いそびれてしまった。女と抱擁していた夢など、いやな気がした。ただ、現在の自分のまま若い自分であって、なんの無理もない自然であった。

夢のなかの時間の不思議さは、なにか信吾をなぐさめた。

相手の女が誰だかわかると、その不思議も解けそうに思えて、信吾は会社で煙草《たばこ》をふかしつづけていると、軽いノックで扉《とびら》があき、

「お早う。」と鈴本がはいって来た。

「まだ出て来てないかと思ったが。」

鈴本は帽子を脱いで、そこにかけた。英子が外套《がいとう》を受け取りにあわてて立って来たが、鈴本はそのまま椅子《いす》に坐った。信吾は鈴本の禿《は》げ頭を見ておかしくなった。耳の上にも老人のしみがふえて、きたなかった。

「なんだね、朝から。」

信吾は笑いをこらえて、自分の手を見た。信吾の手の甲から手首のあたりにも、時によって、薄いしみが出たりひっこんだりしている。

「極楽往生を遂げた水田ね……。」

「ああ、水田。」と信吾は思い出して、

「そう、そう、水田の香奠返しに玉露をもらって、それからまた玉露を飲む癖がついちゃったよ。いい玉露をくれたね。」

「玉露もいいが、極楽往生にはあやかりたいね。ああいう死に方も話には聞いてたが、水田がやろうとは思わなかった。」

「ふん。」

「うらやましいことじゃないか。」

「君なんかも太って禿げているから、見込みがあるよ。」

「僕はそう血圧が高くないんでね。なんでも水田は、脳溢血《のういっけつ》をこわがっていてね、一人ではよそに泊れなかったんだそうだが。」

水田は温泉宿で頓死《とんし》をした。葬式の時に、旧友たちは鈴本のいわゆる極楽往生だとささやき合った。しかし、若い女を連れこんでいたからと言って、水田の死がどうしてそうと推量されるのか、後で考えると少し怪しい話だった。でもその時は、相手の女が葬式に来ているかなどと好奇心を働かせたりした。女は一生いやだろうと言う者があり、もし男を愛していれば、女も本望だろうと言うものがあった。

今は六十代の連中が、大学の同期だということで、書生言葉でしゃべり散らしているのも、信吾には老醜の一種と思えた。学生時代の渾名《あだな》や愛称で今も呼び合ったりする。お互いに若いころを知られているのは、親しさなつかしさばかりではなく、苔《こけ》むした自己主義の甲羅《こうら》がそれをいやがりもした。前に死んだ鳥山を笑い話にした水田の死も、笑い話にされた。

鈴本は葬式の時も極楽往生をしつこく言った男だが、信吾はこの男が望み通りに、そういう死に方をするざまを想像すると、見ぶるいしそうで、

「しかし、年よりじゃ、それもみっともないよ。」と言った。

「そうだ。僕《ぼく》らもう女の夢もみないからな。」と鈴本も落ちついた。

「君は富士に登ったことがあるかい。」と信吾は言った。

「富士？　富士山か？」

鈴本はけげんな顔をした。

「登ったことはないね。それがどうしたんだ。」

「僕も登ったことがないんだ。われ遂に富士に登らず老いにけりだ。」

「なに？　なにかわいせつな意味か。」

「ばか言え。」と信吾は吹き出した。

入口に近い卓で算盤《そろばん》を置いていた英子もくすくす笑った。

「そうしてみると、富士にも登らずじまい、日本三景も見ずじまいで、一生終る人間も案外多いんだね。日本人のうちで富士山に登るのは何パアセントかね。」

「さあ、一パアセント、ないかな。」

鈴本はまた話をもどした。

「そこへいくと、水田のような幸運は何万人に一人、何十万人に一人だね。」

「富くじか。しかし遺族はいやだろう。」

「うん、実はその遺族なんだが、水田の細君がやって来てね。」と鈴本は用件にはいる口調で、

「こういうものを頼まれたんだ。」と言いながら、卓の上の風呂敷包《ふろしきづつみ》を解いた。

「面なんだよ、お能の面。これをね、水田の細君が買ってくれと言うんで、君にちょっと見てもらおうと思ってね。」

「面なんかわからんよ。日本三景と同じで、日本にあることを知ってるが、まだ見た

ことはないね。」

　面箱は二つあった。鈴本は袋から面を出して、

「これが、慈童《じどう》、こちらが喝食《かつしき》と言うんだそうだ。両方とも子供だ。」

「これが子供？」

　信吾は喝食を取り上げると、両方の耳穴に通した紙紐《かみひも》をつまんでながめた。

「前髪が描いてあるだろう、銀杏型《いちょうがた》の。元服前の少年のわけだよ。笑《え》くぼもある。」

「ふうん。」

　信吾は自然と両腕をいっぱいに伸ばして、

「谷崎君、そこの眼鏡。」と英子に言った。

「いや、君、それがいいんだ。能面は、そうやって、やや高めに手を伸ばして見るんだそうだ。われわれの老眼の距離が、むしろいいわけさ。そうして、面は少し伏目に、曇らせて……。」

「誰かに似てるようだな。写実的だね。」

　面を伏目にうつ向かせるのを曇らすと言って、表情が憂愁を帯び、上目に仰向かせるのを照らすと言って、表情が明朗に見えるなどと、鈴本は説明した。左右に動かすのは、使うとか切るとか言うそうだ。

「誰かに似てるな。」と信吾はまた言った。

「少年とは思いにくいが、青年に見えるな。」

「昔の子はませてるさ。それにいわゆる童顔なんて、能にはおかしいさ。よく見ていてごらん、少年だよ。慈童の方は、これは妖精《ようせい》だそうで、永遠の少年の象徴なんだろう。」

信吾は慈童の面を鈴本に言われたように動かせて見た。

慈童の前髪は、お河童《かっぱ》の禿《かむろ》型だった。

「どうだ。つき合ってくれよ。」と鈴本が言った。信吾は面を卓においた。

「しかし、君が頼まれたんだから、君が買っとけよ。」

「うん、僕も買ったんだよ。実は細君が五面持って来たもんで、僕が女面を二面取って、海野に一面押しつけて、君にも頼むわけさ。」

「なんだい、残りものか。自分で先きに女面を取っといて、勝手なやつだ。」

「女面がいいの?」

「いいの、もないもんだ。」

「なんなら、僕のを持って来てもいいよ。君に買ってもらえば、こちらは助かる。水田があいう死に方だし、僕は細君の顔を見ると、なんだか気の毒でことわれなかっただけさ。しかし、女面より、作《さく》はこの方が上だそうだよ。永遠の少年なんていいじゃないか。」

「水田は死んだし、水田のとこでこの面を長いこと見てたという鳥山も、先達《せんだつ》て死んだし、気持がよくないね。」

「しかし慈童の面は、永遠の少年でいいじゃないか。」

「君は鳥山の告別式に来たのか。」

「なにかで失礼した。」

鈴本は立ち上った。

「じゃあ、とにかく預けとくから、ゆっくり見てくれよ。君が気に入らなければ、どこかへ向けてくれてもいい。」

「気に入るも入らないも、僕には縁がない。相当な面らしいから、能を離れて、僕らが死蔵するのは、生命を失わせるじゃないか。」

「まあ、いいさ。」

「値段は？　高いものか？」と信吾は追っかけるように言った。

「うん。忘れんように、細君に書かせといた、その紐の紙にね。だいたいその見当だそうだが、まけるだろう。」

信吾は眼鏡をかけて、紙の紐をひろげてみようとしたが、しかし目の前のものがはっきりしたとたんに、慈童の毛描《けが》きや唇《くちびる》が美しく見えて、あっと言いそうだった。

鈴本が出て行くと、英子が卓のそばに寄って来た。

「きれいだろう。」

英子は黙ってうなずいた。

「ちょっと顔にかけてみてくれないか。」

「あら。私なんか、おかしいでしょう。洋服ですし。」と英子は言ったが、信吾が面を持ってゆくと、英子は自分で顔にあてて、紐を頭のうしろで結んだ。

「静かに動かせてごらん。」

「はい。」

英子はちょこんと立ったまま、面をいろいろに動かせた。

「うまい、うまい。」と信吾は思わず言った。それだけのことでも、面は生きて来た。

英子は小豆《あずき》色の洋服を着て、波打たせた髪が面の両脇《りょうわき》に出ていたが、迫るように可《か》愛《わい》く見えた。

「もうよろしいんですの。」

「ああ。」

信吾はさっそく英子に能面の参考書を買いに行かせた。

三

喝食も慈童も作者の名があって、本で調べてみると、室町時代のいわゆる古作にははいらないが、それに次ぐ名人の作とわかった。能面を手に取って見るのは初めての信吾も、贋《にせ》ものではなさそうに思った。

「おや、気味が悪い。どれ。」と保子は老眼鏡をかけて面を見た。

菊子がくすくす笑った。

「お母さま、お父さまのお眼鏡で、およろしいの？」

「ああ。老眼鏡というやつは、だらしのないもんでね。」と信吾が代りに答えた。

「誰のを借りても、たいてい間に合うんでね。」

信吾がポケットから出したのを、保子が使ったのだ。

「だいたい亭主《ていしゅ》の方が早いんだが、うちは婆《ばあ》さんの方が一つ上だから。」

信吾は上機嫌《じょうきげん》だった。外套のまま火燵に足を突っこんでいた。

「老眼でなさけないのは、食いもののよく見えないことだね。出された料理がね。細かくてややこしいものだと、なになのかちょっと見分けのつかない時がある。老眼になり始めはね、飯の茶碗をこう持ち上げると、飯粒がぼうとぼやけて来て、一粒一粒が見えなくなる。実に味気なかったね。」と言いながらも、信吾は能面に見入っていた。

しかし、菊子がきものを膝《ひざ》の前に置いて、信吾の着替えを待っているのに気がつい

た。また、今日も修一の帰らないのに気がついた。

信吾は立って着替えながらも、火燵の上の面を見おろしていた。

しかし、今はそうして菊子の顔を見るのを避けているところもあった。

菊子がさっきから面に近寄って見ようとせず、なにげなく洋服をかたづけているの

は、修一が帰らないからだろうと、信吾は胸が曇った。

「どうも気味が悪い、人間の首みたいで。」と保子が言った。

信吾は火燵にもどった。

「どっちがいいと思う。」

「こっちがいいでしょうよ。」と保子は言下に答えて、喝食の面を手に取った。

「生きてる人間みたいで。」

「ふうん。そうか。」

信吾は保子の即断があっけなくて、

「時代は同じだ、作者はちがうが。豊臣秀吉《とよとみひでよし》のころだ。」と言うと、慈童の面の真上に顔を持って行った。

喝食は男顔で眉も男だが、慈童はいくらか中性じみ、目と眉のあいだが広くて、やさしい三日月なりの眉も少女に近い。

真上から目を近づけて行くと、少女のようになめらかな肌《はだ》が、信吾の老眼にほうっとやわらぐにつれて、人肌の温かみを持ち、面は生きてほほえんだ。

「ああっ。」と信吾は息を呑《の》んだ。三四寸の近くに顔を寄せて、生きた女がほほえんでいる。美しく清らかなほほえみだ。

目と口が実に生きた。うつろな目の穴に黒い瞳《ひとみ》がはいった。茜《あかね》色の唇が可憐《かれん》に濡《ぬ》れて見えた。信吾は息をつめて、鼻が触れそうになると、黒目勝ちの瞳が下から浮きあがって、下唇の肉がふくらんだ。信吾は危く接吻《せっぷん》しかかった。深い息を吐いて、顔を離した。

離れると嘘《うそ》のようだ。しばらく荒い呼吸をしていた。

信吾はむっつりして、慈童の面を袋に入れた。赤地の金襴《きんらん》の袋だ。喝食の袋は保子に渡した。

「入れてくれ。」

古風な色の口紅が唇の縁からなかへ薄れてゆく、その慈童の下唇の奥まで、信吾は見たと感じた。口は軽く開き、下唇には歯ならびがない。雪の上の花のつぼみのような唇だ。

触れるほど顔を重ねて見るなど、能面にはあるまじい邪道だろう。おそらく面打ちの考えなかった見方かもしれぬ。能舞台の上の適当な遠さで最も生きて見える面が、しかし、今のような極端な近さでもまた最も生きたものになったのを、信吾は面打ちの愛の秘密かと思った。

信吾自身が天の邪恋というようなときめきを感じたからだ。しかも、人間の女よりも艶《なま》めかしかったのは、自分の老眼のせいもあるかと笑おうとした。

しかし、夢で娘を抱擁したり、面をつけた英子が可憐だったり、慈童に接吻しかかったり、あやしいことが続くのは、うちにゆらめくものがあるのかと、信吾は考えてみた。

信吾は老眼になってから、若い女と顔を重ねたことはない。老眼にはまたほのかにやわらげる味があるのだろうか。

「この面はね、香奠返《こうでんがえ》しの玉露の、ほら、温泉で頓死《とんし》した水田の旧蔵なんだよ。」と信吾は保子に言った。

「気味が悪い。」と保子はくりかえした。

信吾は番茶にウイスキイを入れて飲んだ。

菊子は台所で鯛《たい》ちりの葱《ねぎ》をきざんでいた。

四

暮れの二十九日の朝、信吾は顔を洗いながら、テルが子犬をみなつれて日だまりに出ているところを見た。

子犬が女中部屋の床の下から這《は》い出すようになっても、四匹か五匹かよくわからなかった。菊子は出て来た子犬を素早くつかまえて、うちへ抱いて上ったりしていたし、子犬は抱かれてしまうと、おとなしくしているのだが、人間を見ると床の下へ逃げ込むし、みなそろって庭へ出て来ることはないので、菊子も四匹と言い、五匹と言った。

朝の日だまりで、子犬は五匹とわかった。

前に信吾が雀《すずめ》と頰白《ほおじろ》とまじっているのを見たのと、同じ山の裾《すそ》だ。空襲よけに横穴を掘った土を、そこに盛り上げ、戦争中はそれにも野菜を植えていた。今は動物の朝の日なたぼっこの場所になっているらしい。

頰白と雀とが穂をついばんでいた薄《すすき》の株はもう枯れているが、たくましい原《もと》の形のまま山根から、盛土《もりつち》の上にかぶさっていた。盛土の上はやわらかい雑草で、テルがそこを選んだ智慧《ちえ》に、信吾は感心した。

人間が起き出す前に、起きても朝の支度に気を取られている時に、テルは子供をい い場所につれ出して、朝日にあたためながら乳を飲ませている。人間にわずらわされないひとときをのどかに楽しんでいる。初め信吾はそう思って、小春日の図にほほえんだ。暮れの二十九日だが、鎌倉《かまくら》の日だまりは小春日だった。

しかし見ていると、五匹が乳房を争って突き退《の》け合い、前足の裏でポンプのように乳房を押してしぼり出す、子犬はきつい動物力をふるっていた。またテルは子犬がもう盛土をのぼれるほど成長したせいか、乳を飲ませるのがいかにもいやそうに胴を振ったり、腹を下向けたりしていた。テルの乳房は、子犬の爪《つめ》で赤い掻《か》き傷《きず》がついていた。

ついにテルは立ち上って、乳房の子犬を振り放した。盛土を駈《か》けおりた。しつっこくぶらさがっていた一匹の黒い子犬は、その拍子に盛土からころがり落ちた。

三尺ほどの高さを落ちたので、信吾ははっとした。なんのことなく起き直った子犬も、瞬間きょとんと立っていたが、すぐ歩き出して、土の匂《にお》いを嗅《か》いだ。

「はてな?」と信吾は思った。この子犬の恰好《かっこう》は今初めて見る感じだが、前にそっくり同じ恰好を見たと感じた。信吾はしばらく考えた。

「そうか。宗達《そうたつ》の絵だ。」とつぶやいた。

「ふうん。えらいもんだ。」

信吾は宗達の子犬の水墨を写真版でちょっと見ただけで、模様化した玩具のような子犬だと思ったものだが、それが生きた写実だったかと気づいて驚いた。今見る黒い子犬の姿に品格と優美とを加えたのが、そっくりあの絵だ。

信吾は喝食《かっしき》の能面が写実で、誰かに似ていると思ったのを考え合わせた。

あの喝食の面作りと画家の宗達とは、同じ時代の人だ。

今で言えば雑種の駄犬《だけん》の子を、宗達はかいたのだ。

「おうい、来てごらん。犬の子がみな出てる。」

四匹の子犬は足をすくめてこわそうに盛土から下りて来た。

信吾は心待ちしていたが、黒い子犬もほかの子犬も、宗達の絵の恰好は二度と見せなかった。

子犬が宗達の絵になったのも、慈童の面が現《うつつ》の女になったのも、あるいはこの二つのことの二つの逆も、ふとした時の啓示なのかと、信吾は思った。

信吾は喝食の面を壁にかけていたが、慈童の面は秘密のように戸棚《とだな》の奥へ入れていた。

保子も菊子も信吾に呼ばれて、洗面所へ子犬を見に来た。

「なんだ、お前たち、顔を洗いながら気がつかなかったのか。」と信吾に言われて、菊子は保子の肩に手を軽くおいて、うしろからのぞきながら、

「女は、朝は気がせきますから、ねえお母さま。」

「そうだよ。テルは？」と保子が言った。

「子供が迷子か捨子みたいに、うろうろ歩いてるのに、どこへ行ったんだろう。」

「こいつらを捨てる時はいやだね。」と信吾は言った。

「もう二匹は、お嫁入り口がありますのよ。」と菊子は言った。

「そうか。貰《もら》い手があるの？」

「はい。それが一軒はテルの飼主ですの。牝《めす》をほしいっておっしゃるのですの。」

「へええ？　テルがのら犬になったから、子供に代えようというのかね。」

「そうらしいんですの。」

そして菊子は保子に、

「お母さま、テルはどこかの御飯に行ったんですわ。」と前の答えをしておいて、信吾にその説明をした。

「テルは利口だって、近所のみなさんがおどろいてらっしゃいますわ。この辺の家の御飯の時間をちゃんと知っていて、その時間にきちんと廻《まわ》って歩くんですって。」

「ほう、そうかね。」

信吾は少し失望した。このごろは朝夕に飯をやり、家にいついたかと思っていたのに、テルは隣り近所の飯時をねらって歩いているのか。

「正確に言うと、御飯時じゃなくて、御飯の後かたづけの時間ですわね。」と菊子は言い足した。

「こんどはお宅でテルがお産をしたそうですねって、御近所の方に会うとおっしゃって、いろいろテルの行状について聞きましたの。近所の子供たちも、テルの子を見せて下さいって来ましたのよ、お父さまのお留守の時に。」

「なかなか人気があるんだね。」

「そうそう、おもしろいことを言った奥さんがありました。こんどテルがお宅へ来て産んだから、お宅でも産れますよ。テルが奥さんに催促したんですよ。おめでたいじゃありませんか。」と保子が言うと、菊子は赤くなって、保子の肩の手をひっこめた。

「あら、お母さま。」

「近所の奥さんが、そう言ったというだけですよ。」

「犬と人間といっしょにするやつがあるか。」と信吾は言ったが、これもまずいことを言った。

しかし菊子はうつ向けた顔を上げて、

「雨宮さんのおじいさんが、とてもテルのことを心配してらっしゃいますのよ。お宅でもらってやって下さいませんかって、頼みに見えましたの。親身なおっしゃり方で、私は困ってしまいましたわ。」

「そうか。もらってもいいじゃないか。」と信吾は答えた。

「ああしてうちへ来てしまってるんだから。」

雨宮というのは、テルの飼主の隣家だが、事業に失敗して家を売り、東京へ越して行った。雨宮のところに老夫婦が居候《いそうろう》して、うちの小用も足していたが、東京の家は手狭だから、鎌倉に残されて、間借りしていた。その老人を雨宮さんのおじいさんと近所では呼んだ。

テルはこの雨宮のおじいさんに一番なついていた。貸間へ移ってからも、老人はテルを見に来た。

「おじいさんに早速そう言ってやりましょう。安心なさるわ。」と言うのをしおに菊子は向うへ行った。

信吾は菊子の後姿を見なかった。黒い子犬を目で追っていると、窓際《まどぎわ》に大きいあざみの倒れているのに気づいた。花は失せ、茎の根元から折れながら、あざみはまだ青々としていた。

「あざみは強いもんだね。」と信吾は言った。

冬の桜

一

大晦日《おおみそか》の夜なかに降り出して、正月元日は雨だった。

今年から満で数えることに改まったので、信吾は六十一になり、保子は六十二になった。

元日は朝寝するのだが、房子の子の里子が早くから廊下を走る音で、信吾は目をさました。

菊子は起きていた。

「里子ちゃん、いらっしゃい。お雑煮のお餅《もち》を焼きましょうね。里子ちゃんも、お手つだいしてちょうだい。」などと言って、菊子は里子を台所へ呼び寄せ、信吾の寝部屋の廊下を走らせまいとするつもりらしいが、里子は聞く風もなく、ぺたぺた廊下を走りつづけた。

「里子、里子。」と房子が寝床から呼んだ。里子は母親にも返事をしなかった。

保子も目をさましていて、信吾に言った。

「雨のお元日ですね。」

「うん。」

「里子が起き出すものだから、房子は寝ていられても、嫁の菊子は起きなければならないじゃありませんか。」

その「なければならない」と言うのに、保子の舌が少しもつれたので、信吾はおかしくなった。

「わたしも久しぶりで、元日から子供に起されましたね。」と保子は言った。

「これから毎日さ。」

「そうでもないでしょう。相原の家には、廊下がありませんから、うちへ来ると、めずらしくて走るんじゃないかしら。少しなれたら、走らなくなると思いますよ。」

「そうかな。あれくらいの子供は、廊下を走りたがるものじゃないのか。ぺたぺたと板に吸いつくような音だね。」

「足がやわらかいから。」と保子は言って、里子の足音に聞耳を立てていたが、

「今年五つになるはずの里子が、三歳になってしまうのは、なんだか狐《きつね》にだまされた

ようですねえ。わたしらは六十四だって六十二だって、大した変りはないけれど。」

「ところが、そうでないんだ。妙なことが出来《しゅったい》したんだぜ。わたしはお前より生れ月が早いから、今年からは、お前とおない年の時があるわけなんだよ。私の誕生日からお前の誕生日までのあいだは、おない年じゃないか。」

「ああ、そうです。」

保子も気がついた。

「どうだ、大発見だろう。生涯《しょうがい》の椿事《ちんじ》だね。」

「そうですね。でもいまさら、おない年になったところではじまらない。」と保子はつぶやいた。

「里子。里子。里子。」と房子がまた呼んでいた。

里子は走るのにあきて、母の寝床へもどったらしい。

「足が冷たいじゃないの。」と房子の言うのが聞えた。

信吾は目をつぶった。

間をおいて保子が、

「あの子も、みなが起きて見ている前で、あんな風に走ってくれるといいんですけれどね。みながいると、しんねりむっつりして、母親にへばりついているんですから。」

二人はこの孫にたいするお互いの愛情をさぐり合っていたのだろうか。少くとも信吾は自分の愛情を、保子からさぐられているように思えるものがあった。あるいは信吾が信吾自身をさぐっているのかもしれない。

廊下をぺたぺた走る里子の足音が、寝不足の信吾は耳ざわりであったが、そう腹立たしいわけでもなかった。

しかし、孫の足音という、やわらぎも感じなかった。たしかに信吾はやさしさに欠けていただろう。

里子の走っている廊下の、まだ雨戸もあけてない暗さなど、信吾は気がつかなかった。保子は直《す》ぐそれを感じたらしい。そういうことも保子には里子がふびんの種になる。

二

房子の結婚の不幸が子供の里子に暗いしみをつけている。それを信吾もふびんとは思わぬではないが、じりじりと頭の痛むことの方が多い。娘の結婚の失敗にたいして、処置がないからでもある。

まったくどうしようもなさそうなのに、信吾はおどろいたくらいだ。

嫁に出した娘の結婚生活については、もう親の力は知れたものだが、別れるほかはないところに来てみると、娘自身の力のなさがいまさら思われるばかりだった。

相原と別れて、子供二人抱えた房子を、親もとへ引き取れば、それでことがすむというわけにはゆかない。房子は癒《いや》されはしない。また房子の暮しが立ちはしない。

女の結婚の失敗には、解決がないのだろうか。

秋に房子は相原のところを出ると、親の家へはもどらないで、信州の家へ行った。その田舎から電報で、信吾たちは房子の家出を知るような始末だった。

房子は修一につれられて来た。

親の家に一月ほどいて、相原とはっきり話をつけて来るからと、房子は出かけた。

信吾か修一かが相原に会って話した方がいいと言っても、房子は自分で行くと言ってきかなかった。

子供はうちに置いて行ったらと、保子が言うと、

「子供をどうするかが問題じゃありませんか。わたしの子供になるか、相原の子供になるか、わかりゃしないんですよ。」と、房子はヒステリックに食ってかかった。

そうして出て行ったきり帰って来なかった。

なににしても、夫婦のあいだのことだから、信吾たちは幾日くらいだまって待つべ

きなのか、見当もつかないが、落ちつかぬ日を重ねた。

房子からも音沙汰《おとさた》がなかった。

また相原のところにおさまる気になったのだろうか。

「房子はあのままずるずるべったりですかねえ。」と保子が言うと、

「こちらがずるずるべったりにしてるんじゃないか。」と信吾は答えて、二人とも曇った顔をした。

その房子が大晦日にとつぜんもどって来たのだった。

「まあ。どうしたの。」

保子はおびえたように房子と子供を見た。

房子は蝙蝠傘《こうもりがさ》をすぼめようとしたが、手がふるえているし、傘の骨が一二本折れているらしい。

保子はそれを見て、

「雨ですか。」

菊子がおりて行って、里子を抱き上げた。

保子は菊子に手つだわせて、煮染《にしめ》などを重箱に詰めているところだった。

その台所口から房子ははいって来たのだ。

信吾は房子が小遣をもらいに来たのかと思ったが、どうもそうではないらしい。

保子も手を拭《ふ》いて、茶の間へはいると、立ったまま房子をながめていて、

「よくまあ、相原さんは、大晦日の夜に帰せたもんですね。」と言った。

房子はだまって、涙を流した。

「まあいいさ。切れ目がはっきりしていて。」と信吾が言った。

「そうですかね。でも、大晦日に追い出されて来るひとがあるかしらと思ってね。」

「わたしが自分から出て来たんですわ。」と房子が泣声でさからった。

「そう、それならいいわ。うちでお正月をしようと思って、帰って来てくれたことになりますわね。わたしの言い方が悪かった。あやまりますよ。まあそんな話は、年があけてから、ゆっくりしましょう。」

保子は台所へ行った。

信吾は保子の言い方にちょっと気を呑《の》まれていたが、母親らしい愛情のひびきも感じた。

房子が大晦日の夜台所口からもどって来たのにも、里子が元日の朝暗い廊下を走り廻るのにも、保子は直ぐふびんがるのはいいとして、なにかそれを信吾に気兼ねするところがありはしないかと、信吾は疑われもした。

元日の朝は、房子が一番おそくまで寝ていた。

房子がうがいする音を聞きながら、みなは膳《ぜん》について待つほどだったが、房子の化粧がまた長かった。

手持無沙汰なので、

「これでも屠蘇《とそ》の前に一つ。」と修一は信吾の杯に日本酒をついだ。

「お父さんの頭も大分白くなったな。」

「ああ。わたしらの年になると、一日でぐっと白毛《しらが》がふえることがある。一日どころか、見ているうちに、目の前で、髪の毛が白くなって来るね。」

「まさか。」

「ほんとうさ。見ていてごらん。」と言って、信吾は少し頭を突き出した。

修一といっしょに保子も信吾の頭を見た。菊子も生真面目《きまじめ》な顔つきで信吾の頭を見つめた。

菊子は膝《ひざ》に房子の下の子供を抱いていた。

三

房子と子供のためにもう一つ火燵《こたつ》を入れて、菊子はその方へ行っていた。

保子は信吾と修一とが向い合って飲んでいる火燵に、横からはいっていた。

修一もうちではあまり飲まないが、元日の雨のため、控えておく量をつい過ごしてしまったのか、父を無視したように手酌《てじゃく》を重ねて、目つきが変って来た。

修一は絹子の家で悪酔いをして、絹子の同居の女に歌をうたわせ、そうすると絹子が泣くという話を、信吾は聞いているが、今修一の酔った目つきを見て、そのことを思い出した。

「菊子、菊子さん。」と保子が呼んだ。

「こちらにもお蜜柑《みかん》を少しちょうだい。」

菊子が襖《ふすま》をあけて蜜柑を持って来ると、

「まあ、ここにいらっしゃいよ。二人でだまりこんで飲んでるんだもの。」と保子が言った。

菊子はちらっと修一を見て、

「お父さまは召し上っていらっしゃらないんでしょう。」と言いそらした。

「いや、お父さんの一生について、ちょっと考えてみていたんでね。」と修一はなにか毒を吐くようにつぶやいた。

「一生について？　一生のなにについて？」と信吾はたずねた。

「漠然《ばくぜん》とですが、強《し》いて結論をもとめると、成功だったか、失敗だったかというようなことになるんでしょうか。」と修一は言った。

「わかるものか、そんなことが……。」と信吾は突き返しておいて、「まあ、今年の正月は、田作《ごまめ》や伊達巻《だてまき》の味がだいぶ戦争前にもどった。そういう意味では、成功といえるかな。」

「田作に伊達巻、ですか？」

「そうさ。そんなものだろうじゃないか。お前が父親の一生について、ちょっと考えてみたと言うならね。」

「ちょっとと言っても。」

「うん。平凡人の生涯は、今年もまあ生きて、正月の田作や数の子にめぐりあったと考えられるね。ずいぶん人が死んでるじゃないか。」

「それはそうです。」

「ところが、親の生涯の成功か失敗かは、子供の結婚の成功か失敗かにもよるらしいんで、これには弱ったたね。」

「お父さんの実感ですか。」

保子が目をあげると、

「およしなさいよ、元日早々。房子がいますよ。」と小声で言って、菊子に、

「房子は？」

「お姉さまはおやすみになってらっしゃいますわ。」

「里子は？」

「里子ちゃんも、赤ちゃんも。」

「おやおや、親子三人で居眠りですか。」と保子は言って、きょとんとした。顔に年寄のあどけなさが出た。

門口があいて、菊子が見に行くと、谷崎英子が年始に来たのだった。

「おやおや、この雨に。」

信吾はおどろいたが、「おやおや」は今の保子の口調がうつっていた。

「お上りにならないとおっしゃってますけれど。」と菊子が言った。

「そう？」

信吾は玄関へ立って行った。

英子は外套《がいとう》をかかえて立っていた。黒のびろおどの服を着ていた。顔を剃《そ》ったらしいのに濃い化粧で、腰の上をすぼめた姿が、なお小作りに見えた。

英子は少し固くなってあいさつをした。

「ひどい雨に、よく来てくれたね。今日はだれも来ないし、わたしも出かけないつもりだった。冷たいから、上ってあたたまりなさい。」

「はい。ありがとうございます。」

英子は吹降りの寒さを歩いて来たので、訴えるような素振りになっているのか、ほんとうになにか話があるのか、信吾は見迷った。

とにかく、この雨のなかを来たのはたいへんだという感じを受けた。

英子は上りそうになかった。

「それじゃあ、わたしも思い切って出かけることにしよう。いっしょに行くから、ちょっと上って待っててくれないか。板倉さんとこだけは、毎年元日に顔を見せることにしてるんだが。前の社長だよ。」

信吾は今朝から気がかりだったことが、英子の来てくれたのを見てきまったので、いそいで支度をした。

修一は信吾が玄関へ立って行った後、ごろりと横になったらしいが、信吾がもどって着替えをはじめると、また起き上った。

「谷崎が来たよ。」と信吾は言った。

「ええ。」

修一はひとごとのようで、英子に会おうとはしなかった。

信吾が出かける時、修一は顔を上げて、父の姿を目で追いながら、

「明るいうちにお帰りにならないと。」

「ああ、早く帰ろう。」

テルが門口へ廻《まわ》っていた。

どこから出て来たのか、黒い子犬が母犬の真似《まね》をして、信吾の前を門の方へ走ると、ふらふらよろけた。胴の片方の毛を濡《ぬ》らせた。

「まあ、可哀想《かわいそう》に。」

英子は子犬の方へしゃがみそうにした。

「うちで子犬が五匹産れたんだが、もらい手があって、四匹はかたづいちゃった。これ一匹だけ残ってるんだ。」と信吾は言った。

「これも約束ずみだ。」

横須賀《よこすか》線はすいていた。

信吾は電車の窓から横降りの雨足を見て、よく出て来たものだと、なにか気持がよかった。

「毎年、八幡《はちまん》さんへ詣《まい》る人で、電車がえらくこむんだがね。」

英子はうなずいた。

「そうそう、君はいつも元日に来てくれるんだったな。」と信吾は言った。

「はあ。」

英子はしばらくうつ向いていた。

「会社にいなくなりましても、お元日には、うかがわせていただけたらと思いますけれど。」

「結婚したら来てもらえなくなるね。」と信吾は言ったが、

「どうかしたの？　なにか話があって来たんじゃないのか。」

「いいえ。」

「遠慮なく言っていいよ。こっちは頭が鈍って、少しぼけてるからね。」

「あんなとぼけたことおっしゃって。」と英子は妙な言い方をした。

「でも会社は、よさせていただきたいと思ってますの。」

信吾は予期しないではなかったが、返答に迷った。

「そんなお話、お元日早々、そんなお願いにうかがったのじゃございませんの。」と英子は大人びて言った。

「いずれ改めて。」

「そうか。」

信吾は気持が曇った。

三年ほど自分の部屋に使っていた英子が、急に別の女になったように思った。明らかにいつもとちがう。

しかし、常日頃《つねひごろ》英子をよく見ていたわけではない。信吾には女事務員に過ぎなかっただろう。

とっさに信吾は無論英子を引きとめたいように感じた。でも信吾はなにも英子をとらえているわけではなかった。

「君が会社をやめると言うのは、しかしわたしに責任があるわけだろう。修一の女の家に案内させたりして、君をいやがらせたし、会社で修一に会うのがつらいのじゃないのか。」

「ほんとうにいやでしたわ。」と英子ははっきり言った。

「でも後から考えてみて、お父さまとしては当然だと思いましたの。それに、自分の悪かったことがよくわかりましたの。修一さんにダンスにつれてっていただいたりして、いい気になって、絹子さんの家まで遊びに行ったりしてたんですもの。堕落してましたわ。」

「堕落？　というほどのこともないだろう。」

「悪くなっていましたわ。」と英子は悲しそうに目を細めて、

「会社をやめることになりましたら、お世話になったお礼に、私が絹子さんに身をひくように頼みますわ。」

信吾はおどろいた。くすぐったい気もした。

「さっき奥さまとお玄関でお目にかかりましたでしょう？」

「菊子か？」

「はあ。つらかったんですの。どうしても絹子さんに言おうと、決心しましたわ。」

信吾は英子の軽さが感じられるようで、自分の気持も軽くなるようだった。

もしかすると、この軽い手で、ことは案外解決しないとも限らぬ。信吾はふとそう思った。

「しかし、よろしく頼むと、わたしが言う筋合ではないね。」

「私が御恩返しに、自由意志で決心したことですもの。」

英子が小さい唇《くちびる》で大袈裟《おおげさ》な言葉を言うのが、信吾はどうもくすぐったかった。

軽はずみのおせっかいをやめてくれと、信吾は言いたいところもあった。

しかし英子は自分の「決心」に感動しているらしかった。

「あんないい奥さまがおありになって、男の方の気がしれませんわ。絹子さんとふざけてらっしゃるのを見ると、いやな気がしますけれど、奥さまでしたら、どんなになかよくなさっても、私だってやきませんわ。」と英子は言った。

「でも、はたの女にやかせないような女は、男の方にもの足りないんですの？」

信吾は苦笑した。

「奥さまのことを、子供だ、子供だって、よくおっしゃってましたわ。」

「君にか？」と信吾は声がとがった。

「はあ、私にも絹子さんにも……。子供だから、おやじに気に入っていると、おっしゃってましたわ。」

「馬鹿《ばか》な。」

信吾は思わず英子を見た。

英子は少しあわてて、

「でも、このごろはおっしゃいません。このごろは、奥さまのことはおっしゃいませんわ。」

信吾は怒りにふるえて来そうだった。

修一は菊子のからだのことを言っていたのだと、信吾は察した。

修一は新妻《にいづま》に娼婦《しょうふ》をもとめていたのだろうか。おどろいた無知だが、そこにはまたおそろしい精神の麻痺《まひ》があるように、信吾には思えた。

修一が妻のことを絹子や、また英子にまでしゃべる、つつしみのなさもこの麻痺から来ているのだろうか。

信吾には修一が残忍に感じられた。修一ばかりではなく、絹子や英子も菊子に対して残忍であるように感じられた。

修一は菊子の純潔を感じなかったのか。

末っ子で、ほっそりと色白の菊子の幼な顔が、信吾に浮んで来た。

息子の嫁のために、息子を感覚的にも憎むのは、信吾も少し異常だと気づきながらも、自分がおさえられなかった。

保子の姉にあこがれたために、その姉が死んでから、一つ年上の保子と結婚した信吾は、そのような自分の異常が生涯の底を流れていて、菊子のためにいきどおるのだろうか。

菊子は修一にあまり早く女が出来たので、嫉妬《しっと》のすべにも迷うありさまだったが、しかし修一の麻痺と残忍との下で、いやそのためにかえって、菊子の女は目ざめて来たようでもある。

信吾は英子も また菊子よりも発育の悪い娘であるのを思った。

結局、なにか自分のさびしさで、自分の怒りをおさえることになるのかと、信吾はだまってしまった。

英子もだまって手袋を脱ぐと、髪を直した。

四

熱海《あたみ》の宿の庭には、一月の中ごろに桜が満開だった。

寒桜ということで、年の暮から咲きはじめているとのことだが、信吾は別世界の春にあったように感じた。

紅梅を信吾は緋桃《ひもも》の花と見ちがえた。白梅が杏子《あんず》かなにかの花に見えた。

部屋へ案内されるより先きに、泉水にうつる桜に誘われて、信吾はその岸へ行った。橋の上に立って花をながめた。

向う岸へ傘《かさ》の形の紅梅を見に行った。

紅梅の下から白いあひるが三四羽逃げ出した。そのあひるの黄色いくちばしと、少し濃い黄色の足にも、信吾は春だと感じた。

明日、会社の客をするので、信吾はその準備に来たわけだ。宿と打ち合わせると、あとは用がなかった。

廊下の椅子《いす》に坐って、花の庭をながめていた。

白いつつじも咲いていた。

しかし十国峠《じっこくとうげ》の方から重い雨雲がおりて来たので、信吾は部屋にはいった。

机の上に懐中時計と腕時計と、時計が二つ置いてあった。腕時計の方が二分進んでいた。

二つの時計はぴったり合うことが少い。ときどき気になる。

「お気になさるのなら、一つだけお持ちになればよろしいじゃありませんか。」と保子に言われて、もっともだと思うが、長年の習慣である。

夕飯前から嵐《あらし》模様の大雨になった。

停電したので、早く寝た。

目がさめると、庭で犬が吠《ほ》えていた。海の荒れるような雨風の音だった。

額に汗がにじんでいた。春の海辺の嵐のように、室内が重くよどんで、なま暖かく、胸苦しかった。

信吾は深い呼吸をしながら、ふと血を吐きそうな不安を覚えた。還暦の年に、一度少し吐いたが、その後はなんともなかった。

「胸じゃない、胃がむかつくのだ。」と信吾は自分につぶやいた。

耳にいやなものがつまり、それが両方のこめかみを伝わって、額にたまって来た。信吾は首筋と額をもんだ。

海鳴りのようなのは山の嵐の音で、その音の上をまた雨風の尖《さき》がこする音が近づいた。

そういう嵐の音の底にごおうっと遠い音が聞えて来た。

汽車が丹那《たんな》トンネルを通る音だ。そう信吾にわかっていた。またそうにちがいなかった。汽車はトンネルを出る時に、汽笛を鳴らした。

しかし、汽笛を聞いた後で、信吾はふとおそろしくなって、はっきり目がさめた。

その音は実に長かった。七千八百メエトルばかりのトンネルを通るのに、汽車が七分か八分かかるとすると、信吾は汽車がトンネルの向う口にはいった時から聞き通したようだった。しかし、汽車が函南《かんなみ》の向う口へはいったとたんに、こちらの熱海口から七町も離れた宿で、トンネルのなかの音が聞えるものなのだろうか。

信吾はその音と共に、暗いトンネルを通る汽車を、たしかに頭で感じていた。向うの口からこちらの口までのあいだ、汽車を感じつづけていた。汽車がトンネルを出た時に、信吾もほっとした。

しかし、怪しいことだった。朝になったら、宿の人たちにたずね、駅にも電話で問い合わせようと思った。

しばらく眠れなかった。

「信吾さあん、信吾さあん。」という呼び声を信吾はゆめうつつにきいた。

そう呼ぶのは、保子の姉しかない。

信吾はしびれるようにあまい目ざめだった。

「信吾さあん、信吾さあん、信吾さあん。」

その声は裏の窓の下で、そこへ忍んで来て呼んでいる。

信吾ははっと目がさめた。裏の小川の水音が高い。子供たちの声がする。

信吾は起き上って、裏の雨戸をあけてみた。

朝日が明るかった。冬の朝日が春の雨に濡れた後のような暖かい光だった。

小川の向うの路《みち》に、小学校へ通う子供が七八人集まっていた。

今の呼び声は子供たちが誘い合う声だったのだろうか。

しかし、信吾は胸を乗り出して、小川のこちら岸の篠竹《しのだけ》のあいだを、目でさがしてみた。

朝の水

一

　正月の元日に、お父さんの頭も大方白くなったと、息子の修一に言われた時、自分たちの年では、一日で白毛《しらが》がふえる、一日どころか、見ているうちに、目の前で、髪が白くなって来ると、信吾は答えたものだが、それは北本を思い出したからだった。

　信吾の学校仲間と言えば、現在六十過ぎで、戦争の半ばから敗戦の後に、運命の転落をしたものが少くなかった。五十代では上の方にいるから、落ちるとひどく、また倒れると立ちにくかった。息子を戦争で死なせる年齢でもあった。

　北本も三人の息子を失った。会社の仕事が戦争向きに変った時、北本は不用の技術屋になっていた。

「鏡の前で、白毛を抜いているうちに、頭が狂って来たんだそうだよ。」

　旧友の一人が信吾を会社へ訪ねて、北本のうわさをした。

「社へも出ないし、ひまになったから、気をまぎらわせるために、白毛でも抜いているんだろうと、初めはうちの者も軽く見ていたんだな。そんなに気になさらなくてもという程度で……。しかし、北本は毎日鏡の前にしゃがんでいる。昨日《きのう》抜いたと思うところが、明くる日にはまた白毛になっている。ほんとうはもう抜き切れないほど多かったんだろうね。日を追うて、北本の鏡の前にいる時間が長くなった。姿が見えないと思うと、鏡の前で抜いている。鏡のところをちょっと離れても、そわそわして直《す》ぐにもどってゆく。抜き通しだ。」

「それでよく頭の毛がなくならなかったね。」と信吾は笑いかかった。

「いや、笑いごとじゃないよ。そうなんだよ。頭の毛が一本もなくなっちゃった。」

信吾はいよいよ笑った。

「それが君、うそじゃないんだから。」と友人は信吾と顔を見合わせて、

「白毛を抜いているうちに、北本の頭は白くなってゆくんだそうだ。一本の白毛を抜くと、その隣りの黒い毛が二三本、すうっと白くなるという風でね。北本は白毛を抜きながら、よけい白毛になる自分を、鏡のなかに見据《みす》えているわけだ。なんとも言えない目つきでね。頭の毛が目立って薄くなって来た。」

信吾は笑いをこらえて、

「細君はだまって抜かせておいたのか。」と聞いてみたが、友人はもっともらしく続けた。

「いよいよ毛が残り少くなって来た。残り少い毛はもうみな白毛だったそうだ。」

「痛いだろう。」

「抜く時にね？　黒い毛を抜くと困るから、一本ずつ丹念に抜いて、抜くのは痛くない。しかし、そこまで抜いた後は、頭の皮が引きつるようで、手で頭にさわったら痛いだろうという、医者の話だ。血は出ないが、毛のなくなった頭が赤く地ばれがしていた。とうとう精神病院へ入れられたんだね。わずかに残っていた毛も、北本は病院で抜いちゃったんだそうだ。気味が悪いだろう。恐ろしい妄執《もうしゅう》だね。老いぼれたくない、若返りたい。気がちがったから白毛を抜き出したか、白毛を抜き過ぎたから気がちがったか、ちょっとわからないが。」

「でも、よくなったんだろう。」

「よくなった。奇蹟《きせき》が起ったんだぜ。まる裸の頭に、黒々とした毛が、房々と生えて来たんだぜ。」

「そいつはいい話だ。」と信吾はまた笑い出した。

「実話だよ、君。」と友人は笑わないで、

「気ちがいには年齢はないさ。われわれも気がちがったら、大いに若返るかもしれないよ。」

そして友人は信吾の頭を見た。

「僕などは絶望だが、君などは有望だ。」

友人はだいぶん禿《は》げ上っていた。

「僕もひとつ抜いてみるかね。」と信吾はつぶやいた。

「抜いてみ給え。しかし君には、一本残さず抜くほどの情熱はないだろう。」

「ないね。白毛を気にもしてないよ。気が狂うほど、黒くなりたいとは思わん。」

「それは君の地位が安穏だったからさ。万人の苦難と災厄《さいやく》のなかを、しゃあしゃあ泳いで来たからだ。」

「簡単に言うね。北本に向って、抜き切れない白毛を抜くよりも、染めた方が簡単だと言うのと、同じようなものだろう。」と信吾は言った。

「染めるのはごまかしだ。ごまかしを考えるようでは、われわれに北本のような奇蹟は起らないわけだね。」と友人は言った。

「しかし、北本は死んだというじゃないか。君の話のような奇蹟が起って、髪の毛が黒く若返っても……。」

「君は葬式に行ったのかい。」

「その時は知らなかった。戦争がすんで少し落ちついてから聞いた。知っていても、空襲の激しい最中だから、東京には出て行かなかっただろうね。」

「不自然な奇蹟は、これは長持ちしないんだね。北本は白毛を抜いて、年齢の運行に反抗し、没落の運命に反抗したのかもしれないが、寿命というやつは別だとみえる。髪の毛が黒くなったところで、いのちは延びやしないのさ。逆だったかもしれんよ。白毛の後に黒い毛が生え出すのに、えらい精力を消耗して、寿命を縮めたのかもしれん。だけど、北本の必死の冒険は、われわれもひとごとじゃないぜ。」と友人は結論をくだして、頭を振った。禿げた脳天に、腋《わき》の毛を簾《すだれ》のように渡した頭だ。

「誰《だれ》に会っても、このごろは白毛だね。僕なども戦争中はそれほどではなかったのが、終戦後にめっきり白くなったね。」と信吾は言った。

　信吾は友人の話をそのまま信じたわけではなかった。尾鰭《おひれ》のついたうわさ話と聞いていた。

　しかし、北本が死んだことは、ほかからも耳にはいって、確かである。

　友人が帰った後で、信吾はひとり今の話を思い出していると、妙な心理が働いた。

死んだのが事実だとすると、その前に北本の白毛が黒い毛に生え変ったのも事実のように思えて来る。黒い毛の生えたのが事実だとすると、その前に北本の気が狂ったのも事実のように思えて来る。狂ったのが事実だとすると、その前に北本が頭の毛をすっかり抜いたのも事実のように思えて来る。毛をすっかり抜いたのが事実だとすると、北本が鏡を見ている間に、頭の毛が白くなっていったのも事実のように思えて来る。してみると、友人の話はすべて事実ではないか。信吾はぎょっとした。

「あいつに聞き忘れたよ。北本が死ぬ時はどうだったんだ。頭の毛は黒かったのか、白かったのか？」

信吾はそう言って笑った。その言葉も笑いも声には出ない。自分に聞えただけだ。友人の話がすべて事実で、誇張はなかったとしても、北本を嘲弄《ちょうろう》するような口調はあっただろう。老人が死んだ老人の噂《うわさ》を、軽薄に残酷にしゃべった。信吾は後味が悪かった。

信吾の学校仲間で、変った死に方をしたのは、この北本と、それから水田だった。水田は若い女と温泉宿に行って、そこで頓死《とんし》した。信吾は去年の暮れ、水田の遺品の能面を買わせられたが、北本のためには、谷崎《たにざき》英子を会社に入れたということになるだろう。

水田の死は戦後だから、信吾も葬式に行けた。しかし、空襲時の北本の死は、後になって聞いたほどで、谷崎英子が北本の娘の紹介状を持って会社へ来た時、北本の遺族が岐阜《ぎふ》県に疎開したままでいることを、信吾は初めて知ったのだった。

英子は北本の娘の学校友だちだという。しかし、信吾は北本の娘から、そんな友だちの就職を頼まれるのが、いかにも突然の感じだった。信吾は娘を見たこともない。英子も戦争中から北本の娘には会っていないという。信吾には二人の娘が軽薄に思えた。北本の細君が娘に相談されて、信吾を思い出したのなら、自分で手紙を書けばいい。

信吾は娘の紹介状に責任を感じなかった。

紹介されて来た英子を見ると、これがまた体の薄い、心の軽い娘のようだった。しかし、信吾は英子を社に入れて、自分の部屋づきにした。英子は三年つとめた。

三年は早いものだが、英子にしてはよく続いたと、後で信吾は思った。その三年のあいだに、英子は修一と踊りに行ったりするのはいいとして、修一の女の家にまで出入りするようになった。信吾は英子に道案内させて、その女の家を見に行ったことさえあった。

それらのことが、このごろ英子には重苦しくなって、会社もいやになったらしい。

信吾は英子と北本の話をしたことはなかった。英子は友だちの父が狂って死んだとは知らないのだろう。家庭に入り合うほどの友だちではなかったのだろう。

英子を信吾は軽便な娘と考えていたが、会社をやめられてみると、英子にも小さい良心と善意とがあったのを感じた。その良心と善意とは、まだ結婚していないため清潔のようにも思えた。

二

「お父さま。まあお早い。」

菊子は自分が顔を洗おうとしていた水を捨てて、信吾のために、洗面器へ新しい水を出した。

その水に血がぽたぽたと落ちた。血は水のなかにひろがって薄れた。

信吾はとっさに、自分の軽い喀血《かっけつ》を思い出し、自分の血よりきれいだと思い、菊子が喀血したと思ったが、鼻血だった。

菊子はタオルで鼻をおさえた。

「仰向いて、仰向いて。」と信吾は菊子の背に腕を廻《まわ》した。菊子は避けるように、前へふらついた。信吾は肩をつかんで、うしろへ引くと、菊子の額に手をやって、仰向かせた。

「あ。お父さま、よろしいんですの。すみません。」

菊子がものを言ううちに、血が掌から肘《ひじ》へ一筋伝わった。

「じっとして、しゃがんで、横になりなさい。」

信吾に支えられながら、菊子はそこへうずくまって、壁にもたれた。

「横になりなさい。」と信吾はくりかえした。

菊子は目をつぶって、じっとしていた。気を失ったように白い顔が、なにかをあきらめた子供のあどけなさにも見えた。前髪のなかの薄い傷あとが、信吾の目についた。

「おさまった？　血がとまったら、寝間へ行って、休んでなさい。」

「はい。もう大丈夫です。」と菊子はタオルで鼻を拭《ふ》いて、

「その洗面器、よごれていますから、今洗います。」

「うん、いいよ。」

信吾はいそいで洗面器の水を流した。水の底の方に、血の色が薄く溶けていたように思った。

その洗面器を使わないで、信吾は水道の水を掌に受けて、顔を洗った。

信吾は妻を起して、菊子に手伝わせようと思った。

しかし、菊子は苦痛の姿を、姑《しゅうとめ》に見せたくなかろうとも思った。

菊子の鼻血はふき出すようだったが、それは菊子の苦痛がふき出したように、信吾は感じた。

鏡の前で、信吾が頭に櫛《くし》を入れているところを、菊子が通った。

「菊子。」

「はい。」と振り向いたが、そのまま菊子は台所へ行った。十能《じゅうのう》に炭火を盛って来た。

火の粉のはぜるのが、信吾に見えた。ガスでおこした火を、茶の間の火燵《こたつ》に入れるのだ。

「あっ。」と信吾は声を立てるほど、自分自身におどろいた。娘の房子がもどっているのを、うっかり忘れていた。茶の間の薄暗いのは、その隣りの部屋に、房子と二人の子供が寝ていて、雨戸をあけないからだ。

菊子を手伝わせるには、老妻を起さなくても、房子を起せばいい。それだのに、妻を起そうかと思った時、房子のことが頭に浮ばなかったのはおかしい。

信吾が火燵にはいると、菊子が熱い茶を入れて来た。

「ふらふらするんだろう？」

「少うし。」

「まだ早いし、今朝は休んだらいい。」

「そろそろ動いている方がいいんですの。新聞を取りに出て、冷たい風にあたると、よくなりました。女の鼻血は、心配ないって言いますわ。」と菊子は軽い口振りで、

「今朝も寒いのに、お父さまはどうしてお早いんですの？」

「どうしてかね。寺の鐘の鳴る前から、目がさめていた。あの鐘は、冬も夏も、六時につくんだね。」

信吾は先きに起きたが、修一よりも後から会社へ出かけた。冬のあいだはそうである。

昼飯の時、修一を近所の洋食屋に誘って、

「菊子の額の傷は知ってるだろう。」と信吾は言った。

「知っていますよ。」

「難産で、医者が鉤《かぎ》をかけたあとだろう。生れる時に苦しんだ名残りというわけでもあるまいが、菊子が苦しい時は、あれが目立つようだね。」

「今朝ですか。」

「そうだ。」

「鼻血を出したからでしょう。顔色が悪くなると、あれが見えるんです。」

鼻血を出したと、菊子がいつのまに修一に話したのか、信吾はちょっと拍子抜けし

たが、

「昨夜だって、菊子は寝てないじゃないか。」

修一は眉《まゆ》をひそめた。しばらく黙っていて、

「お父さんはなにも、よそから来た者に遠慮なさらなくてもいいんですよ。」

「よそから来た者とはなんだ。自分の女房《にょうぼう》じゃないか。」

「だから、息子の女房に、遠慮なさらなくともいいと言ってるんです。」

「どういうことだ。」

修一は答えなかった。

三

信吾が応接間に行くと、英子は椅子《いす》にかけて、もう一人の女は立っていた。

英子も立ち上って、

「ごぶさたいたしました。暖くなりました。」と、そんな挨拶《あいさつ》のようなことを言った。

「しばらく。二月になるな。」

英子はどことなく少し太ったようで、紅白粉《べにおしろい》も濃くなっていた。一度英子と踊りにいった時、ちょうど掌いっぱいくらいの乳房らしいと感じたのを、信吾は思い出した。

「池田さんです。いつかお話の……。」と英子は紹介しながら、泣き出しそうな可愛《かわい》い目をした。真剣な時の癖だ。

「はあ。尾形《おがた》です。」

修一がお世話になりましてとも、信吾はその女に言えない。

「池田さんは、お会いしたくない、お会いするわけがないって、いやがってらっしゃるのを、無理に来てもらいましたの。」

「そう?」

そして英子に、

「ここでいいの?　どこかへ出てもいいんだが。」

英子は問うように池田を見た。

「私はここで結構でございますけれど。」と池田は不愛想に言った。

信吾は内心戸惑っていた。

修一の女と同居している女を、信吾に会わせるなどと、英子が言っていたことはあったようだ。しかし、信吾は聞き流しただけだ。

会社をやめてから二月も後に、それを英子が実行しようとは、信吾は実に意外だった。

やっと別れ話がついたというのだろうか。信吾は池田か英子かが切り出すのを待った。

「私、英子さんがあまりやかましく言うものですから、お目にかかってもしかたがないと思いながら、うかがったわけでございますけれど。」

池田はむしろ反抗の調子だった。

「しかし、こうしてうかがいますのには、私も前から絹子さんに、修一さんとは別れた方がいいと言っておりますし、お父さまにお会いして、別れさせることに協力するようになっても、それはよろしいと思いますの。」

「はあ。」

「英子さんはお父さまに御恩があるし、修一さんの奥さまに同情して。」

「いい奥さまですもの。」と英子が口をはさんだ。

「英子さんが絹子さんにそう言っても、いい奥さまだから、自分が身をひくという女も、今は少うございます。よその人を返すから、私の戦死した夫を返せ、絹子さんはそんなことを言い出しますの。生きて返してくれさえしたら、夫がどんなに浮気《うわき》をしたって、女をこしらえたって、私は夫の好きなようにさせてあげる。池田さん、あなたはどう、と聞かれますと、それは夫に戦死された者は、私だってそう思わないではございません。絹子さんは、私たちは夫が戦争に行っても、辛抱していたじゃないの？　そして死なれた後の私たちはどうなの？　修一さんは私のところへ来たって、死ぬ心配はないし、怪我《けが》もさせないで帰すんじゃないの？」

信吾は苦笑した。

「いくらいい奥さまでも、夫に戦死されたことがないから。」

「まあ、それは乱暴な話だ。」

「はあ、そんなのは、お酒に酔って泣いての話ですけれど……。修一さんと二人で悪酔いして、帰って奥さんに、お前は戦争に行った夫を待った経験がないだろう、帰るにきまっている夫を待ってるだけじゃないか、そうおっしゃい、よし、言ってやろう。私もその一人ですけれど、戦争未亡人の恋愛には、なにかたちの悪いところがあるんじゃございませんの？」

「さあ、どういう？」

「男のかたも、修一さんだって、お酔いになるといけませんわ。絹子さんにずいぶん手荒いことをなさって、歌をうたえとおっしゃるんですの。絹子さんは歌がきらいですから、しかたなしに私が小さい声で歌うこともございます。そうでもして修一さんを鎮《しず》めないと、隣り近所にみっともなくて……。私はうたわせられながら、侮辱されているようでくやしかったんですけれど、これは酒癖じゃなくて、戦地の癖じゃないかしらと思いつきましたの。戦地のどこかで、修一さんはこんな女遊びをなさったのじゃないかしら。そうしますと、修一さんの乱れた姿が、自分の戦死した夫が戦地で女遊びしている姿のように見えるんでございます。胸がきゅうとなって、頭がぼうっとして来て、なんですか、自分が夫の相手の女のような錯覚をおこして、下品な歌をうたって泣いてしまいました。後で絹子さんに話しますと、自分の夫に限って、そんなことはと思うけれど、そうかもしれないわ。それからは、私が修一さんにうたわせられますと、絹子さんも泣くようになりまして……。」

信吾はその病的なのに、暗い顔をした。

「そういうことは、あなたたちのためにも、早くやめなければいけませんね。」

「そうでございます。修一さんがお帰りになった後で、池田さん、こんなことをしていたら堕落するわねえと、絹子さんはしみじみ言うこともあります。それなら、修一さんと別れたらよさそうなものですけれど、もし別れてしまえば、その後で、こんどはほんとうに堕落しそうな気がして、絹子さんはそれがこわいところもございましょう。女はね……。」

「それは大丈夫よ。」と英子が横から言った。

「そうね。ちゃんと働いてはいるんだから。英子さんも見ているでしょう。」

「ええ。」

「私のこれも、絹子さんの仕立てでございます。」と池田は自分のスウツを指す身ぶりで、

「裁断の主任の次くらいですか、お店でも大事にされて、英子さんのことを頼んでも、すぐ入れてもらえましたし。」

「君もその店につとめてるの？」

信吾はおどろいて英子を見た。

「はあ。」と英子はうなずいて、少し赤くなった。

修一の女を頼って、同じ店にはいりながら、今日こうして池田をつれて来た、英子の気持が、信吾にはわからない。

「絹子さんは、ですから、修一さんに経済的な御迷惑は、あまりおかけしていないと思いますわ。」と池田は言った。

「無論、そうでしょう。経済的などという……。」

信吾は癇《かん》にさわって言いかけたが、中途でやめた。

「絹子さんが修一さんにいじめられているのを見ますと、私はよく申しますけれど。」

池田はうつ向いて、膝《ひざ》に手をおいていた。

「修一さんもやはり負傷してお帰りになっているのよ。心の負傷兵だわ。それで……。」と顔を上げて、

「別居なさることはお出来になりませんの？ 奥さまと二人きりでお暮しになれば、絹子さんとお別れになってゆくんじゃないか、私はそう思うこともございます。いろいろに考えてみまして……。」

「そうですね。考えてみましょう。」

信吾はうなずくように答えた、指図がましいと反撥《はんぱつ》しながら、いかにもと同感もした。

四

信吾は池田という女に、なにも頼むつもりはなかったので、こちらからは言うことがなかった。向うのしゃべるのを聞いていただけのようだ。

向うとしては、信吾が下手《したて》に出るほどではなくとも、打ちとけて相談しなければ、なんで会いに来たのかわからない立場だが、よくあれだけ話したものだ。絹子のことを弁解したようで、必ずしもそうばかりではない。

信吾は英子にも池田にも感謝すべきかと思われる。

二人の来訪を疑惑し、邪推したわけではなかった。

しかし、信吾の自尊心は、屈辱に堪えていたのか、帰りに社用の宴会へ廻って、席にはいろうとした時、芸者に耳もとへなにかささやかれると、

「なに？　耳が遠くて、聞えないよ。」と腹立たしく言って、芸者の肩をつかんだ。すぐ手を離したが、

「痛いわあ。」と芸者は肩をさすっていた。

信吾がまずい顔をしたので、

「ちょっとこちらへいらして。」と芸者は信吾に肩を寄せて、廊下へつれ出した。

十一時ごろ家に帰ったが、修一はまだ帰っていなかった。

「お帰りなさい。」

茶の間の向うの部屋で、房子が下の子に乳房をふくませながら、片肘《かたひじ》を突いて、頭を持ち上げた。

「ああ、ただ今。」と信吾はそちらを見て、

「里子は寝たの？」

「はあ、お姉ちゃんは今寝たばかりです。お母さま、イチ万円とヒャク万円と、どっ

ちが多いの、ねえどっちが多いのと里子が聞いて、大笑いしたところですわ。お祖父《じい》さまがお帰りになったら、聞いてごらんなさいと言ってるうちに、寝てしまいましたわ。」

「ふうん。戦前の一万円と戦後の百万円だとね。」と信吾は笑いながら、

「菊子。水を一杯くれ。」

「はい。お水？　召しあがりますの？」

めずらしいという風に、菊子は立って行った。

「井戸の水だよ。さらし粉のはいったのはいやだ。」

「はい。」

「里子は戦前に生れてませんわ。私も結婚してなかったわ。」と寝床で房子が言った。

「戦前戦後にかかわらず、結婚してない方がよさそうだな。」

裏の井戸の音を聞いて、信吾の妻が言った。

「あのポンプを押す、きいきいいう音も寒くなくなりました。冬のあいだは、あなたのお茶のために、菊子が朝早く井戸をきいきい鳴らす音は、寝床で聞いていても寒そうですよ。」

「うむ。実は修一たちを別居させようかと思うんだがね。」と信吾は小声で言った。

「別居ですか。」

「その方がいいだろう。」

「そうですね。房子でも、ずっとうちにいることになるんでしたら……。」

「お母さま、私は出て行きますわよ。別居でしたら。」

房子が起きて来た。

「私が別居しますわ。そうでしょう。」

「お前に関係のない話だ。」と信吾は吐き出した。

「関係がありますわ。大ありじゃありませんの。お父さんがお前を可愛《かわい》がらなかったから、お前は性質が悪いと、相原に言われて、私はううっと咽《のど》につまって、あんなくやしいことはなかったんです。」

「まあ、少し落ちつけ。三十にもなって。」

「落ちつくところがないのに、落ちつけないわ。」

みごとな乳房の出た胸を、房子は掻《か》き合わせた。

信吾は疲れたように立ち上った。

「ばあさん、寝よう。」

菊子がコップに水を入れて来た。片手に大きい木の葉を持っていた。信吾は立った

まま水をたっぷり飲んで、

「なにそれ。」と菊子にたずねた。

「枇杷《びわ》の新芽です。薄い月で、井戸の前に白っぽいものがふわふわ見えますから、なんでしょうと思うと、枇杷の新芽が大きくなっていて。」

「女学生趣味ね。」と房子が皮肉に言った。

夜の声

一

男のうなるような声で、信吾は目がさめた。

犬の声か人間の声か、ちょっと分らなかった。はじめ信吾は犬のうなり声だと聞いた。

テルが死にそうに苦しんでいると思った。毒でも飲まされたのか。

信吾は急に動悸《どうき》が早くなった。

「あっ。」と胸をおさえた。心臓に発作が来たかのようだった。

それではっきり目がさめると、犬ではなくて、人間のうなり声だった。首を絞められて、舌がもつれている。信吾は寒けがした。誰《だれ》かが危害を加えられている。

「聞こう、聞こう。」と言うように聞えた。

咽がつまって、苦しいうなり声だ。呂律《ろれつ》がまわらない。

「聞こう、聞こう。」

殺されそうになって、相手の言い分か要求を、聞こうと言うのか。

門の戸に人の倒れかかる音がした。信吾は肩をすくめて、起き上るように身構えた。

「菊子う、菊子う。」

菊子を呼ぶ、修一の声だった。舌がもつれて、「く」の音《おん》が出ないのだ。ひどく酔っている。

信吾はぐったりして、頭を枕《まくら》に休めた。胸の動悸はまだ続いていた。その上を撫《な》でながら、呼吸を整えた。

「菊子う、菊子う。」

修一は手で門を叩《たた》くのではなく、よろよろと体を門にぶっつけているようだった。

信吾はひと息してから、門をあけてやるつもりだった。

ふとしかし、自分が起きて行っては、工合が悪いと気がついた。

修一はせつない愛情と悲哀とをこめて、菊子を呼んでいるようだ。身も世もあらぬ声のようだ。ひどい痛みか苦しみかの時、あるいは生命の危険におびえた時、幼い声が母を呼びもとめる、うめき声のようだ。罪の底から叫んでいるようでもある。修一はいたいたしい裸の心で、菊子にあまえている。妻に聞えないと思って、酔いにまぎれて、あまえ声を出しているのかもしれない。菊子を拝んでいるようなものだ。

「菊子う、菊子う。」

信吾に修一のかなしみが伝わって来た。

自分はあんなに絶望的な愛情をこめて、妻の名を呼んだことが、一度だってあっただろうか。外地の戦場にいた修一の、ある時のような絶望も、おそらく自分は知らずに来たのだろう。

菊子が目をさましてくれればいいと、信吾は聞き耳を立てた。息子のみじめな声を嫁に聞かれるのが、少し恥ずかしい気もあった。菊子が起きないなら、妻の保子を起そうと、信吾は思ったが、なるべく菊子の起きるのがよかった。

信吾は熱い湯たんぽを、足の先きで、寝床の裾《すそ》に押しやった。春になっても湯たんぽを入れているので、動悸が打ったりするのだろうか。

信吾の湯たんぽは、菊子の受持ちだった。

「菊子、湯たんぽを頼むよ。」と信吾はときどき言った。

菊子の入れてくれる湯たんぽが、一番温度を長持ちした。口もしっかりしまっていた。

保子は頑固《がんこ》なのか、元気なのか、この年になっても、湯たんぽが嫌《きら》いだった。足が温い。五十代のうちは、信吾はまだ妻の肌《はだ》で暖を取ったが、近年は離れていた。

保子が信吾の湯たんぽの方へ、足をよこすこともなかった。

「菊子う、菊子う。」と、また門の音がした。

信吾は枕もとの明りをつけて、時計を見た。二時半に近かった。

横須賀《よこすか》線の終電車が鎌倉《かまくら》に着くのは、一時前だが、それからまた修一は、駅前の飲み屋でねばっていたのだろう。

今の修一の声を聞くと、東京の女とのあいだも、もう先きが見えていると、信吾は思った。

菊子が起きて、台所から出て行った。

信吾はほっと明りを消した。

ゆるしてやれよと、菊子に言うように、信吾は口のなかでつぶやいた。

修一は菊子にぶらさがって来るらしかった。

「痛い、痛いから、放して。」と菊子が言った。

「左の手で、私の髪をつかんでらっしゃるのよ。」

「そうか。」

台所に二人はもつれて倒れて、

「だめよ。じっとして……。膝《ひざ》にのっけて……。酔うと、足がふくれるのよ。」

「足がふくれる？　嘘《うそ》つけ。」

菊子は修一の足を自分の膝にのせて、靴《くつ》を脱がせてやっているらしい。

菊子はゆるしている。信吾が案じるまでもなく、夫婦のあいだでは、菊子もこんな風にゆるせる時を、むしろよろこんでいるのかもしれない。

修一の呼ぶ声を、菊子もよく聞いていたのかもしれない。

それにしても、修一が女のところから酔って帰ったのに、その足を膝に抱き上げて、靴を脱がせてやる、菊子のやさしさというものを、信吾は感じた。

菊子は修一を寝かせてから、勝手口と門とをしめに行った。

修一のいびきが信吾にまで聞えた。

妻に迎え入れられて、修一がたちまち寝入ってしまったとすると、さっきまで修一の悪酔いの相手をさせられていた、絹子という女の立場は、どうなるのだろう。修一は絹子の家で飲むと荒れて、絹子を泣かせるというではないか。

まして、修一が絹子を知ったために、菊子はときどき青ざめながらも、腰まわりなども豊かになって来たのだ。

二

修一の大いびきは間もなくやんだけれども、信吾は眠りそこなった。

保子のいびきの癖が、息子にもうつっているのかと、信吾は思ってみた。

そうではなくて、今夜は深酒のせいだったろう。

このごろ信吾は妻のいびきも聞かない。

寒いあいだは、保子はなおよく眠るようだ。

信吾は寝不足の次の日は、一層記憶が悪くていやだし、感傷につかまることがあった。

今だって、修一の菊子を呼ぶ声を、感傷で聞いたのかもしれなかった。修一は舌がもつれていただけではないか。きまり悪さを、酔態にまぎらわしたのではないか。

呂律のまわらぬ声に、修一の愛情と悲哀とを感じたのは、信吾が修一に望むものを、信吾が感じたに過ぎぬようでもある。

いずれにしても、あの呼び声で、信吾は修一をゆるした。そして菊子も、修一をゆるしているだろうと考えた。その肉親のエゴイズムに、信吾は思いあたった。

信吾は嫁の菊子にやさしくしているつもりながら、やはり根には、肉親の息子に身方しているところがあるらしい。

修一は醜悪だ。東京の女のところで酔って来て、家の門に倒れかかっている。もし信吾が門の戸をあけに出たら、信吾は顔をしかめ、修一は酔いがさめただろう。菊子でよかった。修一は菊子の肩につかまって、うちにはいれた。

修一の被害者である菊子が、修一の赦免者でもあるようなわけだ。

二十を出たばかりの菊子が、修一と夫婦暮しで、信吾や保子の年まで来るのには、どれほど夫をゆるさねばならぬことが重なるだろうか。菊子は無限にゆるすだろうか。

またしかし、夫婦というものは、おたがいの悪行を果しなく吸いこんでしまう、不気味な沼のようでもある。絹子の修一にたいする愛や、信吾の菊子にたいする愛なども、やがては修一と菊子との夫婦の沼に吸いこまれて、跡形もとどめぬだろうか。

戦後の法律が、親子よりも夫婦を単位にすることに改まったのはもっともだと、信吾は思った。

「つまり、夫婦の沼さ。」とつぶやいた。

「修一を別居させるんだな。」

心に浮ぶことを、うっかりつぶやく癖も、信吾の年のせいだった。

「夫婦の沼さ。」とつぶやいたのは、夫婦二人きりで、おたがいの悪行に堪えて、沼を深めてゆくというほどの意味だった。

妻の自覚とは、夫の悪行に真向うことからだろう。

信吾は眉毛《まゆげ》がかゆくなってこすった。

春が近い。

夜なかに目ざめても、冬のようにいやではなくなる。

修一の声で起きる前にも、信吾は夢で目がさめたのだった。その時は夢をよくおぼえていた。ところが、修一に起された時は、夢をほとんど忘れてしまっていた。

自分の胸の動悸で、夢の記憶が消えたのかもしれない。

おぼえているのは、十四五の少女が堕胎をしたということと、「そうして、なになに子は永遠の聖少女となったのである。」という言葉だけだった。

信吾は物語を読んでいた。この言葉は、その物語の結びであった。

物語を言葉で読みながら、同時にその物語の筋が、芝居か映画のように、夢に見えるのだった。信吾は夢のなかに登場しないで、まったく見物人の立場だった。

十四五で堕胎をして、聖少女とは奇怪だが、それには長い物語があった。少年と少女との純愛の名作物語を、信吾の夢は読んでいたのだった。読み終って、目がさめた時には、感傷が残っていた。

少女は妊娠とはしらないし、堕胎とも思わないで、ただ別れさせられた少年を、慕い通したというようなことだったろうか。それでは不自然だし不純だ。

忘れた夢は、後から作れない。また、その物語を読む感情も、夢であった。

夢のなかでは、少女の名もあったはずだし、顔も見えていたはずだが、今はただ少女の体の大きさ、正しく言えば小ささが、ぼんやり残っているだけだ。和服を着ていたようだ。

信吾はその少女に、保子の美しい姉の面影《おもかげ》を夢見たのかと思ってみたが、そうでもなさそうだった。

夢のもとは、昨夜の夕刊の記事に過ぎなかった。

「少女が双児《ふたご》を産む。青森にゆがんだ（春のめざめ）」という大きい見出しで、「青森県の公衆衛生課が調べると、県内で優生保護法による妊娠中絶者のうち、十五歳が五名、十四歳が三名、十三歳が一名、高等学校生徒の年齢、十八歳から十六歳までが四百名、そのうちで高校生が二十パアセントを占めている。また、中学生の妊娠は、弘《ひろ》前《さき》市に一人、青森市に一人、南津軽郡に四人、北津軽郡に一人、しかも性知識の欠如のため、専門医の手にかかりながら、〇・二パアセントが死亡、二・五パアセントが重症、という恐ろしい結果を招いていることがわかり、なお隠して、指定医以外に扱われて死んでいく（幼い母）の生命には、まことに寒心すべきものがある。」

その分娩《ぶんべん》の実例も、四件ほど書いてあったが、北津軽郡の中学二年生、十四歳は、昨年の二月、にわかに産気づいて、双子を産んだ。母子ともに健全で、幼い母は中学三年に通っている。親は子供の妊娠を知らなかった。

青森市の高等学校二年生、十七歳は、クラスの男生徒と未来を約束して、昨年の夏、妊娠した。双方の親たちは、まだ少年少女が学生だというので中絶した。しかし少年は、「遊びではない。近いうちに結婚する。」と言っている。

この新聞記事に、信吾はショックを受けた。そして眠ったので、少女の堕胎を夢に見た。

しかし、信吾の夢は、少年少女を醜いとも悪いともしないで、純愛の物語とし、「永遠の聖少女」とした。眠る前には、思ってもみないことであった。

信吾のショックは、夢で美しくなった。なぜだろうか。

信吾は夢で、堕胎の少女を救い、また自分をも救ったのかもしれない。

とにかく、夢に善意があらわれた。

自分の善意が夢に目ざめるのかと、信吾は自分を振りかえった。

また、老いのうちにもゆらめく青春の名残りが、少年少女の純愛を夢見させるのかと、信吾は感傷にもあまえた。

この夢の後の感傷があったので、信吾は修一のうなるような呼び声も、先《ま》ず善意で聞いて、愛情と悲哀とを感じたのかもしれなかった。

三

次の朝、菊子が修一を揺り起すのを、信吾は寝床で聞いていた。

このごろは早く目がさめて困るのだが、寝坊の保子に、

「年寄の冷水《ひやみず》と早起きは、いやがられますよ。」とたしなめられるし、嫁の菊子より先きに起きるのは、自分でも悪いと思うから、そっと玄関の戸をあけて新聞を取って来ると、寝床でゆっくり読むのだった。

修一が洗面所へ行ったらしい。

歯をみがこうとして楊枝《ようじ》を口へ入れると、気持が悪くなったのか、げえげえ言っている。

菊子が小走りに台所へ行った。

信吾は起きた。台所からもどって来る菊子に、廊下で出会った。

「あっ、お父さま。」

菊子は突きあたりそうに立ちどまって、ぽっと頬《ほお》を染めた。右手のコップから、なにかこぼれた。修一の二日酔いの迎え酒に、菊子が台所から冷酒を持って行ったのだろう。

その菊子は化粧していなくて、少し青ざめた顔を赤らめ、眠いような目ではにかみ、紅のない素直な唇《くちびる》から、きれいな歯を見せて、気まり悪げにほほ笑んだのを、信吾は愛らしいと思った。

こんなに幼げなところが、まだ菊子には残っているのか。信吾は昨夜の夢を思い出した。

しかし、考えてみると、新聞に出ていた年のような少女が、結婚して出産するのは、なにもそう珍らしいことではない。早婚の昔には、いくらもあった。

それらの少年の年には、信吾自身だって、保子の姉にひとかどあこがれていた。

信吾が茶の間に坐《すわ》ったのを知って、菊子はあわてたように、そこの雨戸をあけた。

春めいた朝日がさしこんだ。

菊子は日光の量におどろいたらしく、またうしろから信吾に見られているので、両手を頭に上げると、寝みだれ髪をきゅっとひっつめた。

神社の公孫樹《いちょう》の大木も、まだ芽吹いてはいないが、朝の日光と朝の鼻には、なんとなく木の芽の匂《にお》いがするようだ。

菊子は素早く身じまいをして、玉露を入れて来た。

「はい、お父さま。おそくなりました。」

寝起きの信吾は、玉露も熱い湯で飲む。熱い湯なので、入れ方はかえってむずかしい。菊子の加減が一番いいようだ。

未婚の娘が入れてくれたら、もっといいだろうかと、信吾は思う。

「酔っ払いには迎え酒、老いぼれには玉露で、菊子もいそがしいな。」

信吾は軽口をたたいた。

「あら、お父さま。御存じでしたの？」

「目をさましたね。初めはテルがうなってるのかと思った。」

「そうですか。」

菊子は下向いて坐って、立ち上りにくいようだった。

「私だって、菊子さんより先きに、起されたわよ。」と襖《ふすま》の向うから、房子が言った。

「いやなうなり声で、気味が悪かったけれど、テルが吠《ほ》えないから、修一だとわかったわ。」

房子は寝間着のまま、下の子の国子に乳をふくませて、茶の間へ出て来た。

顔はみっともないが、乳房は色も白くて、みごとである。

「おい、その恰好《かっこう》はなんだ。だらしがない。」と信吾は言った。

「わたしは相原がだらしがないから、どうしたって、だらしがなくなりますよ。だらしがない男のところへ、嫁にやられたら、だらしがなくなったって、しかたがないじゃありませんか。」

房子は国子を、右の乳から左の乳へ抱き変えながら、

「娘のだらしがなくなるのがおいやなら、嫁にやる先きが、だらしがないかどうか、よく調べていただきたかったわ。」と、しつっこく言った。

「男と女とはちがうよ。」

「同じですよ。修一をごらんなさい。」

房子は洗面所の方へ行こうとした。

菊子が両手を出した。房子が赤ん坊を乱暴に渡したので、赤ん坊は泣き出した。

房子はかまわずに、向うへ行った。

保子が顔を洗って、そこへ来て、

「はい。」と赤ん坊を受け取った。

「この子のお父さんも、どうするつもりですかねえ。房子が大晦日《おおみそか》にもどってから、

もう二月の余《よ》になりますよ。房子がだらしがないとおっしゃるけれど、うちのお父さまの方が、肝腎《かんじん》のことにかけては、よっぽどだらしがないじゃありませんか。大晦日の夜、まあいいさ、切れ目がはっきりしていて、とおっしゃったくせに、またそのまま、ずるずるべったりでしょう。相原さんは、なんとも言って来やしないし。」

保子は腕のなかの赤ん坊の顔を見ながら言った。

「あなたの使ってらした、谷崎《たにざき》という子は、修一の話だと、あれで半未亡人だそうですが、房子もまあ半出戻《はんでもど》りというんですかね。」

「半未亡人とはなんだい。」

「結婚はしていなかったけれど、好きな人が戦死をして。」

「だって、谷崎は戦争の時分、まだ子供じゃないか。」

「十六七にはなってたでしょう、数え年で。忘れられない人だって、出来ますわ。」

信吾は保子の「忘れられない人」という言葉が、思いがけなかった。

修一は朝の食事をしないで、出て行った。気持が悪いからだろうが、時間もおくれていた。

信吾は午前の郵便が来るころまで、うちにぐずついていた。菊子が信吾の前へおいた手紙のなかに、菊子あての封書が一通あった。

「菊子。」と信吾はその手紙を渡した。

菊子は宛名《あてな》を見ないで、信吾のところへ持って来たのだろう。菊子には手紙も滅多に来ない。手紙を待つこともないらしい。

その場で、菊子は手紙を読んで、

「お友だちからですけれど、中絶なさって、後がよくなくて、本郷の大学病院へ入院したんですって。」と言った。

「ふうん？」

信吾は老眼鏡をはずして、菊子の顔を見た。

「もぐりの産婆《さんば》にでも、かかったんじゃないの？　あぶないね。」

夕刊の記事と今朝の手紙と、信吾はその符合を思った。堕胎の夢まで見ている。

信吾は昨夜の夢を菊子に話したい、誘惑を感じた。

しかし、言い出せないで菊子を見ていると、なにか自分のうちに若さがゆらめいたが、ふと、菊子も妊娠していて、中絶しようとしているのではないか、と連想がひらめいて、信吾はおどろいた。

四

電車が北鎌倉の谷を通ると、

「よく梅が咲いてますわ。」と菊子はめずらしそうにながめた。

北鎌倉は電車の窓近くに、梅が多いが、信吾は毎日見るともなく見ている。

もう盛りを過ぎて、日なたでは、花の白い色も衰えている。

「うちの庭にも咲いてるじゃないか。」と信吾は言ったけれども、それは二三本で、菊子が今年の梅を見るのは、初めてかもしれないと思った。

菊子には手紙も滅多に来ないように、菊子の外出することも滅多にない。鎌倉の町通りを買いものに歩くくらいである。

大学病院へ友だちを見舞いに行くという菊子と、信吾はいっしょに出て来たのだった。

修一の女の家が大学の前にある。それが信吾は気がかりだった。

また、菊子が妊娠しているのか、みちみち聞いてみたかった。

そう聞きにくいわけでもないのに、信吾は言いそびれそうだった。

妻の保子から、女の生理について聞かなくなって、なん年だろう。更年期の変化が過ぎると、保子はなにも言わなくなってしまった。その後は健康というわけではなく、消滅というわけだろうか。

保子が言わなくなってしまったことを、信吾も忘れて過ごしていた。

信吾は菊子に聞いてみようとして、保子のことを思い出した。

菊子が病院の産婦人科へ行くと、保子が知れば、ついでに菊子もみてもらって来たらと、言ったかもしれない。

保子は菊子に子供の話もする。菊子がつらそうに聞くのを、信吾は見ていたこともある。

菊子も修一には、体のことをなにかと打ち明けているにちがいない。それを打ち明けられる男は、女にとって絶対であろう。もし女にほかの男が出来たら、そういう打ち明け話をためらうようになると、信吾は昔友だちに聞いて、感心したのをおぼえている。

実の娘でも父親には打ち明けない。

信吾は菊子とは、修一の女の話をするのも、これまではおたがいに避けて来たようだ。

菊子が妊娠だとすると、修一の女に刺戟《しげき》された、菊子の成熟かもしれない。いやなことだが、これも人間かという思いが信吾にはあるので、菊子に子供のことを聞くのは、ひそかな残忍とも思えた。

「雨宮さんのおじいさんが昨日いらしたの、お母さまにお聞きになりましたか。」

菊子がふと言った。

「いや、聞かない。」

「東京へ引き取られるようになったと、御挨拶《ごあいさつ》にいらしたんですの。テルをお願いしますって、ビスケットの大きい袋を、二つもいただきましたわ。」

「犬に？」

「ええ。犬に下さったんだろう、一袋は人間かなって、お母さまもおっしゃって。雨宮さんの御商売が調子よくいって、建増しをなさったそうで、おじいさんはうれしそうでしたわ。」

「そうだろうね。商人はさっさと家まで売って出直すと、またたちまち家が建つのかね。こっちは十年一日だな。この横須賀《よこすか》線に毎日乗るだけで、いい加減おっくうだね。このあいだも、料理屋で会があって、老人の集まりだから、よくまあ何十年も、同じことをくりかえして来たものだ、うんざりするね、くたびれたね。もうそろそろお迎えが来ないか。」

菊子は「お迎え」という言葉が、とっさに分らぬようだった。

「閻魔《えんま》の前へ出たら、われわれ部分品に罪はございません、と言おうという落ちになった。人生の部分品だからね。生きてるあいだだって、人生の部分品が、人生に罰せられるのは酷じゃないか。」

「でも。」

「そう。いつの時代のどんな人間が、人生の全体を生きたかというと、これも疑問だしね。たとえば、その料理屋の下足番はどうだ。客の靴《くつ》を出したりしまったり、それだけが毎日だろう。部分品もそこまでゆけば、かえって楽だと、勝手なことを言う老人もいてね。女中に聞いてみると、下足番のじいさんもつらい。四方が靴の棚《たな》で、穴倉のようななかで、股火鉢《またひばち》をしながら、客の靴をみがいている。玄関の穴倉は、冬は寒いし、夏は暑いし。うちの婆さんも、養老院の話が好きだろう。」

「お母さまが？　でも、お母さまのは、若い人が死にたいと、よく言うのと、同じじゃありませんの？　もっとのんきなお話ですわ。」

「自分の方がわたしより後に残ると、きめてかかっての話だからね。しかし、若い人って誰のこと？」

「誰のことって……。」と菊子は口ごもったが、

「お友だちの手紙にも。」

「今朝の？」

「はい。その方、結婚なさってないんですの。」

「ふうん。」

信吾がだまってしまったので、菊子は後を話せなかった。

電車は戸塚《とつか》を出たところだった。保土《ほど》ケ谷《や》とのあいだは長かった。

「菊子。」と信吾は呼んで、

「前々から考えていたことだが、菊子たちは別居してみる気はないかね。」

菊子は信吾の顔を見て、後の言葉を待っていたが、訴えるような声で、

「どうしてですの、お父さま。お姉さまがお帰りになってるからですか。」

「いや。房子のことは関係がない。房子は半出戻りの形で、菊子には気の毒だが、相原と別れるにしても、うちには長くいないだろう。房子は別にして、菊子たち二人の問題だよ。菊子は別居した方が、よくはないの？」

「いいえ。私でしたら、お父さまにやさしくしていただいて、いっしょにいたいんですの。お父さまのそばを離れるのは、どんなに心細いかしれませんわ。」

「やさしいことを言ってくれるね。」

「あら。私がお父さまにあまえているんですもの。私は末っ子のあまったれで、実家でも父に可愛がられていたせいですか、お父さまといるのが、好きなんですわ。」

「実家のお父さんが菊子を可愛がったのは、よく分るよ。わたしだって、菊子がいてくれるので、どれほどなぐさめられるかしれない。別居するのはさびしいよ。しかし修一があんなことをしているのに、わたしは今まで、菊子の相談にも乗ってやらない。いっしょにいるかいがない親だ。これはやはり、お前たちが二人きりになったら、二人だけでいい解決がつくのじゃないか。」

「いいえ。お父さまがなにもおっしゃらないでも、私のことを案じて、いたわって下さるのが、よく分りますわ。私はそれにすがって、こうしていられるんですもの。」

菊子は大きい目に、涙をためた。

「別居させられるのは、恐ろしい気がしますわ。一人でとてもじっとうちに待っていられませんわ。さびしくて、かなしくて、こわくて。」

「それを一人で待ってみるんだな。しかしまあ、こんな話は電車のなかでは出来ない。よく考えておきなさい。」

菊子はほんとうに恐ろしいのか、肩をふるわせそうにしていた。

東京駅でおりると、信吾はタクシイで、菊子を本郷へ送って行った。

実家の父に可愛がられていたからか、今は感情がみだれているせいか、菊子はこういうことも不自然と思わぬらしかった。

まさか、修一の女が歩いていることもあるまいが、信吾はそんな危険を感じて、菊子が大学病院のなかへはいるまで、車をとめて見送っていた。

春の鐘

一

花時の鎌倉《かまくら》は仏都七百年祭で、寺の鐘が一日じゅう鳴っていた。

しかし、信吾《しんご》には聞えないこともあった。菊子は立ち働いていても、話していても、聞えるらしいのに、信吾は耳を澄まさないと聞えない。

「ほら。」と菊子は教えた。

「また鳴りますわ。ほら。」

「ふうむ?」

信吾は首をかしげて、

「ばあさんはどうだ。」と保子《やすこ》に言った。

「聞えてますよ。あれが聞えないんですか。」と保子は相手にしなかった。

膝《ひざ》の上に五日分ほどの新聞を積み重ねて、ゆっくり読んでいた。

「鳴った、鳴った。」と信吾は言った。

一度耳でとらえると、後はたやすく聞えた。

「聞えたと言って、よろこんでらっしゃる。」と保子は老眼鏡をはずして、信吾を見た。

「あんなに毎日撞《つ》き通しだと、お寺の坊さんもくたびれるでしょうね。」

「一撞き十円とかで、お参りの人に撞かせてますのよ。坊さんじゃありませんわ。」

と菊子が言った。

「それはうまいことを考えたね。」

「供養《くよう》の鐘だと言って……。十万人だか、百万人だかに、撞いてもらおうというプランですの？」

「プラン？」

その言葉が信吾はおかしかった。

「でも、お寺の鐘は陰気で、いやですわ。」

「そうかね。陰気かしらね。」

四月の日曜日に、茶の間で桜を見ながら、鐘の声を聞くのは、のどかだと信吾は思っていたところだった。

「七百年というのは、なにの七百年ですの？　大仏さんも七百年だというし、日蓮《にちれん》上人《しょうにん》も七百年だというし。」と保子がたずねた。

信吾は答えられなかった。

「菊子は知りませんか。」

「はい。」

「おかしいわね、こうして私たちは鎌倉に住んでいながら。」

「お母さまの、お膝の上の新聞に、なにか出ていませんの？」

「出てるかもしれないね。」と保子は新聞を菊子に渡した。きちんと折って、きれいに重ねてあった。自分の手に一枚だけ残していた。

「そう、わたしも新聞で見たことは見たようね。しかし、この、年寄り夫婦の家出のことを読むと、身につまされて、そればかりが頭に残ってますよ。あなたもお読みになったでしょう。」

「うん。」

「日本ボオト界の恩人と言われる、日本漕艇《そうてい》協会副会長……。」と保子は新聞の文章を読みかけて、後は自分の言葉で、

「ボオトやヨットをつくる会社の社長もしていたんですね。六十九で、奥さんが六十

八ですよ。」

「それがどうして身につまされるんだ。」

「養子夫婦と孫にあてた遺書が出てますよ。」

そして保子は新聞を読んだ。

「ただ生きているだけで、世間から忘れられ去った、みじめな姿を想像すると、そんなになるまで生きていたくないと思います。高木子爵《ししやく》の心境もよくわかります。人間はみなに愛されているうちに消えるのが一番よいと思います。家の人たちの深い愛情に包まれ、沢山の友人、同輩、後輩の友情に抱かれて、立ち去るべきだと思いました。――これが養子夫婦あてで、孫には――、日本の独立の日は近くなったが、前途は暗《あん》澹《たん》たるものだ。戦争の惨禍におびえた若い学生が、平和を望むなら、ガンジイのような無抵抗主義に徹底しなければだめだ。自分の信ずる正しい道に進み、指導するには、余りに年を取り過ぎ、力が足りなくなった。いたずらに（いやがらせの年齢）が来るのを待つのでは、これまで生きて来たことがむだになる。孫達《たち》だけにも、いいおじいさん、おばあさんだったとの印象を残しておきたい。どこへ行くかわからない。安んじて眠るだけだ。」

保子はそこでちょっと黙った。

信吾は横向いて、庭の桜を見ていた。

保子は新聞をながめながら、

「東京の家を出て、大阪の姉のところをたずねてから、行方知れずになって……。大阪の姉というのが、もう八十ですね。」

「細君の遺書はないか。」

「へっ？」

保子はきょとんとして、顔をあげた。

「細君の遺書はなかったのか。」

「細君て、おばあさんのですか。」

「きまってるさ。二人で死にに出たんだから、細君の遺書もあっていいはずだ。たとえば、わたしとお前とが心中《しんじゅう》するとしたら、お前だって、なにか言い遺《のこ》したいことがあって、書きおきするだろうじゃないか。」

「わたしはいりませんよ。」と保子はあっさり答えた。

「男も女も書きおきするのは、若い人の心中ですよ。それも、いっしょになれないのを悲観してとかいう……。夫婦なら、たいてい夫が書けば、それでいいし、わたしなどがいまさらなにを言い遺すことがあります？」

「そうかね。」

「わたし一人で死ぬ時は、別ですよ。」

「一人で死ぬ場合は、うらみつらみが山ほどあるわけだな。」

「あってもないようなものですよ、もうこの年になっては。」

「死のうと考えもしないし、死にそうもないばあさんの、のんきな声だね。」と信吾は笑って、

「菊子は？」

「私ですか？」

菊子はためらうように、ゆっくり低い声だった。

「仮りに、修一と心中するとして、菊子は自分の遺書はいらないか。」

うっかり言ってから、信吾はしまったと思った。

「わかりませんわ。その時になってみたら、どうでしょうか。」と菊子は右手の親指を帯のあいだに入れて、ゆるめるようにしながら、信吾を見た。

「お父さまには、なにか言い遺したい気がしますわ。」

菊子の目は幼げにうるんで、そして涙がたまった。

保子は死を考えていないが、菊子は死を考えないでもないのだと、信吾は感じた。

菊子は前にかがんで、泣き伏すのかと思うと、立って行った。

保子は見送って、

「変ですねえ。なにを泣くことがあるのでしょう。ヒステリイになってますよ。あれは、ヒステリイですね。」

信吾はシャツのボタンをはずして、胸に手を入れた。

「心臓がどきどきなさるんですか。」と保子は言った。

「いや、乳がかゆいんだ。乳の心が固くなって、かゆくて。」

「十四五の女の子みたいですね。」

信吾は左の乳を指先でいじくっていた。

夫婦で自殺をするのに、夫が遺書を書いて、妻は書かない、妻は夫に代りをさせるか、兼ねさせるというのだろうか。保子が新聞を読むのを聞いていて、信吾はこの点に疑問を持ち、興味を持った。

長年つれ添うと、一心同体になるのか、老いた妻は個性も遺言も失ってしまうのか。妻には死ぬわけはないのに、夫の自殺に殉じて、夫の遺書に自分の分を含ませて、心残りも、悔いも迷いもないのだろうか。不思議なことだ。

しかし現に、信吾の老妻も、心中をするなら、私の遺書はいらないし、夫が書けばそれでいいと言っている。

なにも言わないで、男の死の道づれになる女——男女が逆のことも、たまにないではないが、多くは女が従う、そのような女が今は老いぼれて、かたわらにいることに、信吾はなにかおどろいた。

菊子と修一との夫婦は、まだ歳月が浅いばかりでなく、目下波瀾《はらん》にもまれている。

その菊子に向って、修一と心中するなら、自分の遺書はいらないかなどとたずねるのは、聞きようによってはむごいし、菊子をいためることだ。

信吾も菊子があぶない淵《ふち》に立っていると思い知った。

「菊子はお父さまにあまえてるから、あんなことで、涙を見せるんですよ。」と保子は言った。

「あなたは、菊子をただ可愛《かわい》がるばかりで、肝腎《かんじん》のことを解決しておやりにならないんだから。房子のことだって、そうじゃありませんか。」

信吾は庭に咲きあふれた桜を見ていた。

その桜の大木の根方《ねかた》に、八つ手《やで》がしげっている。

信吾は八つ手がきらいで、桜の咲くまでに、八つ手をきれいに切り払うつもりだったが、この三月は雪が多かったりするうちに、花を見た。

三年ほど前に、一度切り払って、かえってはびこったままだ。根を掘り起してしまえばいいと、その時に思ったものだが、やはりそうしておけばよかった。

保子に言われたので、信吾は八つ手の葉の厚い青がなおいやだった。この八つ手の群さえなければ、桜の太い幹は一本立ち、その枝はあたりに伸びをさえぎるものもなく、先きが垂れるほど四方にひろがるのだった。しかし八つ手があっても、ひろがっていた。

そして、よくこれだけの花をつけたと思うほどの花だった。

ひる過ぎの日を受けて、桜の花は空に大きく浮いていた。色も形も強くないが、空間に満ちた感じだ。今が盛りで、散るものとは思えない。

しかし、一ひら二ひらずつ、絶え間なく散っていて、下には落花がたまっていた。

「若い人が殺したり死んだりという記事は、あれ、また、と思うだけですが、年寄のことが出ていると、こたえますね。」と保子は言った。

「みなに愛されているうちに消えたい」、老人夫婦の記事を、二度も三度も読みかえしているらしい。

「先達《せんだつ》ても、六十一のおじいさんが、小児麻痺《しょうにまひ》の十七の男の子を、聖路加病院に入れるつもりで、栃木《とちぎ》から出て来て、その子を負んぶして、東京見物をさせましたが、どうしても病院へ行くのはいやだとごねられて、手拭《てぬぐい》で首を締め殺したというのが、新聞に出てましたでしょう。」

「そうか。読まなかった。」と信吾はなま返事しながら、自分は青森県の少女たちの堕胎記事を心にとどめ、夢にまで見たことを思い出した。

老いた女の妻とは、なんというちがいだろう。

二

「菊子さあん。」と房子が呼んで、

「このミシン、よく糸が切れるわね。調子が悪いんじゃないの？　見てちょうだい。シンガアで、機械はいいはずだから、私が下手になったのかしら？　私がヒステリイなのかしら？」

「狂っているかもしれませんわ。私が女学生時分の、古いんですから。」

菊子はその部屋へ行った。

「でも、私の言うことは聞きますのよ。お姉さま、代りますわ。」

「そう？　里子がそばにへばりついていて、いらいらするんですよ。この子の手を縫いそうだわ。手を縫うはずはないんだけれど、この子がここに手をのせているものだから、縫目を見ているうちに、目がぼうっとして来ると、生地と子供の手とが、もやもやといっしょになってね。」

「お姉さま、つかれていらっしゃいますのよ。」

「つまり、ヒステリイよ。つかれていると言えば、菊子さんだってね。うちでつかれてないのは、おじいさんとおばあさんだけよ。おじいさんときたら、還暦を過ぎて、お乳がかゆいなんて、ばかにしてるわ。」

菊子は大学病院に友だちを見舞った帰り、房子の二人の子供に、服地を買って来た。

それを縫っているので、房子は菊子にも機嫌《きげん》がよかった。

しかし、房子に代って、菊子がミシンに坐《すわ》ると、里子はいやな目つきをした。

「叔母さまにきれを買っていただいて、縫っていただくんじゃないの？」

房子はいつになくわびた。

「ごめんなさい。この子はこういうところ、相原にそっくりだわ。」

菊子は里子の肩に手をおいて、

「おじいさまと、大仏さまへ行ってらっしゃいね。お稚児《ちご》さんも出て、踊りもあるわ。」

房子に誘われて、信吾も出た。

長谷《はせ》の通りを歩いていると、煙草《たばこ》屋の店先に椿《つばき》の盆栽が目についた。信吾はひかりを買って、盆栽をほめた。八重のしぼりの花が五六輪ついていた。

八重のしぼりなどはだめで、盆栽としては山椿に限ると、煙草屋の主人は言うと、裏庭に案内した。四坪か五坪の菜畑で、その菜の前に、盆栽の鉢《はち》が地面へじかにならべてあった。山椿は幹に力のこもった老木だった。

「木をつかれさせるといけませんから、花はもうむしり取りました。」と煙草屋の主人は言った。

「これでやはり、花が咲きますか。」と信吾はたずねた。

「たくさん花がつきますが、いいところ、わずかしか残しませんから。店の椿でも、二三十は咲きましたな。」

煙草屋の主人は盆栽の手入れの話をした。また、鎌倉の盆栽好きのうわさをした。言われてみると、商店街の窓などにも、よく盆栽の出ているのを、信吾は思いあたった。

「どうもありがとう。お楽しみですね。」と信吾が店を出ようとすると、

「ろくなものはありませんが、裏の山椿はいくらかよろしいんで……。盆栽一つでも持ちますと、姿を悪くしないよう、枯らさないようにと、そこに責任が生じて、怠け

者には薬ですな。」と煙草屋は言った。

信吾は歩きながら、買ったばかりのひかりに火をつけて、

「煙草の箱に、大仏の絵がついている。鎌倉《かまくら》のために造ったのだね。」と、その煙草の箱を房子に渡した。

「見せて。」と里子が背のびをした。

「去年の秋、房子が家出して、信州へ行ったことがあったね。」

「家出なんかしないわ。」と房子は信吾にさからった。

「その時、田舎の家で、盆栽を見なかった？」

「見ませんわ。」

「そうだろうね。もう四十年も前の話だからな。田舎のおじいさんが盆栽道楽でね。保子のお父さんさ。しかし保子はあの通り不器量で、心のきめがあらいから、姉さんがおやじさんのお気に入りで、盆栽の世話をさせられていた。保子とはきょうだいと思えないほど美人だったね。盆栽の棚《たな》に雪のつもった朝、素直な髪のお河童《かっぱ》の姉さんが、赤い元禄袖《げんろくそで》を着て、植木鉢の雪を払っている姿など、今でも目に浮ぶようだ。くっきりと、きれいにね。信州は冷たいから、息が白い。」

その白い息も少女のやさしさで、匂《にお》うようだ。

房子は世代がちがって、かかわりのないのをいいことに、信吾はふと思い出に耽《ふけ》った。

「しかし、今の山椿だって、三十年や四十年の丹精じゃないね。」

ずいぶんの樹齢であろう。植木鉢のなかで、幹が力瘤《ちからこぶ》のようになるには、なん年かかっているのだろう。

保子の姉が死んでから、仏間にくれないだったもみじの盆栽は、だれかの手で、まだ枯れずにあるだろうか。

三

三人が境内に着くと、稚児行列が大仏の前の敷石の道をねっているところだった。遠くから歩かせられたとみえて、くたびれ顔の稚児もいた。

人垣《ひとがき》のうしろで、房子は里子を抱きあげた。里子は花めく振袖の稚児に目を据《す》えた。

与謝野晶子《よさのあきこ》の歌碑が建ったと聞いているので、裏の方へ行ってみると、晶子自身の字を拡大して、石に刻んだものらしかった。

「やはり、（釈迦牟尼《しやかむに》は……）となってるね。」と信吾は言った。

しかし、房子はこの人口に膾炙《かいしや》する歌を知らないので、信吾はあきれた。鎌倉や御《み》

仏《ほとけ》なれど釈迦牟尼は美男におはす――と晶子は歌ったが、

「大仏は釈迦じゃないんだよ。実は阿弥陀《あみだ》さんなんだ。まちがいだから、歌も直したが、釈迦牟尼は、で通ってる歌で、いまさら弥陀仏はとか、大仏はとか言うのでは、調子が悪いし、仏という字が重なる。しかし、こうして歌碑になると、やはりまちがいだな。」

歌碑の脇《わき》に幕を張って、薄茶の接待があった。房子は菊子から茶券を渡されて来ていた。

信吾は野天の茶の色を見て、里子も飲むだろうかと思うと、里子は茶碗《ちゃわん》の縁を片手でつかんだ。たて出しの、なんでもない茶碗だが、信吾は持ち添えて、

「にがいよ。」

「にがいの?」

里子は飲む前から、にがい顔をした。

踊りの少女の群が幕のなかへはいって来た。その人数の半分ほどが、入口の床几《しょうぎ》に坐ると、残りの女の子は、その前へ重なるように寄り合った。濃い化粧をして、それぞれの振袖を着ていた。

少女たちのかたまりのうしろに、二三本の桜の若木が花盛りだった。花の色は振袖

のきつい色に負けて、薄く見えたが、向うの小高い木々の緑には、日が照っていた。

「お水、お母さま、お水。」と里子が踊りの少女たちの方を睨《にら》みながら言った。

「お水はありませんよ。おうちへ帰ってね。」と房子はなだめた。

信吾もふと水が飲みたくなった。

三月のいつであったか、品川駅の乗り場の水道で、里子くらいの女の子が水を飲んでいるのを、信吾は横須賀《よこすか》線の電車から見た。はじめ、水道の栓《せん》をひねると、水が飛び上ったので、女の子はびっくりして笑った。いい笑顔だった。母親が栓の加減をしてやった。いかにもうまそうに水を飲む女の子に、信吾は今年の春が来たのを感じたものだった。それを思い出した。

踊りの姿をした少女のかたまりを見て、里子も自分も、水を飲みたくなるのは、なにかわけがあるのかと考えているうちに、

「おべべ。おべべ買って。おべべ。」と里子がぐずり出した。

房子は立ちあがった。

踊りの少女たちの真中に、里子より一つ二つ上の少女がいる。眉《まゆ》を太く、短く、下げて書いて、可愛い。鈴を張ったというような目のはしに、紅を入れていた。

里子は房子に手を引っぱられながら、その子に目を据えて、幕を出る時、その子の

方へ行きそうにした。

「おべべ、おべべ。」と言いつづけた。

「おべべはね、里子の七五三にね、おじいさんが買って下さるって。」と房子はあてつけがましく、

「この子はね、生れてから、きものというものを着たことがないんですよ。おしめだけですよ。おしめはゆかたの古ですからね、きものの端くれですよ。」

信吾は茶店に休んで、水をもらった。里子はごくごくとコップに二杯飲んだ。

大仏の境内を出て、しばらく行くと、踊りのきものの子が母親に手を引かれて、いそいで帰るらしく、里子のそばを追い越したので、信吾はいけないと思って、里子の肩を抱いたが、おそかった。

「おべべ。」と里子はその子の袖につかみかかりそうで、

「いやあ。」とその子が逃げたはずみに、長い袖を踏んで向うへ倒れた。

「ああっ。」と信吾は叫んで、顔をおさえた。轢《ひ》かれた。信吾は自分の叫び声しか聞えなかったが、多くの人が同時に叫んだようだ。

車がきしんで止まった。ぎょっと突っ立っている人々のなかから、三四人が駈《か》け寄

った。

女の子がむくっと起き上って、母親の裾《すそ》に抱きすがってから、火がついたように泣き出した。

「よかった、よかった。ブレエキがよく利《き》いたねえ。高級車だねえ。」と誰《だれ》かが言った。

「これがあんた、ぼろ車なら、生きてないねえ。」

里子はひきつけたように、白目をつり上げていた。おそろしい顔だった。

房子は相手の子に怪我《けが》はなかったか、振袖がやぶれなかったかと、母親にくどくわびていた。母親はぼんやりしていた。

振袖の子は泣きやむと、濃い白粉《おしろい》はむらだが、目が洗ったようにかがやいた。

信吾はだまりがちに家へもどった。

赤ん坊の泣声が聞えて、菊子は子守歌を歌いながら出迎えた。

「ごめんなさい、泣かせてしまって。私はだめですわ。」と菊子は房子に言った。

妹の泣声に誘われたのか、うちで気がゆるんだのか、里子もぎゃあぎゃあ泣き出した。

房子は里子にはかまわないで、赤ん坊を菊子から受け取ると、胸をひろげた。

「あら。冷たい汗が、お乳のあいだにぐっしょり。」

信吾は良寛《りようかん》の「天上大風」という額を、ちょっと見上げて通った。良寛のまだ安いころに買ったのだがにせものだった。人に教えられて、信吾にもわかっていた。

「晶子の歌碑も見て来たよ。」と菊子に言った。

「晶子の字で（釈迦牟尼は……）となっていたよ。」

「そうですか。」

四

夕飯の後で、信吾はひとり家を出て、呉服屋や古着屋をのぞいて歩いた。

しかし、里子によさそうなきものは見あたらなかった。

ないとなると、なお気にかかった。

信吾は暗いおそれを感じていた。

女の子は幼くても、よその子のあざやかなきものを見ると、あんなにほしいのか。里子は羨望《せんぼう》や欲望《よくぼう》が、普通より少し強いだけなのか、あるいはよほど異常に高じているのか、おそらく気ちがいじみた発作と、信吾には思われた。

あの踊り衣裳《いしよう》の子が轢き殺されていたら、今ごろはどうなっただろう。美しい子の振袖の模様が、まざまざと信吾に浮んで来た。そのような晴着は、そう店先に出ていはしない。

しかし、買って帰れぬとなると、信吾は道までが暗いようだった。

おしめにする古ゆかたしか、保子は里子にくれなかっただろうか。房子の言い方は、毒をふくんでいて、うそではないのか。産衣《うぶぎ》も宮参りのきものもくれなかっただろうか。もしかすると、房子が洋服をと望んだのではないのか。

「忘れた。」と信吾はひとりごとを言った。

保子からそういう相談を受けたかどうか、忘れたにはちがいないが、信吾も保子ももっと房子に目をかけてやっておけば、不器量な娘からも、可愛い孫が生れていたかもしれない。なんだか抜け道のないような自責の念に、信吾は足が重かった。

「生れぬ前《さき》の身を知れば、生れぬ前の身を知れば、あはれむべき親もなし。親のなければ我がために心をとむる子もなし……。」

なにかの謡《うたい》の節が、信吾の心に浮んで来ても、浮んで来たというだけのことで、墨の衣のさとりのあろうはずはない。

「それ、前仏《ぜんぶつ》は既に去り、後仏《ごぶつ》はいまだ世に出《い》でず、夢の中間《ちゆうげん》に生れ来て、なにを現《うつつ》と思ふべき。たまたま受け難《がた》き人身《にんじん》をうけ……。」

踊りの子につかみかかりそうだった里子の、兇悪《きょうあく》、狂暴な性質は、房子の血を引いたのだろうか。相原の方の血を受けたのだろうか。母の房子の方とすると、房子の父方の信吾の血筋か、母方の保子の血筋か。

もし信吾が保子の姉と結婚していたら、房子のような娘は生れなかっただろうし、里子のような孫も生れなかっただろう。

思いがけないことで、信吾はまた昔の人が、縋《すが》りつきたいように恋しいのだった。

六十三になってはいても、二十代で死んだその人が、やはり年上だった。

信吾が家にもどると、房子は赤ん坊を抱いて、寝床にはいっていた。

茶の間との境の襖《ふすま》があいているので見えた。

「眠ったんですよ。」

信吾がそちらをながめたので、保子が言った。

「胸がどきどき、どきどきとして来るから、静めると言って、眠り薬を飲んだら、寝ちゃったんですよ。」

信吾はうなずいて、

「そこをしめたらどう?」

「はい。」と菊子が立った。

里子は房子の背にぴったり寄り添っていた。しかし、目をあいているようだった。こんな風にして、じっとだまっていることのある子だ。

信吾は里子のきものを買いに出たとは言わなかった。

房子も里子がきものをほしがって、危いことになったのは、母にも話さなかったとみえる。

信吾は居間へ行った。菊子が炭火を持って来た。

「まあ、お坐《すわ》り。」

「はい。ただいま。」と菊子は立って出て、水注《みずさし》を盆にのせて来た。水注に盆はいらないかもしれないが、横になにか花がのせてあった。

信吾は花を手に取って、

「なんの花？　桔梗《ききよう》のようだね。」

「黒百合《くろゆり》ですって……。」

「黒百合？」

「はい。お茶をなさってるお友だちに、さっきいただきましたの。」と菊子は言いながら、信吾のうしろの押入をあけて、小さい花入を出した。

「これが黒百合？」と信吾はめずらしがった。

「そのお友だちのお話では、今年の利休忌《りきゅうき》に、博物館の六窓庵《あん》で、遠州流の家元のお席に、黒百合と白い花のむしかりとが生けてあって、よかったそうですわ。古銅《こどう》の細口の花入に……。」

「ふうん。」

信吾は黒百合をながめていた。二本で、一茎に二輪ずつ花がついていた。

「この春は、十一度か十三度か、雪が降りましたでしょう。」

「よく降ったね。」

「春さきの利休忌にも、雪が三四寸つもっていたそうですわ。黒百合もそれで、なおめずらしいっていうことでしたの。高山植物だそうですわ。」

「ちょっと黒椿《くろつばき》に似た色だね。」

「はい。」

菊子は花入に水をさした。

「今年の利休忌には、利休の辞世《じせい》の書や、利休が切腹した短刀も出たそうですわ。」

「そう？　その友だちというのは、お茶の師匠か。」

「はい。戦争未亡人になって……。前によくなさったのが役に立ちましたの。」

「なに流？」

た。


「官休庵。武者《むしゃ》の小路《こうじ》ですわ。」

茶を知らない信吾はわからなかった。

菊子は黒百合を花入に立てようとして待つ風情《ふぜい》だが、信吾は花を手から放さなかった。

「少しうつ向き加減に咲いているのは、しおれてるんじゃないだろうね。」

「はい。水に入れておきましたから。」

「桔梗もうつ向いて咲くかしら。」

「はあ？」

「桔梗の花より小さいと思うが、どうだ。」

「小さいと思いますわ。」

「はじめ黒いように見えるが、黒でないし、濃い紫のようで紫でないし、濃い臙脂《えんじ》もはいっているようだな。明日、昼間、よく見てみよう。」

「日なたですと、赤みがかかった紫色に透き通ります。」

花の大きさは、開いて、一寸に足りないようで、七八分《ぶ》だろう。花びらは六つ、雌しべの尖《さき》は三つまたにわかれ、雄しべは四五本だった。葉は茎の一寸おきくらいに、幾段かに四方にひろがっている。百合の葉の小さい形で、一寸か一寸五分の長さだろう。

　とうとう信吾は花を嗅《か》いでみて、

「いやな女の、生臭い匂《にお》いだな。」と、うっかり言った。

　みだらな匂いという意味ではなかったが、菊子は目ぶたを薄赤らめて、うつ向いた。

「匂いはがっかりだよ。」と信吾は言い直して、

「嗅いでごらん。」

「お父さまのように、研究はしないことにしますわ。」

　菊子は花入に挿そうとして、

「お茶だと、花が四つは多過ぎるのでしょうけれど、このまま？」

「ああ、そのまま。」

　菊子は黒百合を床においた。

「その押入の、花立があったところにね、面がはいってるんだが、出してみてくれないか。」

「はい。」

　謡のひと節が浮んだりしたので、信吾は能面を思い出したのだった。

　慈童《じどう》の面を手に取って、

「これは妖精《ようせい》でね、永遠の少年なんだそうだ。買った時に話したかね。」

「いいえ。」

「会社にいた谷崎《たにざき》という子ね、あの子に、この面を買った時、顔にかけさせてみたんだ。可愛《かわい》く見えて、おどろいた。」

菊子は慈童の面を顔にあてた。

「この紐《ひも》をうしろで結ぶんですの？」

面の目の奥から、菊子の瞳《ひとみ》が信吾を見つめているにちがいない。

「動かせなくちゃ、表情がでないよ。」

これを買って帰った日、信吾は茜《あかね》色の可憐《かれん》な唇《くちびる》に、危く接吻《せっぷん》しかかって、天の邪恋というようなときめきを感じたものだ。

「埋木《うもれぎ》なれども、心の花のまだあれば……。」

そんな言葉も謡にあったようだ。

艶《なま》めかしい少年の面をつけた顔を、菊子がいろいろに動かすのを、信吾は見ていられなかった。

菊子は顔が小さいので、あごのさきもほとんど面にかくれていたが、その見えるか見えないかのあごから咽《のど》へ、涙が流れて伝わった。涙は二筋になり、三筋になり、流れつづけた。

「菊子。」と信吾は呼んだ。

「菊子は修一に別れたら、お茶の師匠にでもなろうかなんて、今日、友だちに会って考えたんだろう？」

慈童の菊子はうなずいた。

「別れても、お父さまのところにいて、お茶でもしてゆきたいと思いますわ。」と面の蔭《かげ》ではっきり言った。

ひいっと里子の泣声が聞えた。

庭でテルがけたたましく吠《ほ》えた。

信吾は不吉なものを感じたが、菊子は日曜も女のところへ行ったらしい修一がもどったかと、門の方へ聞き耳を立てるようだった。

鳥の家

一

近くの寺の鐘は、冬も夏も、六時に鳴るが、信吾は冬も夏も、その鐘を聞いた朝は、早起きだとしていた。

早起きだと言っても、寝床を離れているとはかぎらない。つまり、早い目覚めである。

しかし、同じ六時が、冬と夏とでは、無論ずいぶんちがった。寺の鐘が年中六時に鳴るので、信吾も同じ六時とは思うが、夏は日がのぼっている。

枕《まくら》もとに大きめの懐中時計をおいていても、明りをつけ、老眼鏡をかけなければならないので、めったに見ることはなかった。眼鏡がないと、長い針と短い針との見分けがつきにくい。

また、信吾は時計を気にして起きる必要もなかった。むしろ早く目が覚めて弱るの

する。

　冬の六時だと早いが、信吾は寝床にじっと落ちつけなくて、新聞を取りに起きたりだ。

　女中がいなくなってからは、菊子が朝起きて働いている。

「お父さま。まあお早い。」と菊子に言われると、信吾はばつが悪そうに、

「うん。もう一寝入りしよう。」

「そうなさって。まだお湯も沸いていませんから。」

　菊子が起きていることに、信吾はほっと人気《ひとけ》を感じる。

　冬の朝、暗いうちに目をさまして、信吾がさびしく思うようになったのは、いくつごろからだろうか。

　しかし春が来ると、信吾の寝覚めもあたたかくなる。

　今朝《けさ》はもう五月の半ば過ぎで、信吾は朝の鐘につづいて、鳶《とび》の声を聞いた。

「ああ。やっぱりいたんだな。」とつぶやくと、枕の上で聞き耳を立てた。

　鳶は家の上を大きくまわって、海の方へ出てゆくらしかった。

　信吾は起きた。

　歯をみがきながら空をさがしたが、鳶は見つからなかった。

しかし、幼げに甘い声は、信吾の家の上をやわらかく澄ませて行ったようだった。

「菊子、うちの鳶が鳴いていたね。」と信吾は台所へ呼びかけた。

菊子は湯気の立つ飯を櫃《ひつ》に移していた。

「うっかりしていて、聞きませんでしたわ。」

「あれは、やはりうちにいるんだね。」

「はあ。」

「去年も、よく鳴いていたが、なん月ごろだったかな。今ごろだったのかな。おぼえが悪い。」

信吾が立って見ているので、菊子は頭のリボンを解いた。

どうかすると、菊子は髪をリボンで結わえて寝ることがあるらしかった。

菊子は櫃の蓋《ふた》をあけておいたまま、信吾の茶の支度をいそいだ。

「あの鳶がいるとすると、うちの頬白《ほおじろ》もいるわけだろうな。」

「はあ、烏《からす》もおりますわ。」

「烏……？」

信吾は笑った。

鳶が「うちの鳶」なら、烏も「うちの烏」のはずだ。

「この屋敷には、人間だけが住んでいるように思ってるが、いろんな鳥も住みついているわけだね。」と信吾は言った。

「蚤《のみ》や蚊《か》も、今に出ますわ。」

「いやなことを言うな。蚤や蚊は、うちの住人じゃないよ。このうちで、年を越しはしない。」

「蚤は冬でもいますから、年を越すかもしれませんわ。」

「しかし、蚤の寿命はどれくらいか知らんが、去年の蚤じゃないだろう。」

菊子は信吾を見て笑った。

「あの蛇《へび》も、もう出て来るころですわ。」

「去年、菊子がおどろいた青大将《あおだいしょう》か。」

「はい。」

「あれはうちの主《ぬし》だそうだから。」

去年の夏のこと、買いものからもどって来た菊子が勝手口で、その青大将を見て、ふるえあがった。

菊子の叫び声で、テルが走って来て、気ちがいのように吠えた。テルは首をさげて、食いつきそうな恰好《かっこう》をするかと思うと、四五尺飛びのいては、また襲いかかりそうに近寄った。それをくりかえした。

蛇は頭を少し持ち上げて、赤い舌を出したが、テルの方は見向きもしないで、するする動き出した。勝手口の敷居ぞいに這《は》って行った。

菊子の話だと、勝手口の戸の二倍以上の長さ、つまり一間余りあった。菊子の手首よりも太かった。

菊子は高調子に話したが、保子は落ちついていて、

「うちの主ですよ。菊子の来る、なん年も前からいますよ。」

「テルが嚙《か》みついたら、どうなったでしょう。」

「それはテルが負けますよ。巻きつかれてね……。テルは知ってるから、吠えるだけでね。」

しばらく菊子はおびえて、勝手口をよう通らなかった。表の門から出入りした。

床の下か天井裏かに、その大きい蛇がいるのかと、薄気味悪がった。

しかし、青大将は裏の山にいるのだろう。めったに姿を見せなかった。

裏山は信吾の所有地ではなかった。誰《だれ》のものか知らなかった。

信吾の家に迫って、急な傾斜で立っていて、山の動物には、信吾の家の庭と境がないようだった。

裏山の花や葉も多く庭に落ちる。

「鳶が帰って来た。」と信吾はつぶやいて、それから声をはずませて、

「菊子、鳶が帰って来たらしいよ。」

「ほんとうに。こんどは聞えますわ。」

菊子はちょっと天井の方を見上げた。

鳶の鳴き声はしばらくつづいた。

「さっき、海へ行きましたの？」

「海の方へ声がゆくらしかったね。」

「海へ行って、餌《えさ》を取って、もどったんでしょう。」と菊子に言われると、信吾もそうかもしれないと思って、

「どこか見えるところへ、魚でもおいてやっとけばどうかね。」

「テルが取りますわ。」

「高いところだ。」

去年もおと年もそうだったが、信吾は目覚めに、この鳶の声を聞くと、愛情を感じるのだった。

信吾ばかりではないとみえ、「うちの鳶」という言葉が、家族のあいだに通用した。

しかし、その鳶が一羽なのか、二羽いるのかさえ、確かには信吾は知らない。いつの年か、家の上を、二羽で連れ舞っていたのを見たようにも思う。

また、果して同じ鳶の声をなん年もつづけて聞いているのか。代変りしてはいないのか。いつのまにか鳶の親は死に、子の鳶が鳴いているのではないだろうか。信吾がそう思ったのは、今朝が初めてだ。

古い鳶は去年死に、今年は新しい鳶が鳴いているのを、信吾たちは知らないで、いつもうちの一羽の鳶と思い、夢うつつの寝覚めに聞いているのならおもしろい。

鎌倉《かまくら》に小山は多いのに、この鳶が信吾の家の裏山をえらんで住みついているのも、考えると不思議であった。

「遇《あ》ひ難《がた》くして今遇ふことを得たり、聞き難くしてすでに聞くことを得たり。」と言うが、鳶もそうかもしれない。

しかし、鳶もいっしょに住んでいるにしても、鳶はただ可愛《かわい》い声を聞かせるだけだ。

二

家では菊子と信吾が早起きだから、朝は二人でなにか言うことになるが、信吾が修一となにげなく二人で話すのは、行き帰りの電車に乗り合わせた時だろうか。

六郷《ろくごう》の鉄橋を渡って、池上《いけがみ》の森が見えると、もう間もなくだと思う。朝の電車から、池上の森を見るのが、信吾の癖になっていた。

ところが、いく年も見て通りながら、その森に、二本の松を発見したのは、最近のことだった。

二本の松だけが高くぬきんでている。その二本の松は抱き合おうとするかのように、上身をおたがいに傾け合っている。梢《こずえ》は今にも抱き合いそうに近づいている。

その森で二本の松だけが高いのだから、いやでも目につくはずだが、信吾は今まで気がつかなかった。しかし一度気がついてからは、必ず二本の松が真先きに目につく。

今朝は吹降りのなかに、二本の松が薄く見える。

「修一。」と信吾は呼んで、

「菊子はどこが悪いんだ。」

「なんでもないんですよ。」

修一は週刊雑誌を読んでいた。

鎌倉の駅で二種買って、一冊を父に渡したものだ。信吾は読まずに持っていた。

「どこが悪いの。」と信吾はおだやかにくりかえした。

「頭痛がすると言っています。」

「そうかね。ばあさんの話だと、昨日東京へ出て行って、夕方もどってから、寝ついたというが、その様子が尋常じゃない。そとでなにかあったらしいとは、ばあさんも察してるよ。晩飯も食べなかった。お前が九時ごろに帰った時だって、お前が部屋にゆくと、声を殺して、忍び泣きしてたじゃないか。」

「二三日で起きると思います。たいしたことはないんです。」

「そうかね。頭痛では、あんな泣き方はしないだろう。今日だって、明けがたに泣いてたじゃないか。」

「はあ。」

「房子が食べものを持ってゆくと、房子にはいって来られるのを、極端にいやがるそうだ。顔をかくして……。房子がぶつぶつ言っていた。どうしたことか、お前に聞いてみたいと思っていた。」

「まるで家じゅうで、菊子の動静をさぐっているような話ですね。」と修一は上目をつかうと、

「菊子だって、たまに病気することはあるでしょう。」

信吾はむっとした。

「その病気が、なんだと言うんだ。」

「流産ですよ。」

修一は吐き出すように言った。

信吾はぎくっとした。前の座席を見た。二人ともアメリカ兵で、はじめから日本語は通じないだろうと思って、話していたことだった。

信吾は声がかすれて、

「医者へ行って？」

「そうです。」

「昨日？」と信吾はうつろにつぶやいた。

修一も読むのをやめていた。

「そうです。」

「その日のうちに、帰って来たんだね？」

「はあ。」

「お前が、そうさせたのか。」

「自分でそうすると言って、きかないんですよ。」

「菊子が自分で？　嘘《うそ》をつけ。」

「それはほんとうです。」

「どうしてだ。どうして、菊子にそういう考えをおこさせるんだ。」

修一はだまっていた。

「お前が悪いんじゃないか。」

「それはそうでしょうが、今はどうしてもいやだと、片意地を張るもんですから。」

「お前がとめれば、とめられることだ。」

「今はだめでしょう。」

「その、今というのはなんだ。」

「お父さんもごぞんじのように、つまり、僕《ぼく》が今のままでは、子供を産まないというんです。」

「つまり、お前に女があるうちは？」

「まあそうです。」

「まあそうですとは、なんだ。」

信吾は怒りで、胸が苦しくなった。

「それは菊子の、半ば自殺だぞ。そうは思わんのか。お前にたいする抗議というよりも、半ば自殺だぞ。」

修一は信吾の剣幕にひるんだ。

「お前は菊子の魂を殺した。取りかえしがつかないぞ。」

「菊子の魂は、なかなかあれで、強情ですよ。」

「女じゃないか。お前の女房《にょうぼう》じゃないか。お前の出方ひとつで、やさしいいたわりで、菊子はよろこんで産むにちがいないんだ。女の問題は別にしてね。」

「ところが、別でないんですね。」

「保子などが、孫を待ってることは、菊子もよく知ってるはずだ。いくらか子供のおそいのを、菊子は肩身狭く思ってるくらいじゃないのか。ほしがっているものを、産めなくさせるのは、お前が菊子の魂を殺すようにするからだ。」

「それは少しちがうな。菊子には菊子の潔癖があるらしいですね。」

「潔癖?」

「子供が出来るのもくやしいというような……。」

「ふうむ?」

それは夫婦のあいだのことだ。

修一はそれほど菊子に屈辱と嫌悪《けんお》とを感じさせているのかと、信吾は疑ってみたが、

「それは信じられないね。そんなことを言って、そんな素振りがあったところで、菊子の本心とは思えないね。亭主《ていしゅ》が女房の潔癖を問題にするなんて、愛情が浅薄な証拠

じゃないのか。女が拗《す》ねたのを、真《ま》に受けるやつがあるか。」と、いくらか気勢がくじけた。

「孫を見ぞこなったと知ったら、保子もなんと言うかしれない。」

「しかし、これで菊子も子供が出来るとわかったんですから、お母さんも安心でしょう。」

「なんだって？　お前は後が産れると、保証出来るのか。」

「保証してもいいです。」

「そういうことが、天を恐れぬ証拠だ。人を愛さぬ証拠だ。」

「むずかしい言い方ですね。簡単なことじゃないんですか。」

「簡単なことじゃないぞ。よく考えてみろ。菊子はあんなに泣いてるじゃないか。」

「僕だって、子供はほしくないことはないんですが、今は二人の状態が悪いですから、こんな時には、ろくな子供は出来ないと思います。」

「お前が状態と言うのは、なんのことか知らないが、菊子の状態は悪くないよ。状態が悪いとすると、お前だけだ。菊子は状態の悪くなる時があるような性質じゃないよ。菊子の嫉妬《しっと》を、お前がほぐしてやらないからだ。そのために子供をうしなった。子供だけじゃすまないかもしれんぞ。」

修一はおどろいたように信吾の顔を見ていた。

「お前が女のところで悪酔いして帰って、菊子の膝《ひざ》に泥靴《どろぐつ》の足をのせて、その靴を脱がせてもらってみろ。」と信吾は言った。

三

その日、信吾は社用で銀行へまわって、そこの友人と昼飯に出かけた。二時半ごろまで話していた。料理屋から会社へ電話をかけておいて、そのまま家に帰ってしまった。

菊子が国子を抱いて、廊下に坐《すわ》っていた。

信吾の早い帰りにあわてて、菊子は立ち上ろうとした。

「いいよ、そのままで。起きていて、いいのか。」と信吾も廊下へ出た。

「はい。今、赤ちゃんのおしめを取り替えましょうと思って。」

「房子は？」

「里子ちゃんをつれて、郵便局へいらっしゃいました。」

「郵便局になんの用事があるのかね。赤んぼを預けて？」

「ちょっと待ってね。お祖父《じい》さまのお召替えを先きにしますからね。」と菊子は赤んぼに言った。

「いいよ、いいよ、赤ちゃんのお召替えを、お先きに。」

菊子は笑い顔で信吾を見上げた。唇《くちびる》から細かい歯ならびがのぞいていた。

「国子ちゃんのお召替えが先きですって。」

菊子は派手な銘仙《めいせん》を楽に着て、伊達巻《だてまき》をしめていた。

「お父さま、東京も雨があがっておりましたの？」

「雨か。東京駅で乗る時は降ってたが、電車をおりると、いい天気だったね。どの辺で晴れたのか、気がつかなかった。」

「鎌倉も今しがたまで降っていて、あがってから、お姉さまは出てらしたんですの。」

「山がまだ濡《ぬ》れてるね。」

赤んぼは廊下に寝かされると、裸の足をあげて、その足の指を両手につかんで、手よりも足の方を自由に動かせた。

「そうそう、山を見てらっしゃいね。」と菊子は赤んぼの股《また》を拭《ふ》いた。

アメリカの軍用機が低く飛んで来た。音にびっくりして、赤んぼは山を見上げた。飛行機は見えないが、その大きい影が裏山の斜面にうつって、通り過ぎた。影は赤んぼも見ただろう。

赤んぼの無心な驚きの目の輝きに、信吾はふと心打たれた。

「この子は空襲を知らないんだね。戦争を知らない子供が、もういっぱい生れてるんだね。」

信吾は国子の目をのぞきこんだ。輝きはもうなごんでいた。

「今の国子の目つきを、写真にうつしておくとよかったね。山の飛行機の影も入れてね。そうして次の写真では……。」

赤んぼが飛行機に撃たれて、惨死《ざんし》している。

信吾はそう言いかかったのだが、菊子が昨日、人工流産したのを思ってやめた。

しかし、この空想の二枚の写真のような赤んぼは、現実に数知れずあったにちがいない。

菊子は国子を抱くと、片手におしめをまるめて、湯殿へ行った。

信吾は菊子が気がかりで、早く帰ったのだと思いながら、茶の間にもどった。

「えらい早いお帰りですね。」と保子もはいって来た。

「どこにいたんだ。」

「髪を洗ってました。雨がやむと、かっと照りつけて、頭がかゆくなりましてね。年寄の頭って、すぐかゆくなるらしい。」

「わたしの頭は、そうかゆくならんね。」

「頭の出来が、よろしいからでしょう。」と保子は笑って、

「お帰りになったのはわかってましたけれど、洗いっぱなしで出て来ると、ぞっとするって、叱《しか》られそうですから。」

「ばあさんの洗い髪はね。いっそ、切ってしまって、茶筅《ちゃせん》にでもしたらどうだ。」

「ほんとに。でも、茶筅髪というのは、ばあさんに限らず、江戸時代に、男も女も結った髪形で、短く切って、うしろでたばねて、たばねた先きを、茶筅のようにするんですよ。歌舞伎《かぶき》に出て来ます。」

「うしろでたばねないで、切りさげるやつさ。」

「もうそうしてもいいんですね。しかし、あなたも私も毛が多いから。」

信吾は声を低めるように、

「菊子は起きてるのか。」

「はあ、ちょっと起きてみたり……。顔色が悪いですね。」

「子守りなんか、させない方がいいだろう。」

「ちょっと預かって下さいって、房子が、菊子の寝床へころがして行ったんですよ。よく眠ってましたから。」

「お前が取ってやればいいじゃないか。」

「国子が泣き出した時に、髪を洗ってましたから。」

保子は立って、信吾の着替えを持って来た。

「お帰りが早いんで、あなたもどこかお悪いのかと思いました。」

菊子が湯殿から自分たちの居間へ行くらしいので、信吾は呼んだ。

「菊子。菊子。」

「はい。」

「国子をこっちへよこしなさい。」

「はい、ただ今。」

菊子は国子の手を取って、歩かせながら来た。帯をしめて来た。

国子は保子の肩につかまった。信吾のズボンに刷毛《はけ》をかけていた保子はのびあがって、赤んぼを膝に抱いた。

菊子は信吾の洋服を持って行った。

隣りの間の洋服だんすにしまうと、菊子はゆっくり扉《とびら》をしめた。

その扉の裏の鏡にうつった、自分の顔を見て、はっとしたようだった。茶の間へ来ようか、寝床へ行こうかと、迷う風だった。

「菊子。寝てる方がいいんじゃないのか。」と信吾は言った。

「はい。」

信吾の言葉がひびいて、菊子の肩が動いた。こちらを見ないで、菊子は居間へ行った。

「菊子の様子が、変だと思いませんか。」と保子は眉《まゆ》をひそめた。

信吾は答えなかった。

「どこが悪いかも、はっきりしませんしね。起きて歩かれると、ばたっと倒れられそうで、心配ですよ。」

「そうね。」

「とにかく、修一のあのことは、なんとかなさらなければいけませんよ。」

信吾はうなずいた。

「菊子によく話しておやりになったら？　私は国子をつれて、お母さんを迎えがてら、晩御飯のものでも見て来ます。ほんとうに、房子も房子で。」

保子は赤んぼを抱きあげて立った。

「房子は郵便局に、なんの用があるんだね。」と信吾が言うと、保子も振りかえって、

「私もね、そう思ったんですよ。相原に手紙でも出したんでしょうか。半年も別れて

いるとね……。うちへもどって、もう半年近くなりますよ。あれは大晦日《おおみそか》でしたから。」

「手紙なら、近所にポストがあるよ。」

「そこがね、本局から出すと、早く確かに着くと思うんでしょう。ふっと相原を思い出すと、矢も楯《たて》もたまらないところがあるのかもしれませんよ。」

信吾は苦笑した。保子の楽観主義を感じた。

とにかく老年まで、家庭を持続した女には、楽観の根が坐るらしかった。

信吾は保子が見ていたらしい四五日分の新聞を拾い上げて、読むともなしに見ていると、

「花開く二千年前の蓮《はす》」という珍らしい記事があった。

昨年の春、千葉市検見《けみ》川の弥生式《やよいしき》古代遺跡の丸木船のなかから、三粒の蓮の実が発見された。およそ二千年前の実と推定される。なにがしという蓮博士が、これを発芽させて、今年の四月、その苗を、千葉農事試験場と千葉公園の池と千葉市畑町の造り酒屋の家と、三ケ所に植えた。造り酒屋は遺跡の発掘に協力した人らしい。釜《かま》に水を張って植え、庭先においた。その造り酒屋の蓮が、第一番に花を開いた。蓮の博士はしらせで駈《か》けつけて来て、「咲いた、咲いた。」と美しい花をなでた。花は「徳利

型」から「湯呑型」、「お鉢型」となり、「お盆型」に開き切って散ると、新聞は書いていた。花びらは二十四枚とも書いていた。

眼鏡をかけた、白毛まじりらしい博士が、開きかけた蓮の花茎に手を持ちそえている写真も、記事の下に出ていた。読み直すと、博士の年は六十九だった。

信吾はしばらく蓮華《れんげ》の写真を見つめていてから、その新聞を持って、菊子の居間へ行った。

修一と二人の部屋である。菊子の嫁入道具の文机《ふづくえ》の上に、修一の中折帽がのせてあった。菊子は手紙を書こうとしていたのか、帽子の横に書簡箋《しょかんせん》があった。机の引出しの前には、刺繍《ししゅう》したきれが張ってあった。

香水の匂《にお》いがあるようだった。

「どう？　ひょこひょこ起きない方がいいのじゃないか。」と信吾は机の前に坐った。

菊子は目を開いて、信吾を見つめた。起き上りそうになったのを、信吾に起きるなと言われて、困っているらしく、頰《ほお》を薄赤らめた。しかし、額は白っぽく衰えて、眉がきれいに見えた。

「二千年前の蓮の実が、花を咲かせたというの、新聞で見たか。」

「はい、見ました。」

「見たのか。」と信吾はつぶやいてから、「わたしたちに打ち明けてくれれば、菊子も無理しなくてすんだのじゃないか。その日のうちに帰るのは、体にどうかね。」

菊子ははっとした。

「先月だったね。子供の話をしたのは……。あの時は、もうわかっていたんだろう。」

菊子は枕《まくら》の上でかぶりを振った。

「あの時は、わかりませんでしたわ。わかっていたら、子供のことなんか、恥ずかしくて言えませんわ。」

「そうか。修一は菊子の潔癖と言ったがね。」

菊子の目に涙が浮ぶのを見ると、信吾は後を言わなかった。

「もう医者へ行かなくていいのか。」

「明日ちょっと。」

その明日、信吾が会社からもどると、保子は待ちかねていたように、

「菊子がね、里に帰りましたよ。寝ているんですって……。二時ごろでしたか、佐川さんから電話がかかって来て、房子が出たんですが、菊子がうちに寄りまして、少し気分が悪いと申しまして、寝ておりますから、勝手ですが、二三日、こちらで静養さ

せて、お帰ししますと言うんです。」

「そうか。」

「明日にでも、修一を見舞いにやりますと、房子にそう言わせました。向うはお母さんがお出になったそうです。菊子は里へ寝に行ったんじゃないんですか。」

「そうじゃない。」

「いったい、どうしたというんでしょう。」

信吾は上着を脱いで、ゆっくりネクタイをほどくために、上向きながら言った。

「子供をおろしたんだよ。」

「へえっ?」と保子は仰天した。

「まあ。私たちにかくして……。あの菊子が? 今の人はなんて恐ろしい。」

「お母さま、ぼんやりね。」と房子が国子を抱いて、茶の間にはいって来ると、

「私はちゃんとわかってたわ。」

「どうしてわかってたんだ。」と信吾は思わず詰問した。

「そんなこと言えないわよ。後始末があるでしょ。」

信吾は二の句がつげなかった。

都の苑《その》

一

「うちのお父さまは、おもしろいお父さまね。」と房子は夕飯の後の皿小鉢《さらこばち》を、手荒く盆に重ねながら、

「よそから来た嫁よりも、自分の娘に遠慮あそばしてるんだから。ねえ、お母さま？」

「房子。」と保子はたしなめた。

「だって、そうじゃないの？　菠薐草《ほうれんそう》がうだり過ぎてたら、ゆで過ぎたと、おっしゃればいいじゃないの？　擂餌《すりえ》になるほどゆでたわけじゃなし、菠薐草の形をしてるわ。温泉でゆでておもらいになるといいのよ。」

「温泉とはなんです。」

「温泉で卵をゆでたり、饅頭《まんじゆう》を蒸したりするじゃありませんか。どこやらのラジウム

卵というの、お母さまにいただいたことがあるわ。白身が固くて、黄身がやわらかいの……。京都のへちま亭《てい》とかいううちも、上手だとおっしゃったじゃないの？」

「へちま亭？」

「瓢亭《ひょうてい》ですよ。それくらいのことは、貧乏したって知ってるわ。菠薐草のゆで方なんて、上手もへちまもあるものかということですよ。」

保子は笑い出した。

「ラジウム温泉で、熱度と時間を計って、菠薐草をゆでてめしあがったら、お父さまもポパイのように、菊子さんがいなくても、元気がお出になるわ。」と房子は笑わないで言った。

「私はいやよ。陰気くさいわ。」

そして房子は膝頭《ひざがしら》の力で、重い盆を持ち上げながら、

「美男の息子と美人の嫁とが、おいであそばさないと、お食事がまずいんですかね。」

信吾《しんご》は顔を上げて、保子と目が合った。

「よく舌がまわるな。」

「そうよ。しゃべるのも、泣くのも、遠慮してたんですもの。」

「子供の泣くのはしかたがないさ。」と信吾はつぶやいたまま、口を少しあけている

と、

「子供じゃありませんよ。私ですわ。」と房子は台所へよろめいて行きながら、

「赤んぼが泣くのは、あたりまえですわ。」

流しへがちゃんと食器類を投げ出す音がした。

保子はとっさに腰を浮かせた。

房子のすすり泣きが聞えた。

里子が保子を上目づかいに見て、台所へ小走りに行った。

いやな目つきだと信吾は思った。

保子も立つと、そばの国子をかかえて、信吾の膝の上においた。

「ちょっと、この子を。」

そして台所へ行った。

信吾は国子を抱くと、やわらかいので、ぐっと腹に引き寄せた。赤んぼの足を握った。くびれた足首も、ふくらんだ足の裏も、信吾の掌にはいった。

「くすぐったいか。」

しかし、赤んぼはくすぐったいということを知らぬ風だった。

房子がまだ乳呑《ちの》み子のころ、着替えのために裸で寝かせた、その両脇《りょうわき》を、信吾はく

すぐって、房子が鼻をすくめ、手を振りまわしたように思うが、よくは思い出せない。

赤んぼの房子が醜いのを、信吾はあまり言わなかったものだ。口に出そうとすると、保子の姉の美しい面影《おもかげ》が浮ぶからだ。

赤んぼの顔は成人までに、幾度も変るという信吾の期待は、まあはずれたし、期待も年とともに鈍ってしまった。

孫の里子の顔立ちは、その母親の房子よりはましらしく、赤んぼの国子はまだみこみがある。

してみると、孫にまで、保子の姉の面影をもとめようとするのだろうか。信吾は自分がいやになった。

信吾は自分がいやになりながら、しかし、菊子が流産した子供、この失われた孫こそは、保子の姉の生れがわりではなかったろうか、そしてこの世には生を与えられぬ美女ではなかったろうか、というような妄想《もうそう》にとらえられて、なお自分におどろいた。

そして、赤んぼの足を握る手がゆるむと、国子は信吾の膝から、台所の方へ立って歩いた。腕を円く前へ出して、足が定まらないので、

「あぶない。」と信吾が言ったとたんに、赤んぼは倒れた。

前へ倒れて、また横にころんだまま、しばらく泣かなかった。

里子は房子の袖《そで》にまつわり、保子は国子を抱いて、四人で茶の間にもどった。

「お父さまは、まったくぼんやりしてるのよ、お母さま。」と房子は食卓を拭《ふ》きながら、

「会社から帰って、着かえる時、お襦袢《じゆばん》もきものも、自分で左前に合わせておいて、帯を巻きかけて、おかしな工合だという風に立っているんだから。そんな人ってある？　お父さまも生れて初めてでしょう。よほどどうかしてるわ。」

「いや、前にも一度あった。」と信吾は言った。

「その時は、菊子に、琉球《りゆうきゆう》では、右前でも左前でもよろしいそうですと言われたが。」

「へへえ、琉球では？　どうですかね。」

房子はまた顔色が変った。

「菊子さんはお父さまの御機嫌《ごきげん》を取るのに、智慧《ちえ》が働くから、うまいわね。琉球では、か。」

信吾は癇《かん》にさわるのをおさえて、

「襦袢というのは、元はポルトガル語だ。ポルトガルなら、左前か右前かわからんよ。」

「それも菊子さんのもの知り？」

保子が横からとりなすように言った。

「夏のゆかたなんか、お父さまはよく裏返しに着てらっしゃるわ。」

「うっかり裏返しに着るのと、ぼんやり左前に合わせるのとは、わけがちがうわ。」

「国子に自分できものを着させてごらん。右前にするのか、左前にするのか、わからないから。」

「お父さまが赤んぼに還《かえ》るのは、まだお早いわ。」と房子は屈しない調子で、

「だって、お母さま、なさけないじゃありませんか。息子の嫁が一日や二日さとへ帰ったからって、お父さまがきものを左前に合わせることはないでしょう。実の娘が、もう半年も、さとにもどったきりじゃないの？」

房子が雨の大晦日にもどってから、なるほど半年近くなる。婿《むこ》の相原からはなにも言って来ないし、信吾は相原に会ってもいない。

「半年になるね。」と保子も相槌《あいづち》を打っておいて、

「房子のことと菊子のこととは、関係がないけれどね。」

「関係がないかしら？　両方とも、お父さまには関係があると思うわ。」

「それは子供のことだから。お父さまに解決していただきたいわね。」

房子は下向いて答えなかった。

「房子、お前こういう時に、言いたいだけのことを、洗いざらいぶちまけてごらん。さっぱりするよ。菊子もちょうどいないし。」

「わたしが悪いんですから、開き直って言うことはないけれど、菊子さんの手料理でなくったって、だまって食べていただきたいわ。」と房子はまた泣きかけて、

「そうじゃない？　お父さまはだまりこくって、まずそうに召し上るのよ。わたしだってさびしいわ。」

「房子、言いたいことはいろいろあるはずです。房子、二三日前に郵便局へ行ったの、相原に手紙を出したんでしょう。」

房子はびくっとしたらしいが、かぶりを振った。

「房子がほかに手紙を出すところもなさそうだし、私は相原さんだと思いましたよ。」

保子はいつになく鋭かった。

「お金でも送ったの？」と言ったので、保子が信吾にかくして、房子に小遣いをくれてるらしいと、信吾は察した。

「相原はどこにいるんだ。」

そう言って、信吾は房子に向き直ると、返事を待っていたが、

「うちにはいないらしいな。わたしは月に一度くらい、会社の者をやって、様子を見

させている。様子を見させるというよりも、相原のおふくろに、養生費を少しずつとどけるんだ。房子が相原のうちにいれば、房子が面倒を見る人かもしれないからね。」

「まあ？」

保子はぽかんとして、

「会社の人を、おやりになるんですか。」

「よけいなことは聞きもしゃべりもしない、固い男だから、大丈夫だよ。相原がうちにいるのなら、わたしが行って、房子のことも話したいが、足の悪いばあさんに会ったってしかたがない。」

「相原はなにをしてるんです。」

「まあ、麻薬の密売かなにか、そんなことらしいが、それも手先に使われてるんだろう。悪い酒から、自分が先《ま》ず麻薬のとりこになっていったわけだな。」

保子は恐ろしそうに信吾をながめた。相原のことよりも、それを今までかくしていた夫を恐ろしがるとも見えた。

信吾はつづけた。

「ところが、足の悪いおふくろも、もうあのうちにはいないらしい。別人がはいってる。房子の家はなくなっているわけだな。」

「それで、房子の荷物はどうなったんですか。」

「お母さま、たんすも行李《こうり》も、とうに空っぽよ。」と房子が言った。

「そう？　風呂敷包《ふろしきづつみ》ひとつでもどって、お前がお人好《ひとよ》しというわけですか。やれやれ……。」と保子は溜息《ためいき》を吐《つ》いた。

房子が相原の行方を知っていて、たよりしているのか、信吾は疑わしかった。

また、相原の落ちるのを支え得なかったのは、房子か、信吾か、相原自身か、その誰でもないのかと、信吾は暮れなずむ庭に目をやった。

二

十時ごろに信吾が会社へ出ると、谷崎《たにざき》英子の置手紙があった。

若奥さまのことでお目にかかりたくてまいりましたが、また後でうかがいます、というのだった。

英子が「若奥さま」と書くのは、菊子のほかにない。

やめた英子に代って、信吾の部屋つきになった岩村夏子に、信吾は聞いてみた。

「谷崎は幾時ごろ来たの。」

「はあ、私が出まして、お机を拭いていた時ですから、八時ちょっと過ぎでしょうか。」

「待ってたか?」

「はあ、しばらく。」

夏子の重く鈍く「はあ」と言う癖が、信吾はいやだった。夏子の田舎の訛《なま》りかもしれない。

「修一に会って行ったか。」

「いいえ。お会いしないで帰ったと思います。」

「そうか。八時過ぎだと……。」信吾のひとりごとだった。

英子は洋裁店へ出勤する前に寄ったのだろう。出直して来るのは、昼休みだろう。

大きい紙の端に小さく書いた英子の字を、信吾はもう一度見てから、窓のそとをながめた。

五月のうちでも最も五月らしく晴れ渡った空だった。

信吾は横須賀《よこすか》線の電車からも、この空をながめて来た。空を見た乗客はみな窓をあけた。

六郷《ろくごう》川の光る流れをすれすれに飛ぶ鳥も、銀色に光った。北の方の橋を赤い胴のバスが走っているのも、偶然でないように見えた。

「天上大風、天上大風……。」と信吾はにせ良寛《りようかん》の額の言葉を、なんとなくくりかえしていたが、池上《いけがみ》の森を見て、

「おや。」と左の窓へ乗り出しそうにした。

「あの松、池上の森じゃないかもしれんぞ。もっと近いぞ。」

高くぬきんでた二本の松は、今朝《けさ》見ると、池上の森の手前のようだ。

春だったり、雨だったりのせいで、これまでは遠近がはっきりしなかったのか。

信吾は窓から見つづけて、確めようとつとめた。

また、毎日電車でながめているのだから、一度は松のある場所へ行って、確めてみたい気持が動いた。

しかし、毎日と言っても、その二本の松を発見したのは最近のことだ。長年、ただ池上の本門寺の森と、ぼんやり見て通り過ぎていた。

ところが、その高い松が池上の森ではないらしいと発見したのは、今日初めてだ。

五月の朝の空気が澄んだからだ。

上身を傾け合い、梢《こずえ》は今にも抱き合いそうな、二本の松に、信吾は二度の発見をした。

昨日の夕飯の後でも、信吾が相原の家をさぐり、相原の老母を少し助けた話をする

と、いきり立っていた房子は、しんとおとなしくなってしまった。

信吾は房子がふびんになった。房子のうちになにかを発見したように思ったが、なにを発見したかは、池上の松の場合ほどはっきりしなかった。

その池上の松だが、二三日前、信吾はこの松を見ながら電車のなかで、修一を問いつめて、菊子が流産したと白状させた。

もはや、松は松だけではなく、松に菊子の堕胎がまつわりついてしまった。通勤の往復にこの松を見るたび、信吾は菊子のことを思い出させられるかもしれない。

今朝も無論そうだった。

修一が白状した朝、二本の松は吹き降りのなかに薄く、池上の森ととけ合っていた。しかし今朝は、森と離れて、堕胎がまつわって、松はよごれた色のように見えた。天気がよ過ぎたせいかもしれない。

「天気がいい日も、人間の天気は悪い。」と信吾はつまらぬことをつぶやいて、会社の部屋の窓にくぎられた、空を見るのをやめた。働き出した。

ひる過ぎ、英子から電話があった。夏服がいそがしくて、今日は出られないというのだった。

「いそがしいと言うほど、働けるようになったの？」

「はい。」

英子はちょっとだまった。

「今、お店から？」

「はい。でも、絹子さんはおりません。」と修一の女の名を、あっさり言って、

「絹子さんの出かけるのを待ってましたの。」

「ふむ？」

「もしもし、明日の朝、おうかがいいたします。」

「朝ね？　また八時ごろ？」

「いいえ。明日はお待ちしてますわ。」

「そんなに急用？」

「はい。急用でないような、急用ですわ。私の気持では、急用ですの。早くお話したいんですの。すっかり興奮しちゃって。」

「君が興奮してるの？　修一のことか？」

「お目にかかってお話しますわ。」

英子の「興奮」はあてにならないが、二日つづけて来てまで、話したいというのは、信吾を不安にした。

不安がつのって、信吾は三時ごろ、菊子のさとに電話をかけた。佐川の家の女中が取りついで、菊子が出るあいだ、美しい音楽がしばらく電話にはいっていた。

菊子がさとへ行ってから、信吾は修一と菊子の話をしていない。修一が避けるけはいだ。

また、佐川家へ菊子を見舞いに行くのは、ことを大きくしそうでひかえていた。菊子の性質としては、絹子のことも流産のことも、さとの親きょうだいには話していないだろうと、信吾は思う。しかし、わからない。

受話機に美しい交響楽がはいっているなかから、

「……お父さま。」と菊子がなつかしげに呼んだ。

「お父さま。お待たせしましたわ。」

「ああ。」と信吾はほっとして、

「からだはどう？」

「はい。もうよろしいんですの。わがままして、すみませんでした。」

「いや。」

信吾は後につまった。

「お父さま。」と菊子はまたうれしそうに呼んで、

「お会いしたいわ。これから、うかがってよろしいですか。」

「これから？　大丈夫なの？」

「はい。早くお目にかかっておいた方が、おうちへ帰るの、恥ずかしくなくて、よろしいでしょう。」

「そう。会社で待ってる。」

音楽はつづいていた。

「もしもし。」と信吾はうながしておいて、

「いい音楽だね。」

「あら。とめるのを忘れて……。バレエのレ・シルフィイドですわ。ショパンの組曲。レコオドをもらって帰りますわ。」

「直《す》ぐに来るか。」

「はい。でも、会社はいやですから、考えているんですけれど。」

そして、新宿御苑《ぎょえん》で待ち合わせてはと、菊子は言った。

信吾は面くらって、つい笑い出した。

菊子はいい思いつきと考えているらしく、

「お父さまも、緑でせいせいなさいますわ。」

「新宿御苑は、いつか一度、どうかしたはずみで、犬の展覧会を見に行ったことがあるだけだね。」

「私も犬のつもりで、見にいらっしゃればよろしいわ。」と菊子が笑った後にも、レ・シルフィイドが聞えていた。

三

菊子と約束通りに、新宿一丁目の大木戸《おおきど》門から、信吾は御苑にはいった。

乳母車は一時間につき三十円で、ござは一日につき二十円よりで、貸すという立札が、門監の横に出ていた。

アメリカ人の夫婦が、夫は女の子を抱き、妻はジャアマン・ポインタアを曳《ひ》いていた。

入苑して来るのは、アメリカ人夫婦だけではないが、若い男女の二人づればかりで、ゆっくり歩いているのは、アメリカ人だけだった。

信吾は自然とアメリカ人の後についた。

道の左に落葉松《からまつ》のような植込みはひまらや杉《すぎ》だった。信吾は動物愛護会かの慈善園遊会で、前に来た時、みごとなひまらや杉の群を見たが、どのあたりになるのか、今は見当もつかない。

右側の木には、児手柏《このてがしわ》とか、うつくし松とかいう名札がついていた。

信吾は自分が先きだろうと思って、ゆっくり歩いたのだが、門からの道がすぐ池に突きあたる、その岸近い公孫樹《いちょう》の木を背に、菊子はベンチで待っていた。

菊子は振り向いて、立ち上る半ばでおじぎをした。

「早いんだね。四時半に、十五分ほど前だ。」と信吾は腕時計を見た。

「お父さまにお電話をいただいて、ほんとにうれしかったから、すぐ出て来ましたの。どんなにうれしかったかしれませんわ。」と菊子は早口に言った。

「それじゃ待ったね？　そんな薄着でいいのか？」

「はい。これ、女学生のころのセエタアですから。」と菊子はぽっとはにかんで、

「さとには、私の着るものが残ってませんでしょう。姉のきものを借りても来られませんわ。」

菊子は八人きょうだいの末っ子で、姉たちもみなかたづいているから、姉というのは兄嫁のことだろう。

濃いグリインのセエタアは半袖《はんそで》で、信吾は今年初めて、菊子の裸の腕を見るようだ

った。

　菊子はさとへ来て泊っていることを、少し改まった様子で信吾にわびた。

　信吾はあいさつに困って、

「もう鎌倉《かまくら》へ帰れるの？」とだけ、やさしく言った。

「はい。」

　菊子は素直にうなずいて、

「帰りたかったんですの。」と言うと、美しい肩を動かして、信吾を見つめた。肩をどう動かしたのか、信吾の目はとらえられなかったが、そのやわらかい匂《にお》いに、はっとした。

「修一は見舞いに行ったか。」

「はい。でも、お父さまのお電話がなければ……。」

　帰りにくいというのか。

　言いさして、菊子は公孫樹の木蔭《こかげ》を離れた。

　喬木《きょうぼく》に重いほど盛んな緑が、菊子の後姿の細い首に降りかかるようだった。

　池はやや日本風で、小さい中の島の燈籠《とうろう》に白人兵が片足をかけて、娼婦《しょうふ》とたわむれていた。岸のベンチにも、若い二人づれがいた。

菊子の行く方に行って、池の右へ木の間を抜けると、

「広いねえ。」と信吾はおどろいた。

「お父さまだって、せいせいなさいますでしょう。」と菊子は得意らしかった。

しかし、信吾は道端の枇杷《びわ》の木の前に立ちどまって、その広い芝生へすぐには出ようとしなかった。

「じつにみごとな枇杷の木だね。邪魔するものがないから、下の方の枝まで、思う存分に伸ばしてるんだな。」

木の自由で自然な成長の姿に、信吾は豊かな感動をした。

「いい形だ。そうそう、いつか犬を見に来た時も、ひまらや杉の大木がならんで、やはり下の枝まで、ずうっと伸びるだけ伸ばしているのは、気持よかったな。あれはどこだった。」

「新宿寄りの方ですわ。」

「そうだ、新宿の方からはいった。」

「さっき、お電話でもうかがいましたけれど、犬を見にいらしたって？」

「うん。犬はそう沢山いなかったが、動物愛護会の寄附を集める園遊会でね。日本人は少なくて、外人が多かった。占領軍の家族や外交官だろうね。夏だった。赤い薄絹

や水色の薄絹を、体にぐるぐる巻いたような、インドの娘さんたちがきれいだったね。アメリカやインドの売店が出ていた。そんなものが珍らしい時分だから。」

二三年前だが、なん年か、信吾は思い出せなかった。

しかし話すうちに、枇杷の木の前から歩き出していた。

「うちの庭の桜ね、あれも根もとの八《や》つ手《で》を取ってやろう。菊子が帰ったら、忘れないようにおぼえていてくれ。」

「はい。」

「あの桜の枝は、刈りこんだことがないから、わたしは好きなんだ。」

「小枝が多くて、花がいっぱいつきますから……。先月の花盛りに、仏都七百年祭のお寺の鐘を、お父さまと聞きましたわ。」

「そういうこともおぼえていてくれるんだな。」

「あら。私は一生忘れませんわ。鳶《とび》の声を聞いたことだって。」

菊子は信吾に寄り添って、欅《けやき》の大木の下から広い芝生に出た。

緑の大きい見通しに、信吾は胸がひらけた。

「ほう、のびのびする。日本離れがしていて、東京のなかにこんなところがあるとは、想像がつかないね。」と、新宿の方へ遠い緑のひろがりをながめた。

「ヴィスタに苦心してあって、奥行がよけい深く見えるんですって。」

「ヴィスタってなんだ。」

「見通し線というのでしょう。芝生の縁《ふち》やなかの道は、みなゆるやかな曲線ですわ。」

菊子は学校から来た時、先生に説明を聞いたと言った。喬木を散植した、この大芝生はイギリス風景園の様式だそうである。

広い芝生に見える人たちは、ほとんど若い男女づればかりだった。二人で寝そべったり、腰をおろしたり、ゆっくり歩いたりしていた。五六人づれの女学生や子供の群も少しは見えたが、あいびきの楽園に信吾はおどろき、場ちがいを感じた。

皇室の御苑が解放されたように、若い男女も解放された風景だろうか。

信吾が菊子と芝生にはいって、あいびきのなかを縫って歩いても、誰も二人を見ようとはしなかった。信吾はなるべく避けて通った。

しかし、菊子はどう思っているのだろう。老いた舅《しゅうと》が若い嫁と公園に来ただけのことだが、信吾にはなじめないものがあった。

新宿御苑で待ち合わせるという菊子の電話を、信吾はあまり気にかけなかったが、来てみると異様なことに思えた。

芝生のなかにひときわ高い木があって、信吾はその木にひかれて行った。

その大樹を見上げて近づくうちに、聳《そび》え立つ緑の品格と量感とが信吾に大きく伝わって来て、自分と菊子との鬱悶《うつもん》を自然が洗ってくれる。「お父さまもせいせいなさいます。」でいいのだと考えた。

それは百合《ゆり》の木だった。近づくと三本で一つの姿をつくっているのが知れた。花が百合に似、またチュウリップに似ているので、チュウリップ・ツリイともいうと、説明書きが立っていた。北アメリカの原産、成長が早く、この木の樹齢はおおよそ五十年、

「ほう、これで五十年か。わたしより若いね。」と信吾はおどろいて見上げた。

広い葉の枝が二人を抱き隠すようにひろがっていた。

信吾はベンチにかけた。しかし落ちつかなかった。

信吾がすぐ立ち上るのを、菊子は意外そうに見た。

「あの花の方へ行ってみよう。」と信吾は言った。

芝生の向うに花壇らしい、白い花の群が、垂れた百合の木の枝とすれすれの高さに、遠くあざやかに見えた。芝生を渡ってゆきながら、

「日露戦争の凱旋《がいせん》将軍の歓迎会は、この御苑であったんだよ。わたしも二十前《はたちまえ》だったね。田舎にいた。」と信吾は言った。

花壇の両側はみごとな並木で、並木のあいだのベンチに、信吾は腰をおろした。

菊子は前に立って、

「明日の朝、帰りますわ。お母さまにもそうおっしゃって、お叱《しか》りにならないように……。」と言いながら、信吾の横にかけた。

「うちへ帰る前に、わたしに話しておきたいことがあるなら……。」

「お父さまに？　お話したいことは、いっぱいありますけれど。」

四

明くる朝、信吾は心待ちしたが、菊子の帰って来ないうちに家を出た。

「叱らないようにと言っていたよ。」と保子に言うと、

「叱るどころか、こっちが詫《わ》びる方じゃありませんか。」と保子も明るい顔をした。

信吾は菊子に電話をかけただけのことにしておいた。

「菊子には、お父さまのききめは大したものですね。」

保子は玄関へ送りに出て、

「でも、いいわ。」

信吾が会社へ着いて間もなく英子が来た。

「やあ。きれいになったね。花なんぞ持って。」と信吾は愛想《あいそ》よく迎えた。

「お店へ出ると、もう抜けられませんから、町をぶらぶら歩いていました。花屋さんがきれいでしたわ。」

しかし、英子は真剣な顔で信吾の机に寄って来ると、「オ人バライ」と机の上に指で書いた。

「ええ?」

信吾はきょとんとしたが、

「君、ちょっとどこかへ。」と夏子に言った。

英子は夏子が出て行くあいだに、花瓶《かびん》を見つけて、三輪のばらを入れた。洋裁店の女店員らしいワン・ピイスで、英子はまた少し太ったようだった。

「昨日は失礼いたしました。」と英子は変に切り口上で、

「二日もつづけてうかがって、私……。」

「まあ、かけ給《たま》え。」

「ありがとうございます。」と椅子《いす》に坐《すわ》って、うつ向いた。

「今日は遅刻させたわけだな。」

「はい、そんなこと。」

英子は顔を上げて信吾を見ると、泣きそうに息をつめた。

「言ってよろしいでしょうか。私、義憤を感じて、興奮しているのかもしれませんから。」

「ふむ?」

「若奥さまのことですけれど。」と英子は言いよどんで、

「中絶なさいましたでしょう。」

信吾は答えなかった。

英子がどうして知ったのか。まさか修一がしゃべりはすまい。しかし、英子は修一の女と同じ店にいる。信吾はいやな不安を感じた。

「中絶をなさるのはいいとしましても……。」と英子はまたためらった。

「誰が君にそんなこと言った。」

「その病院の費用を、修一さんは絹子さんのところから、お持ちになったのですわ。」

信吾ははっと胸が縮んだ。

「ひどいと思いましたの。あんまり女を侮辱した、なさり方ですわ。無神経ですわ。若奥さまがお可哀想《かわいそう》で、私はたまりませんでしたの。修一さんは絹子さんにお金をお渡しになってるでしょうし、御自分のお金のようなものかもしれませんけれど、私た

ちはいやですわ。私たちと身分がちがうんですから、それくらいのお金、修一さんはどうにでもお出来になりますでしょう。身分がちがいますと、それでよろしいんですか。」

英子は薄い肩のふるえ出すのをこらえていた。

「お金を渡す絹子さんも絹子さんですわ。私にはわかりませんわ。腹が立ちますし、とてもいやですし、私は絹子さんと同じ店にいられなくなってもいいから、どうしてもお話しに来たいと思いましたの。よけいなことをおしらせして、いけないんですけれど。」

「いや。ありがとう。」

「ここでよくしていただきましたし、私は若奥さまが、ちょっとお会いしただけで、好きですから。」

英子の涙ぐんだ目はきらきら光っていた。

「別れさせてあげて下さい。」

「うん。」

絹子のことにちがいないが、もしかすると、修一と菊子を別れさせろとも聞えた。

それほど信吾は突き落されていた。

修一の精神の麻痺《まひ》と頽廃《たいはい》とにおどろいたが、信吾自身も同じ泥沼《どろぬま》にうごめいていると思われた。暗い恐怖にもおびえた。

言うだけ言うと、英子は帰ろうとした。

「まあいい。」と信吾は力なく引きとめた。「また改めてうかがいます。今日は恥ずかしくて、泣いたりするといやですわ。」

信吾は英子の良心と善意とを感じた。

英子が絹子を頼って同じ店につとめたのを、信吾は無神経だとあきれたものだが、修一や自分の方がどれほど無神経かしれない。

英子が残していった深紅のばらを、信吾はぼんやりながめていた。

菊子は潔癖から、修一に女のある「今のままでは」、子供を産まないと、信吾は修一に聞いたが、その菊子の潔癖は、まったく踏みにじられたのではないか。

菊子はそれを知らないで、今ごろは鎌倉の家へもどっているだろうかと、信吾は思わず目をつぶった。

傷の後

一

日曜の朝、信吾は桜の根方《ねかた》の八つ手を鋸《のこぎり》で切った。

根を掘り起してしまわねば、根だやしは出来ないのだと思いながら、

「芽が出るたびに、切ればいいさ。」と信吾はつぶやいた。

前にも切り払ったことがあって、かえってこのように株をはびこらせることになった。しかし、今もまた信吾は根だやしする労をいとった。掘り起す力はないかもしれなかった。

八つ手の幹は鋸にもろかったが、数が多いので、信吾は額が汗ばんで来た。

「手つだいましょう。」と修一がいつのまにか近づいていた。

「いや。いらん。」

信吾はにべもなく言った。

修一はちょっと突っ立っていたが、

「菊子が呼びに来たんですよ。お父さんが八つ手を切ってらっしゃるから、手つだって来いと言うんです。」

「そうか。しかし、もう少しだ。」

信吾は切り倒した八つ手の上に腰をおろして、家の方を見ると、菊子が縁側のガラス戸によりかかって立っていた。派手な赤い帯をしめていた。

修一は信吾の膝《ひざ》の上の鋸を取った。

「みな切るんでしょう。」

「ああ。」

信吾は修一の若い動作をながめた。

残りの八つ手を四五本、たちまち倒してしまって、

「これも切りますか。」と信吾を振りかえった。

「さあ。ちょっと待ってくれ。」と信吾は立ちあがった。

桜の若木が二三本生えている。しかし、親木の根から出ているらしく、独立した木ではなく、枝なのかもしれなかった。

太い幹の裾《すそ》からも、小さい挿木《さしき》のような枝が出て、葉をつけていた。

信吾は少し離れて見て、

「やはり、その土から出てるやつは、切った方が恰好《かっこう》がいいだろうね。」と言った。

「そうですか。」

しかし、修一はすぐにはその桜を切ろうとはしなかった。信吾の考えているようなのが、ばからしいとみえる。

菊子も庭へおりて来た。

修一は鋸で桜の若木を指しながら、

「お父さんがね、これを切るか切らないか、思案中なんだ。」と軽く笑った。

「それはお切りになった方がいいわ。」と菊子はあっさり答えた。

信吾は菊子に、

「枝か枝でないかは、ちょっとわからんのでね。」

「土のなかから、枝が出ることはありませんわ。」

「根から出る枝は、なんというのかね。」と信吾も笑った。

修一はだまって、その桜の若木を切った。

「とにかく、この桜の枝はみな残して、自由に自然に、伸びるだけ伸ばしてやろうと思うんだ。八つ手が邪魔だから取ってやったんだ。」と信吾は言った。

「その、幹の裾の方の小さい枝は残しといてくれ。」

菊子は信吾を見ながら、

「お箸《はし》か爪楊枝《つまようじ》のような可愛《かわい》い枝に、花の咲いてたのは、可愛かったですわ。」

「そうかね。花が咲いていたかね。わたしは気がつかなかった。」

「咲いてましたわ。小さい枝には花が一房で、二つか三つ……。爪楊枝のような枝には、花がたった一つのもあったようですわ。」

「そう？」

「でも、こんな枝が育ちますかしら。こんな可愛い枝が、新宿御苑《ぎょえん》の枇杷《びわ》や山桃の下枝のように伸びるまでに、私はおばあさんだわ。」

「そうでもない。桜は早いよ。」と信吾は言いながら、菊子の顔に目を向けた。

信吾は菊子と新宿御苑に行ったことを、妻にも修一にも話していない。

しかし、菊子は鎌倉《かまくら》の家にもどるとすぐ夫に打ち明けたのだろうか。打ち明けるというほどのことではなく、菊子はなんでもなく話しそうだ。

「菊子と新宿御苑でお会いになったそうですね。」とは、修一から言いにくいとすると、信吾から言い出すべきだったかもしれない。それをどちらからも言わない。なにかがわだかまっている。修一は菊子から聞いていながら、知らぬ振りなのかもしれない。

しかし、菊子の顔にこだわりはなかった。

信吾は桜の幹の小さい枝をながめた。思わぬところに新芽の出たような、これらのひ弱い枝が、新宿御苑の下枝ほど伸びひろがった姿を、頭に描いてみた。長々と地に垂れて這《は》って、花が咲き満ちたら豪奢《ごうしゃ》だろうが、桜の枝がそういうのは見たためしがない。幹の根もとから枝のひろがっている、桜の大木も見たおぼえがない。

「切り倒した八つ手は、どこに片づけますか。」と修一が言った。

「どこか隅《すみ》っこに片寄せとけばいいさ。」

修一が八つ手を搔《か》き寄せて、脇《わき》にかかえ引きずってゆく、その後から、菊子も三四本持ってゆくのを、

「いいよ、菊子は……。まだだいじにしないと。」と修一はいたわった。

菊子はうなずくと、八つ手をそこに落して立ちどまった。

信吾は家にはいった。

「菊子も庭に出て、なにかしてるんですか。」

古蚊帳《ふるかや》を縮めて、赤んぼの昼寝用に直していた保子が、老眼鏡をはずして言った。

「日曜日に、二人でうちの庭にいるなんて、めずらしい。菊子がさとに帰って来てから、仲がいいようですね。妙なものですね。」

「菊子もかなしいのさ。」と信吾はつぶやいた。

「そうばかりとも言えません。」と保子は力を入れて、

「菊子は笑顔のいい子ですが、今のようにうれしそうな目をして笑うのは、久しぶりじゃありませんか。少しやつれた菊子の、うれしそうな笑顔を見ると、私も……。」

「ふむ。」

「このところ、修一も会社からは早く帰るし、日曜日にはうちにいますし、雨降って地かたまるというんですかね。」

信吾はだまって坐っていた。

修一と菊子とがいっしょに部屋へ来て、

「お父さん、お父さんのだいじな桜の芽を、里子がむしり取っちゃいました。」と言いながら、修一はその小枝を指につまんでいて、信吾に見せた。

「里子も八つ手を引っぱって、面白《おもしろ》がっているると思ってるうちに、桜の芽をむしっちゃって。」

「そうか。子供のむしりそうな枝だよ。」と信吾は言った。

菊子は修一の背に半分かくれて立っていた。

二

さとから菊子がもどった時、信吾はみやげに和製の電気剃刀《かみそり》をもらった。保子には帯紐《おびひも》、房子には里子と国子との子供服だった。

「修一にもなにか持って来たの？」と信吾は後で保子に聞いてみた。

「折りたたみの蝙蝠傘《こうもりがさ》でした。それから、アメリカ製の櫛《くし》を買って来たようですよ。サックの片面が鏡になってる……。たしか櫛は、縁が切れるとかで、人にあげるものじゃないと言ったと思いますが、菊子は知らないんでしょう。」

「アメリカなら、そんなこと言わないだろう。」

「菊子は自分のも、同じ櫛を買って来たんですよ。色のちがう、少し小さいの。房子がそれを見て、いいわねえと言うものですから、房子にくれてしまったんです。せっかく修一と同じのと思って、さとから帰った菊子にしては、いじらしい櫛じゃありませんか。それを房子が横取りする法はないでしょう。たかが櫛一つだって、無神経ですよ。」

保子は自分の娘がなさけないらしく、

「里子と国子の服だって絹の上等で、結構よそゆきですよ。房子におみやげはないようでしたけれど、二人の子供がもらえば、房子がもらったわけでしょう。櫛を取られたら、房子になにも買って来なくて悪かったと、菊子が思いますよ。だいたい、あんなことで帰った菊子に、おみやげをもらえる筋じゃないんですもの。」

「そうね。」

信吾も同感だが、保子の知らぬ憂鬱《ゆううつ》もあった。

菊子はみやげを買うのに、さとの親に迷惑をかけて来ただろう。菊子の妊娠中絶の費用も、修一は絹子に出させたというほどだから、修一も菊子もみやげ代ほどの金はなかったと想像される。菊子は病院のかかりを、修一が出したものとばかり思っていて、さとの親にみやげの金をねだって来たことだろう。

信吾はもう長いあいだ、菊子に小遣いらしいものを渡していないのが悔まれた。気づかぬではなかったが、修一との夫婦なかが荒れ、舅《しゆうと》の自分と親しむにつれ、かえって信吾は内証のように金をくれにくくもあった。しかし、菊子の身になってみてやらなかったことは、菊子の櫛を巻きあげた房子と似たものかもしれない。

菊子は勿論《もちろん》修一の道楽のために不自由してるのだから、舅に小遣いをせびれるはずはなかった。しかし、信吾にその思いやりがあれば、菊子は夫の情婦の金で堕胎するような屈辱に落ちるはずはなかった。

「おみやげなど買って来ない方が、私はつらくなかったんですよ。」と保子は考える風で、

「合わせると、相当かかってますね。どれくらいでしょう。」

「さあ。」

信吾はちょっと胸算用してみたが、

「電気剃刀が、いくらするのか、これは見当がつかないね。見たこともないものだから。」

「そうですね。」と保子もうなずいて、

「これが福引きだったら、お父さまが断然一等ですよ。菊子のことだから、それはそうですよ。第一、音がして、動きますでしょう。」

「歯は動かないさ。」

「動いてるんですよ。動かなければ剃《そ》れやしません。」

「いや。いくら見ても、歯は動いてないね。」

「そうですか。」

保子はにやにや笑った。

「子供がおもちゃをもらったように、よろこんでらっしゃるだけでも、断然一等ですよ。毎朝、ぶうぶう、じいじい鳴らせて、食事の時なんかも、あごをしきりになでてみて、悦に入ってらっしゃるから、菊子も少し照れ気味ですよ。うれしいでしょうけれど。」

「お前にも貸してやるよ。」と信吾が笑うと、保子はかぶりを振った。

菊子がさとからもどる日、信吾は修一と会社からいっしょに帰ったが、その夕方の茶の間で、菊子のみやげの電気剃刀は、なかなか人気があった。

無断で実家に泊って来た菊子、また菊子に堕胎をさせたような修一一家、その対面の工合悪いあいさつ代りを、電気剃刀がつとめたと言ってもよかった。

房子も子供服を里子と国子とに早速着せてみると、襟《えり》や袖口《そでぐち》のしゃれた刺繡《ししゅう》をほめて、明るい顔をしたが、信吾は「御使用のしおり」というのを読みながら、その場で使ってみた。

どうですという風に、家族たちは信吾を見まもった。

信吾は片手で剃刀を握って、あごに動かしながら、片手の「御使用のしおり」は離さないで、

「御婦人の襟足の和毛《にこげ》も容易に剃れる、と書いてあるね。」と、そう言うと、菊子の

顔を見た。

　菊子の揉上《もみあ》げと額とのあいだの生え際《ぎわ》が、実にきれいだった。信吾はそんなところに気づいたことはなかったようだ。そんなところの生え際も、微妙に可憐《かれん》な線を描いている。

　きめの細かい肌《はだ》と生えそろった毛とが、くっきりと鮮かだ。

　菊子は少し血の気のうせた顔に、かえって頬《ほお》だけ薄く赤味がさし、うれしそうな目を輝かせていた。

「お父さまのいいおもちゃをもらいましたね。」と保子が言った。

「おもちゃじゃないさ。文明の利器だよ。精密機械だね。機械番号がついていて、機検、調整、完成と、責任者の判が押してある。」

　信吾は上機嫌《じょうきげん》で、ひげの毛なみに沿って剃ったり、逆剃りしたりしてみた。

「肌を荒らしたり、剃刀負けがないそうですし、石鹸《せっけん》も水もいりませんし。」と菊子が言った。

「うん。年寄りは皺《しわ》に剃刀がひっかかるからな。お前にもいいよ。」と信吾は保子に渡そうとした。

　保子はこわがるように身をひいた。

「ひげなんかありませんよ。」

信吾は電気剃刀の歯をながめて、老眼鏡をかけてまた見直して、

「歯が動かないのに、どうして剃れるのかね。モオタアは廻《まわ》ってるが、歯は動いていないね。」

「どれ？」と修一が手を出したが、すぐ保子に渡した。

「ほんとですね。歯は動いてないようですね。電気掃除機と同じなんでしょう。ごみを吸い込むんじゃありませんか。」

「剃れた毛も、どこへ行ったのかわからないだろう。」と信吾も言ったので、菊子は下向いて笑った。

「電気剃刀のお返しに、電気掃除機をお買いになったらいかがです。電気洗濯機《せんたくき》でもいい。菊子がどんなに助かるかしれませんよ。」

「そうだね。」と信吾は老妻に答えた。

「うちには、そういう文明の利器が一つもないんですから。電気冷蔵庫だって、毎年、買う買うと言うばかりで、今年ももう入り用ですよ。パン焼き器だって、パンが焼けるとぽんと飛び出す拍子に、スイッチの切れる、便利なのがありますよ。」

「ばあさんの家庭電化説か。」

「菊子を可愛がるばかりで、お父さんのは実がともなわないんだから。」

信吾は電気剃刀のコオドをはずした。剃刀の箱には、ブラシが二つはいっていた。小さい歯楊枝のようなのと、小さい瓶《びん》洗いのようなのと、その二つを信吾は使ってみた。瓶洗いのようなブラシで、歯の裏の穴を掃除していて、ふと下を見ると、信吾の膝《ひざ》に極く短い白毛《しらが》がぽつぽつ落ちていた。白毛しか目につかなかった。

信吾はそっと膝を払った。

三

信吾はとりあえず電気掃除機を買った。

朝飯前に、菊子の使う掃除機の音と信吾の電気剃刀のモオタアの音とが、鳴り合っていると、信吾はなんだか滑稽《こっけい》な気もした。

しかし、家庭が一新された音かもしれない。

里子も電気掃除機を珍らしがって、菊子について歩いた。

電気剃刀のせいか、信吾はあごひげの夢を見た。

その夢で信吾は登場人物ではなく、見物人だった。でも夢のことだから、登場人物と見物人との区別は明らかでなかった。しかも、信吾が行ってみたこともない、アメリカの出来事だった。菊子の買って帰った櫛がアメリカ製というところから、アメリカの夢を見たのだと、後で信吾は思った。

信吾の夢では、アメリカは州によってイギリス人の多い州もあれば、スペイン人の多い州もある。したがって州によって、あごひげの毛に特色がある。毛の色や形がどうちがうのか、覚めてからはよくおぼえていないが、夢の信吾はアメリカ各州の、つまり各人種のあごひげの毛のちがいを、はっきり認めていた。ところが、これも目が覚めると州の名は忘れていたが、なんとかいう州に、各州、各人種のあごひげの特色を一身に集めた男が現われた。それもいろんな人種の毛が、この男のあごひげに入りまざっているのではなく、この部分はフランス型、この部分はインド型という風にわかれて、一人のあごひげにまとまっている。つまり、この男のあごひげには、アメリカ各州、各人種によってちがう毛の束が、房のようにぶらさがっているわけだ。

アメリカ政府はこの男のあごひげを、天然記念物に指定した。天然記念物に指定されたので、この男は自分のあごひげを、みだりに切ることも手入れすることも出来ない。

夢はそれだけだった。信吾はこの男のみごとに色とりどりのあごひげを見、ちょっとは自分のあごひげのようにも感じていた。この男の得意と困惑とが、いくらか信吾のものにもなっていた。

筋はほとんどない、ただこのひげ男を見たというだけの夢だ。

この男のあごひげは無論長い。信吾は毎朝電気剃刀できれいに剃っているから、逆に伸び放題のひげの夢をみたのかもしれないが、ひげが天然記念物に指定されたというのはおかしかった。

無邪気な夢なので、朝起きたら話そうと楽しみながら、信吾は雨の音を聞く間もなく寝入ったのに、やがて邪悪な夢でまた目覚めた。

信吾は尖《とが》り気味の垂れ乳をさわっていた。乳房は柔いままだった。張って来ないのは、女が信吾の手に答える気もないのだ。なんだ、つまらない。

乳房にふれているのに、信吾は女が誰かわからなかった。わからないというよりも、誰かと考えもしなかったのだ。女の顔も体もなく、ただ二つの乳房だけが宙に浮いていたようなものだ。そこで初めて、誰かと思うと、女は修一の友だちの妹になった。しかし、信吾は良心も刺戟《しげき》も、起きなかった。その娘だという印象は微弱だった。やはり姿はぼやけていた。乳房は未産婦だが、未通と信吾は思っていなかった。純潔のあとを指に見て、信吾ははっとした。困ったと思ったが、そう悪いとは思わないで、

「運動選手だったことにするんだな。」とつぶやいた。

その言い方におどろいて、信吾の夢はやぶれた。

「なんだ、つまらない。」というのは、森鷗外《おうがい》の死ぬ時の言葉だったと、信吾は気がついた。いつか新聞で見たようだ。

しかし、いやな夢からさめるなり、鷗外の死ぬ時の言葉を先《ま》ず思い出して、自分の夢のなかの言葉と結びつけたのは、信吾の自己遁辞《とんじ》であろう。

夢の信吾は愛もよろこびもなかった。みだらな夢のみだらな思いさえなかった。まったく、なんだ、つまらない、であった。そして味気ない寝覚めだ。

信吾は夢で娘を犯したのではなく、犯しかけたのかもしれない。しかし、感動か恐怖かにわななないて犯したのであれば、覚めた後にも、まだしも悪の生命が通うというものだ。

信吾は近年自分が見たみだらな夢を思い出して見ると、たいてい相手はいわゆる下品の女だ。今夜の娘もそうだった。夢にまで姦淫《かんいん》の道徳的苛責《かしやく》を恐れているのではなかろうか。

信吾は修一の友だちの妹を思い出してみた。胸は張っていたと思える。菊子の嫁に来る前に、修一と軽い縁談があって、交際もあった。

「あっ。」と信吾は稲妻《いなずま》に打たれた。

夢の娘は菊子の化身ではなかったのか。夢にもさすがに道徳が働いて、菊子の代りに修一の友だちの妹の姿を借りたのではないか。しかも、その不倫をかくすために、苛責をごまかすために、身代りの妹を、その娘以下の味気ない女に変えたのではないか。

もし、信吾の欲望がほしいままにゆるされ、信吾の人生が思いのままに造り直せるものなら、信吾は処女の菊子を、つまり修一と結婚する前の菊子を、愛したいのではあるまいか。

その心底が抑えられ、ゆがめられて、夢にみすぼらしく現われた。信吾は夢でもそれを自分にかくし、自分をいつわろうとしたのか。

菊子の前に修一と縁談のあった娘に仮託し、しかもその娘の姿も空漠《くうばく》としたのは、女が菊子であることを極端に恐怖するからではなかろうか。

また後から思い出すと、夢の相手がぼやけ、夢の筋道もぼやけて、よくおぼえていず、乳房をさぐる手のこころよさもなかったのは、目ざめ際に、もう狡猾《こうかつ》なものが機敏に働いて、夢を掻《か》き消したのかとも疑われた。

「夢だ。あごひげが天然記念物に指定されたりするのが、夢だ。夢判断なんか信じない。」と信吾は掌で顔をぬぐった。

夢はむしろ体が冷えるような味気なさだったが、信吾は目がさめてから、気味悪く汗ばんでいた。

あごひげの夢の後で、雨だなと軽く聞いた雨が、今は吹き降りで家を打っていた。畳までじとじとしめりそうだ。しかし、一荒れしてあがるらしい、雨の音だった。

信吾は四五日前に友人の家で見た、渡辺崋山《わたなべかざん》の墨絵を思い出した。

枯木の頂上に鳥《からす》が一羽とまっている絵で、

「意地強き夜明け烏や五月雨《さつき》、登。」と題してあった。

その句を読むと、その絵の意味、また崋山の気持が、信吾にもわかるようだった。烏が枯木のいただきで、風雨に堪えながら、夜明けを待っている図だ。画面に薄墨で強い吹き降りを現わしていた。信吾は枯木の恰好《かっこう》をよくおぼえていないが、太い幹だけで、ぽつんと折れていたと思う。烏の姿はよくおぼえている。寝ているためか、雨に濡《ぬ》れているせいか、おそらくはその両方で、烏は少しふくれていた。大きいくちばしだった。上のくちばしは墨がにじんで、なお太い厚みがあった。目はあいているが、覚め切っていないのか、眠たげだった。しかし、怒りを含んだように強い目だった。烏の姿は大きく描いてある。

信吾は崋山が貧苦だったということと、切腹したということしか知らない。けれども、この「風雨暁烏図」は崋山のある時の気持を現わしたものと受けとれた。

友人は季節に合わせて、この絵を床にかけたのかもしれないが、

「ずいぶんきつい面魂《つらだましい》の烏だね。」と信吾は言ってみた。

「いやだね。」

「そうか。僕は戦争中、よくこの烏を見て、なにくそっと思っていたんだ。なにくそ烏だ。静かなところもあるがね。しかし君、崋山のようなことで、切腹しなければならないとすると、僕《ぼく》らはなんべん切腹しなければならないかしれないよ。時代だね。」

と友人は言った。

「僕らも夜明けを待ったが……。」

吹き降りの今夜も、あの烏の絵は友人の客間にかかっているだろうと、信吾に見えて来た。

うちの鳶《とび》や烏は今夜どうしているだろうかと、信吾は思った。

四

信吾も二度目の夢の後は眠れないで、夜明けを待ったが、崋山の烏のような意地も張りもなかった。

それがたとい菊子であろうと、修一の友だちの妹であろうと、みだらな夢にみだらな心のゆらめきもなかったのは、なんとしてもなさけないことに思えて来た。どんな姦淫よりも、これは醜悪だ。老醜というものであろうか。

信吾は戦争のあいだに、女とのことがなくなった。そしてそのままである。まだそれほどの年ではないはずだが、習い性となってしまった。戦争に圧殺されたままで、その生命の奪還をしていない。ものの考え方も戦争で狭い常識に追いこめられたままのようである。

自分たちの年齢では、そういう老人も多いのか、信吾は友人たちにたずねてみたくもあるが、いくじなさを笑われるだけかもしれない。

夢で菊子を愛したっていいではないか。夢にまで、なにをおそれ、なにをはばかるのだろう。うつつでだって、ひそかに菊子を愛していたっていいではないか。信吾はそう思い直そうとしてみた。

しかしまた、「老いが恋忘れんとすればしぐれかな。」と蕪村《ぶそん》の句が浮んで来て、信吾の思いはさびれるばかりだ。

修一に女が出来たために、菊子と修一との夫婦関係は深くすすんだ。菊子が堕胎をした後で、二人の夫婦なかは温かくなごんだ。はげしい嵐《あらし》の夜、菊子は常よりも濃く修一にあまえ、修一が泥酔《でいすい》して帰った夜、菊子は常よりもやさしく修一をゆるした。

菊子のあわれさか愚かさか。

それらのことを菊子は自覚しているのだろうか。あるいはそれとさとらないで、菊子は造化の妙、生命の波に、素直に従っているのかもしれない。

菊子は子を産まないことで修一に抗議し、さとに帰ったことでも修一に抗議し、そこに自身の堪えがたいかなしみも現わしたわけだが、二三日でもどって来ると、自身の罪をわびるかのように、また自分の傷をいたわるかのように、修一となかよくなってしまった。

信吾にしてみれば、なんだ、つまらない、でないこともない。しかし、まあ、よかった、ということなのだろう。

絹子の問題はしばらく不問のまま、自然の解決を待てばいいのかと、信吾は考えもするほどだ。

修一は信吾の息子だけれども、菊子がこのようにしてまで修一と結ばれていなければならないほど、二人は理想の夫婦、運命の夫婦なのか、信吾は疑い出すと限りがなかった。

そばの保子を起したくないので、信吾は枕もとの電燈《でんとう》をつけて、時計は見られなかったが、もうそとは明るいらしく、六時の寺の鐘が鳴るはずだった。

信吾は新宿御苑《ぎょえん》の鐘を思い出した。

夕方の閉園の合図だったが、

「教会の鐘のようだね。」と信吾は菊子に言って、どこか西洋の公園の木立を通って、教会へ行くかのように思ったものだった。御苑の出口へ集まって来る人たちの行く手に、教会でもありそうな感じだった。

信吾は寝不足のまま起き出した。

菊子の顔が見づらいようで、修一といっしょに早く家を出た。

信吾は不意に言った。

「お前戦争で人を殺したかね。」

「さあ？　僕の機関銃の玉にあたったら、死んだでしょう。しかし、機関銃は僕が射《う》っていたものじゃないと言えるな。」

修一はいやな顔をして、そっぽを向いた。

昼間やんだ雨が、夜はまた吹き降りとなり、そして東京は濃霧につつまれた。

信吾は会社の宴会で待合を出る時、最後の一台の車に乗せられて、芸者を送る羽目になった。

年増《としま》が二人信吾の横にかけ、若い三人はうしろの膝《ひざ》に乗った。信吾は帯の前へ手を廻《まわ》して引き寄せながら、

「いいよ。」

「ごめんなさい。」と芸者は安心して信吾の膝に乗った。菊子より四つ五つ若い。

信吾はこの芸者をおぼえておくために、電車に乗ったら、手帳に名を書きとめようと思ったが、ほんの出来ごころで、書くことも忘れてしまいそうだった。

雨の中

一

その朝は、菊子が先きに新聞を見た。

門の郵便受けに雨が降りこんだらしく、濡れていたのを、菊子は飯をたくガスの火でかわかしながら読んだのだった。

時折り早く目ざめた信吾が、起き出して行って、寝床に持ちこむことはあるが、朝刊を取って来るのは菊子の役目のようだった。

しかし、たいてい信吾や修一を送り出してから、見ることになっていた。

「お父さま、お父さま。」と菊子は障子のそとから小さく呼んだ。

「なんだ。」

「お目ざめになってましたら、ちょっと……。」

「どこか悪いの？」

菊子の声の色で、信吾はそう思うと、すぐに起きて来た。

菊子が新聞を持って、廊下に立っていた。

「どうしたんだ。」

「相原さんのことが、新聞に出ています。」

「相原があげられたのか、警察に？」

「いいえ。」

菊子はちょっと身をひいて、新聞を渡した。

「あっ、まだ濡れています。」

信吾は受け取る気もなく片手を出したので、濡れた新聞がべらっとさがった。

そのはしを菊子は掌にのせて持ち上げた。

「見えやしないよ。相原がどうしたんだ。」

「心中《しんじゅう》なさったんです。」

「心中……？　死んだの？」

「生命は取りとめるみこみって、書いてありますわ。」

「そうか。ちょっと待ってくれ。」と信吾は新聞をはなして行きかかったが、

「房子は寝てるだろうな、うちで？」

「はい。」

昨夜おそくたしかにこの家で、二人の子供と寝た房子が、相原と心中をしたはずもないし、今朝《けさ》の新聞に出るわけもない。

信吾は厠《かわや》の窓の吹き降りをながめながら、落ちつこうとした。山裾《やますそ》から垂れた薄《すすき》の長い葉に、雨の玉が次ぎ次ぎと早く流れていた。

「大降りだね。つゆらしくもない。」

菊子にそう言って、茶の間に坐《すわ》ると、新聞を手に取ったが、読み出す前に、老眼鏡が鼻をずりさがって来た。舌打ちした。眼鏡をはずして、鼻筋から目のふちまで、やけにこすった。ぬるぬるといやな気持だ。

短い記事を読むうちに、眼鏡はまたずりさがった。

相原は伊豆《いず》の蓮台寺《れんだいじ》温泉で心中をしたのだった。女は死んだ。二十五六の女給風だが、身もとはわからない。男は麻薬の常用者らしく、生命はとりとめるみこみだ。その麻薬を用いたのと、遺書がないのとで、男には狂言の疑いもある。

信吾は鼻の頭までずりさがる眼鏡を、つかんでぶっつけたいようだった。

相原の心中が腹立たしいのか、眼鏡のすべるのがいら立たしいのか、区別がつかぬほどだった。

掌で顔を乱暴にこすりながら、洗面所へ立って行った。

新聞には相原の宿帳の住所が横浜になっていた。房子という妻の名も出ていなかった。

新聞の記事では、信吾の一家にかかわりがない。

横浜というのはでたらめで、相原は住所不定だったかもしれない。また、房子はもう相原の妻ではなかったのかもしれない。

信吾は顔を先きに洗って、歯を後でみがいた。

房子をいまだに相原の妻であるかのような考えにひっかかって、わずらわされたり、迷ったりしていたのは、信吾の優柔と感傷に過ぎなかったのだろうか。

「これが時の解決というものか。」と信吾はつぶやいた。

信吾が解決をぐずついているうちに、とうとう時が解決してくれたのか。

しかし、相原がこうなるまでに、信吾が助けるすべはなかったのだろうか。

また、房子が相原を破滅に追いやったのか、相原が房子を不幸にみちびいたのかも知れたものでない。相手を破滅や不幸に追いやるような性格もあれば、相手によって破滅や不幸にみちびかれるような性格もあるだろう。

信吾は茶の間にもどると、熱い茶を飲みながら言った。

「菊子、五六日前に、相原が離婚届を郵便で送ってよこしたのは知ってるだろう。」

「はい。お父さまが怒ってらした……。」

「そう、怒っていた。房子も、人を侮辱するにもほどがあると言った。しかし、あれも相原が死ぬ前の後始末だったのかもしれんな。相原は覚悟の自殺さ。狂言じゃないね。女はむしろ道づれにされたんだろう。」

菊子はきれいな眉《まゆ》を寄せて、だまっていた。棒縞《ぼうじま》の銘仙《めいせん》を着ていた。

「修一を起して来なさい。」と信吾は言った。

立って行く菊子の後姿を、きもののせいか、背が高くなったように思った。

「相原がやったんですって？」と修一は信吾に言って、新聞を取り上げた。

「姉さんの離婚届は出てるんでしょう。」

「いや、まだだ。」

「まだなんですか。」と修一は顔を上げて、

「どうしてです。今日にでも、早速出した方がいいな。相原がもし助からなかったら、死人が離婚届を出すことになるじゃありませんか。」

「しかし、子供二人の籍はどうするんだ。相原は子供のことを、なにも言って来てない。小さい子供に、籍を選択する力はありやしない。」

房子も判をついた離婚届は、信吾のカバンにはいったたまま、家と会社とを往復していたわけだ。

相原の母親のところへ、ときどき金をとどけさせた。その使いの者に、離婚届も区役所へ持たせてやろうと、信吾は思いながら、一日延ばしになっていた。

「子供はうちへ来ちゃってるんだから、しようがないや。」と修一は投げやりに言った。

「警察から、うちへ来ますかね。」

「なにしに？」

「相原の引受人とかなんとかで。」

「来ないだろう。そういうことのないために、相原は離婚届を送ってよこしたんだろう。」

襖《ふすま》を手荒くあけて、房子が寝間着のまま出て来た。

新聞をよくも読まないで、びりびり引きさいて投げつけた。やぶくのにも力があまったが、投げても飛ばなかった。房子は横に倒れるようにして、散らばった新聞をはねのけた。

「菊子、そこの襖をしめときなさい。」と信吾は言った。

房子があけた襖の向うに、二人の子供の寝姿が見えた。

房子は手をふるわせて、また新聞を引きさいた。

修一も菊子もだまっていた。

「房子、お前、相原を迎えに行ってやる気はないか。」と信吾は言った。

「いやよ。」

房子は畳に片肘《かたひじ》突いて、くっと向き直ると、目をつり上げて、信吾をにらんだ。

「お父さまは、自分の娘を、なんだと思ってるの？　いくじなし。自分の娘をこんなめにあわせて、腹も立てられないんですか。お父さまが迎えに行って、恥をさらして来るといいわ。あんな男に、私をくれたのは、いったいだれなの？」

菊子は台所へ立って行った。

ふと信吾は胸に浮んだ言葉が口に出たのだったが、こういう時、房子が相原を迎えに行って、離れていた二人が再び結ばれ、二人のいっさいが新しく出直すようなことも、人間にはあり得るだろうと、じっと思いつづけた。

二

相原が生きたとも、死んだとも、その後、新聞は伝えなかった。

区役所で離婚届を受けつけたところをみると、戸籍は死亡になっていないのだろう。しかし、死んだにしても、相原は身もとのわからぬ男として葬《ほうむ》られたのか。そんなはずはない。足の悪い母親がいる。たとい母親が新聞を見なかったにしろ、相原の縁者の誰《だれ》かが気づいただろう。多分相原は助かったのだと、信吾は想像した。

しかし、相原の子供を二人も引き取っていて、想像したですむことだろうか。修一は割り切っているが信吾にはこだわりが残った。

現に二人の孫は信吾の負担となっている。いずれ修一の負担となることを、修一は考えている様子がない。

養育の負担はとにかくとして、房子や孫たちの今後の幸福は、すでに半ば失われたようだが、やはり信吾の責任にかかっているのだろうか。

また、信吾は離婚届を出す時に、相原の相手の女のことも頭に浮んだ。

一人の女が確かに死んだ。その女の生死はなんだったのだろう。

「化けて来い。」と信吾はひとりごとを言って、はっとした。

「しかし、つまらない一生だ。」

房子が相原と無事に暮していさえすれば、その女も心中することはないのだから、信吾も遠まわしの殺人でないわけはない。そう思って、その女をとむらう菩提心《ぼだいしん》は起きないものか。

ところが、その女の姿は思い浮べようもなく、ふと菊子の赤んぼの姿が思い浮んで来た。早くおろしてしまった子の姿を、思い浮べられるはずはないのだが、信吾は可《か》愛《わい》い赤んぼの類型を思い浮べたのだ。

この子が生まれなかったのも、信吾の遠まわしの殺人ではないのか。

老眼鏡までぬるぬるしめるような、いやな日がつづいた。信吾は右の胸がどんより重かった。

そういう梅雨の晴れ間には、にわかに日の光が照りつけた。

「去年の夏、日まわりの咲いていたうち、今年は、なんという花か、西洋の菊のような、白い花を植えているね。申し合わせたのか、四五軒ならんで、同じ花なのはおもしろいね。去年はそろって日まわりだった。」と信吾はズボンに足を入れながら言った。

菊子が上衣《うわぎ》を持って、前に立っていた。

「日まわりは、去年の嵐《あらし》に吹き折られたからじゃありませんの?」

「そうかもしれんね。菊子、このごろ大きくなったんじゃないのか。」

「はい。大きくなりましたわ。うちへ来てからも、少しずつ背がのびていたんですけれど、このごろまた急にのびましたの。修一がおどろいてましたわ。」

「いつ……？」

菊子はぱっと顔を染めて、信吾のうしろにまわると、上衣を着せかけた。

「どうも大きくなったと思った。きもののせいばかりじゃないと思った。お嫁に来てから、なん年にもなって、まだ背ののびるのは、いいね。」

「おくてで、足りないからですわ。」

「そんなことはない。可愛いじゃないか。」と言うと、信吾はみずみずしく可愛いことに思えた。修一が抱いてみて気づくほどに、菊子は背がのびたのだろうか。失われた子供の生命が、菊子のなかでのびているような、そういう気もしながら、信吾は家を出た。

里子が道ばたにしゃがんで、近所の女の子たちのままごとをながめていた。あわびの貝殻《かいがら》や八《や》つ手《で》の青い葉などを器にして、草をきれいにきざんで盛ってあるのに、信吾も感心して立ちどまった。

ダリアやマアガレットの花びらも、やはり細かくきざんで、色取りに入れてあった。ござを敷き、そのござにマアガレットの花の影が、濃く落ちていた。

「そう、マアガレットだった。」と信吾は思い出して言った。

三四軒ならんで、去年の日まわりのかわりに植えたのは、マアガレットだった。

里子は幼くて、仲間に入れてもらえぬらしい。

信吾が歩き出すと、

「おじいちゃま。」と追いすがって来た。

信吾は通りに出る角まで、孫の手を引いて行った。走って帰る里子の影も、夏らしかった。

会社の部屋では、夏子が白い腕を出して、窓ガラスを拭《ふ》いていた。

信吾は口軽く、

「君、今朝《けさ》の新聞見た？」

「はあ。」と夏子は鈍く答えた。

「新聞と言っても、なに新聞かわからないな。なんだっけ……。」

「新聞でございますか。」

「なに新聞で見たか忘れたが、ハアバアド大学とボストン大学の社会科学者がね、千人の女秘書に質問票を出して、一番うれしいことをたずねたら、人がそばにいる時褒《ほ》められること、と異口同音に答えたというんだがね。女の子って、洋の東西を問わず、そういうものかね。君はどう？」

「はあ、恥ずかしくないでしょうか。」

「恥ずかしいのとうれしいのとは、多く一致するさ。男に言い寄られた時だって、そうじゃないか。」

夏子は下を向いて、答えなかった。今どき、めずらしい娘のように、信吾は思いながら、

「谷崎《たにざき》なんかは、そのたぐいだね。もっと人前で褒めておけばよかった。」

「さっき、谷崎さんが来ました。八時半ころです。」と夏子は不器用に言った。

「そう？　それで？」

「おひるに、また来るそうです。」

信吾は不吉な予感におそわれた。

昼飯にも出ないで待っていた。

英子は扉《とびら》をあけて立ちどまると、泣きそうに息をつめて、信吾を見た。

「やあ。今日は花を持って来ないの？」と信吾は不安をかくして言った。

英子は信吾の不真面目《ふまじめ》をとがめるかのように、生《き》真面目に近づいて来た。

「また、お人ばらいか。」

しかし、夏子は昼休みに出ていて、部屋には信吾ひとりだった。

修一の女が妊娠していると聞かせられて、信吾はぎょっとした。

「産んではいけないと、私は言いましたの。」と英子は薄い唇《くちびる》をふるわせて、

「昨日、お店の帰りに、絹子さんをつかまえて、そう言ってやりました。」

「ふむ。」

「だって、そうじゃありませんの？　ひど過ぎますわ。」

信吾は答えようがなく、暗い顔をしていた。

英子は菊子のことを思い合わせて言っているのだ。

修一の妻の菊子と愛人の絹子とが、前後して妊娠した。世間にもあり得ることだが、自分の息子にあり得ようとは、信吾は思ってもみなかった。しかも、菊子は中絶してしまった。

三

「修一がいるか、見て来てくれないか。いたら、ちょっと……。」

「はい。」

英子は小さい鏡を出して、少しためらうように、

「妙な顔をしていて、恥ずかしいですわ。それに、私が告げ口に来たと、絹子さんに

もわかりますでしょう。」

「ああ、そうか。」

「今のお店は、そのためにやめることになってもよろしいんですけれど……。」

「いや。」

信吾は卓の上の電話で聞いた。ほかの社員たちもいる部屋で、修一と今顔を合わせるのはいやだった。修一はいなかった。

信吾は近くの洋食屋へ英子を誘って、会社を出た。

小柄《こがら》の英子は寄り添って来て、信吾の顔色を見上げながら、

「お部屋につとめていた時、一度だけ、踊りにつれて行っていただいたの、おぼえてらっしゃいます?」と軽く言った。

「うん、頭に白いリボンをつけてたね。」

「いいえ。」と英子は首を振った。

「白いリボンで髪をゆわえてたのは、嵐のあくる日で、その日はじめて、絹子さんのことを聞かれて、ひどく困ったから、よくおぼえてますわ。」

「そうだったかな。」

たしか英子からその時、絹子のしゃがれ声がエロチックだと聞いたのを、信吾は思

い出した。

「去年の九月ごろだったな。それから、修一のことで、君にもずいぶん心配をかけたね。」

信吾は帽子をかぶらずに来て、頭に日光が熱かった。

「なにもお役に立ちませんけれど。」

「それはこっちが役によう立てなかったんだ。恥ずべき一家だね。」

「私は尊敬してますわ。会社をやめてから、よけいになつかしくって。」と英子は妙な調子で言って、しばらく口ごもっていたが、

「産んではいけないと、私は言いましたの。絹子さんはなにを生意気なという風で、あんたの知ったことじゃないし、あんたなんかになにがわかるもんですか。よけいなおせっかいはおよしなさい。そしておしまいには、自分のおなかのなかのことですって……。」

「ふむ。」

「誰に頼まれて、おかしなこと言うの？　修一さんと別れろと言うのなら、それは修一さんが別れてしまえば、別れるよりしかたがないでしょうけれど、子供は私がひとりで産むんじゃないの？　誰もどうにもならないわ。産んで悪いかどうか、あんたお

なかのなかの子供に聞けたら、聞いてごらんなさい……。絹子さんは私を若いと思って、からかってるんですわ。そのくせ、絹子さんの方から、人をからかわないで頂戴《ちょうだい》って言うんですの。絹子さんは産むつもりかもしれませんわ。後でよく考えてみますと、戦死した前の主人とは、子供が出来なかったんですもの。」

「ふむ？」

信吾は歩きながらうなずいた。

「私が癇《かん》にさわって、そう言っただけで、産まないのかもしれませんわ。」

「もうどれくらいになるの？」

「四月です。私は気がつきませんでしたけれど、お店の人にわかって……。お店の主人も事情を聞いて、産まない方がいいと忠告したってうわさですわ。絹子さんは出来ますから、店をやめられるのも惜しいんでしょう。」

英子は片頰《かたほお》に手をあてて、

「私にはわからないわ。おしらせしておけば、修一さんと御相談なさって……。」

「うん。」

「絹子さんにお会いになるの、早い方がいいと思いますわ。」

信吾もそれを考えていたのだが、英子に言われた。

「あの、いつか会社へ来てくれた女の人ね、やはりいっしょに暮してるの？」

「池田さん。」

「そう。あの人とどっちが年上なの。」

「絹子さんの方が、二つか三つ下だったと思います。」

食事の後で、英子は会社の前まで信吾について来た。泣き出しそうな微笑をした。

「失礼いたしました。」

「ありがとう。君はこれから、お店へ帰るの？」

「はい。絹子さんはこのごろ、たいてい早く帰るようになって、六時半までお店ですから。」

「まさか店へは行けないよ。」

今日にも絹子と会うことを、英子は促すかのようだったが、信吾は気が滅入《めい》った。

また、鎌倉《かまくら》の家へ帰っても、菊子の顔を見るに忍びないだろう。

菊子は修一に女のあるうちは、子供が出来るのもくやしいというような潔癖から、産まなかったらしいが、その女の妊娠は夢にも知らなかったにちがいない。

手術を信吾に知られてから、二三日さとへ行ってもどると、修一との仲がむつまじくなったと見え、修一は毎日早く帰って、菊子をいたわっているようだが、それはいったいなんなのだ。

善意に解釈すれば、子供を産むという絹子に、修一も苦しめられ、絹子から遠ざかって、菊子に詫《わ》びているのかもしれない。

しかし、なにかいまわしい頽廃《たいはい》と背徳の臭《にお》いが、信吾の頭にこもるようだ。いったいどこから生まれて来るのか、胎児の生命までが魔ものとも思えた。

「生まれたら孫か。」と信吾はひとりごとを言った。

蚊《か》の群

一

信吾は本郷通の大学の側《かわ》を、しばらく歩いた。

商店のある側で車をおりたのだし、絹子の家の横丁にも、無論その側からはいるのだが、わざわざ向う側へ、電車道を渡ったわけだ。

息子の女の家へ行くのに、信吾は重苦しい躊躇《ちゆうちよ》があった。妊娠しているというのを、初めて会って、産まないでくれなどと切り出せるだろうか。

「また、人殺しじゃないか。老人の手をよごさなくったって。」と信吾はひとりごとを言った。

「しかし、解決はすべて残酷だ。」

解決は息子がすべきことだ。親の出る幕ではないだろう。それを信吾は修一には話もしないで、絹子のところへ行ってみるわけだ。もはや修一を信頼しない証拠のようだ。

いつからか息子とのあいだに、思わぬへだてが出来ているのかと、信吾は驚いた。絹子のところへ行くのも、修一に代って解決するというより、菊子をあわれみ、菊子のために憤激してではないか。

大学の木々の梢《こずえ》にだけ、強い夕日が残っていて、歩道はかげっていた。白いワイシャツとズボンの男学生たちが、構内の芝生に、女子学生と坐《すわ》っていたりして、梅雨の晴れ間らしく見えた。

信吾は頰に手をやってみた。酒はさめていた。

絹子の店を出る時間があるから、信吾はよその会社の友人を誘って、洋食屋へ夕飯に行った。長く会わない友人なので、酒飲みなのをうっかりしていた。二階の食堂へあがる前に、下の酒場で飲み出して、信吾も少しつきあった。後でまた酒場に坐った。

「なんだ、もう帰るのか。」と友人はきょとんとした。久しぶりで話があると思ったらしく、築地《つきじ》のどこかへ電話をかけておいたと言った。

信吾は一時間ほど人に会って来ると、その酒場を出た。友人は名刺に築地の家の場所と電話を書いて渡した。信吾は行くつもりもなかった。

大学の塀《へい》にそって歩きながら、信吾は向う側の横丁の入口をさがした。うろおぼえだったがまちがわなかった。

北向きの暗い玄関にはいると、粗末な下駄箱《げたばこ》の上に、なにか西洋花の鉢植《はちうえ》をおいて、女の蝙蝠傘《こうもりがさ》が一本ひっかけてあった。

台所からエプロンをかけた女が出て来た。

「まあ。」と固い顔になって、エプロンをはずした。紺のスカアトで、素足だった。

「池田さんですね。いつか会社へお越しいただいて……。」と信吾は言った。

「はあ。あの時は、英子さんにつれ出されて、失礼いたしました。」

池田はまるめたエプロンを片手に握りながら膝《ひざ》を突いて、なに用かという風に信吾を見た。目のふちにもそばかすがあった。白粉気《おしろいけ》のないせいか、そばかすが目立った。細い鼻筋が通って、一皮目がさびしく、色白の品のいい顔立ちだった。

新しいブラウスはやはり絹子の仕立てだろう。

「実は絹子さんに会いたいと思って来たんですが。」

信吾は頼むように言った。

「そうですか。まだ帰りませんが、もう間もなく。どうぞ、お上りになって。」

台所から魚を煮つける匂《にお》いがした。

信吾は絹子が帰って夕飯がすんだころ、出直した方がいいと思ったが、池田にすすめられて、座敷に通った。

八畳の床の間はスタイルブックが積み重ねてあった。外国の流行雑誌も多いようだった。その横にふらんす人形が二つ立っていた。装飾風な衣裳《いしょう》の色が、古びた壁に不《ふ》釣合《つりあ》いだった。ミシンからは縫いかけの絹が垂れさがっていた。このあざやかな花模様も、畳をなおきたなく見せた。

ミシンの左手に小机をおいて、小学校の教科書をのせ、男の子の写真が飾ってある。ミシンと机とのあいだに、鏡台があった。そして、うしろの押入の前に、大きい姿見が立っていた。これは目立つが、絹子が仕立てた服を自分の体にかけてみるのかもしれない。内職の客の仮縫いをするのかもしれない。姿見のそばに大きいアイロン台がおいてあった。

池田は台所から、オレンジ・ジュウスを持って来た。信吾が子供の写真を見ているのに気づいて、

「私の子供でございます。」と素直に言った。

「そうですか。学校ですか。」

「いいえ、子供はここにおりません。主人の家に残して来ましたの。その本は……、私、絹子さんみたいに働きはありませんから、家庭教師のようなことをして、六七軒

廻《まわ》っております。」

「そうですか。一人の子の教科書にしては、多いですね。」

「はあ。いろんな学年の子供ですから……。戦前の小学校とずいぶんちがっていて、私にはよく教えられないのですけれど、子供と勉強していますと、自分の子供といるようなこともありますから……。」

信吾はうなずくだけで、戦争未亡人になんとも言えなかった。

絹子だって働いている。

「どうしてこのうちがおわかりになりましたの？」と池田はたずねた。

「修一さんがおっしゃったんですの？」

「いや、前に一度来たことがあるんです。来たけれども、ようはいらなかった。去年の秋かな。」

「まあ。去年の秋？」

池田は顔を見上げて信吾を見たが、また目を落して、ちょっとだまっていてから、

「修一さんはこのごろ、いらっしゃいませんですよ。」と突き放すように言った。

信吾は今日来たわけを、池田にも話すのがいいかと思った。

「絹子さんに子供が出来ているそうですね。」

池田はふっと肩を動かして、自分の子供の写真の方に目をそらせた。

「産むつもりなんでしょうか。」

池田は子供の写真を見つづけていた。

「それは、直接絹子さんにお話し下さい。」

「それはそうですが、母親も子供も不幸になるでしょうから。」

「子供が出来ても出来なくても、絹子さんは不幸と言えば不幸ですわ。」

「しかし、あなたも修一と別れるように、意見して下さってるんでしょう。」

「はあ。私もそう思っていますから……。」と池田は言って、

「絹子さんの方がえらくて、意見じゃないんですの。私、絹子さんとはずいぶん性格がちがうんですけれど、馬が合うっていうんですか、未亡人の会で知り合ってから、いっしょに暮すことになって、絹子さんに力づけられています。二人とも、主人の家を出て、実家にも帰らないで、まあ自由の身でございましょう。自由に考えようと言い合わせて、主人の写真なんか持っていたのも、行李《こうり》に入れてしまいましたの。子供の写真は出しておりますけれど……。絹子さんはアメリカの雑誌を、どんどん読みますし、フランスのも辞書を引いて、洋裁のことだけだから、言葉がわずかで、見当がつくって言いますわ。そのうちに自分で店を持ちますでしょう。再婚も出来たらしよ

うと、二人で言ってますのに、どうしていつまでも修一さんとかかりあっているのか、私にはわかりませんわ。」

門口があくと、池田はさっと立って行った。信吾にも聞える声で、

「お帰んなさい。尾形さんのお父さんがいらしてるわ。」

「私が会うの？」と、しゃがれ声が言った。

二

絹子は台所へ行って水を飲むらしく、水道の音がした。

「池田さん、あんたもいてよ。」と振りかえりながら、絹子は出て来た。

派手なツウピイスを着ているが、大柄《おおがら》のせいか、信吾には妊娠がわからなかった。小さくつぼんだ唇《くちびる》で、この口からしゃがれ声が出るとは思えなかった。

鏡台は座敷にあるから、コンパクトでちょっと顔を直して来たようだった。

信吾はそう悪い第一印象は受けなかった。なか低のような円顔は、池田の話で思ったほど、意志が強そうに見えなかった。手もふっくりしていた。

「尾形です。」と信吾は言った。

絹子は答えなかった。

池田も来て、小机の前に、こちらを向いて坐ると、絹子はだまっていた。

「しばらくお待ちになったのよ。」と言ったが、
絹子の明るい顔は、反感も困惑も露骨に出ないのか、むしろ泣きそうに見えた。この家で修一が悪酔いして、池田に歌をうたわせると、絹子が泣くというのを、信吾は思い出した。

蒸し暑い町を絹子は急いで帰って来たらしく、顔が火照《ほて》っていて、ふくれた胸の呼吸が見えた。

信吾はとげとげしくは切り出せないで、

「私がお会いするのは妙なものですが、とにかくお会いしてみないことには……。私の話は想像がつくでしょう。」

やはり絹子は答えなかった。

「無論、修一のことですが。」

「修一さんのことでしたら、お話はありませんわ。私にあやまれとおっしゃるの？」

と絹子はいきなり食ってかかった。

「いや。私がおわびしなければならんのでしょう。」

「修一さんとは別れましたわ。もうお宅へ御迷惑はかけませんわ。」

そして池田の方を見た。

「ねえ、これでいいわね？」

信吾は言いよどんだが、

「子供のことも残っているんじゃないんですか。」

絹子は顔色を失ったが、体の力をこめるように、

「なんのお話ですか、私にはわかりませんわ。」と声を沈めるとなおしゃがれた。

「失礼だが、子供が出来てるんじゃないんですか。」

「そんなこと、私がお答えしなければなりませんの？　一人の女が子供をほしいのを、はたからどうしてさまたげられますの。男の方にわかるもんですか。」

絹子は早口に言うと、もう涙ぐんだ。

「はたからと言われたが、私は修一の父ですからね。あなたの子供にも、父はあるはずでしょう。」

「ありませんわ。戦争未亡人が私生児を産む決心をしたんですわ。なにもお願いするわけはないけれど、産ませてやっていただきたいわ。お慈悲ですから、見のがしていただきたいわ。子供は私のなかにいて、私のものですわ。」

「それはそうでしょうが、これから結婚なされば、また子供は出来るでしょうし……。

不自然な子を今産まなくても。」

「なにが不自然ですの？」

「いや。」

「私がこれから結婚するときまっていませんし、子供が出来るとはきまっていませんわ。神さまのような予言をなさいますの？　前には、子供がなかったんですわ。」

「子供の父親との関係がですね、子供もあなたも苦しめることになるでしょう。」

「戦死した人の子がいっぱいいて、母親を苦しめていますわ。戦争で南方へいらして、混血児でも残して来たと、お思いになればいいわ。男の人が遠くに忘れた子供を、女が育てます。」

「修一の子供の話です。」

「お宅のお世話にならなければ、よろしいんでしょう。絶対に泣きつかないって、私誓いますわ。修一さんと別れましたし。」

「そういうものでもないでしょう。子供のゆくすえは長いんだし、父と子の縁は切ってもつながることがありますよ。」

「いいえ。修一さんの子じゃありませんわ。」

「あなたも、修一の嫁が子供を産まなかったことは知ってるはずでしょう。」

「奥さんこそ、いくらでもお出来になりますわ。出来なければ、後悔なさいますでしょう。贅沢《ぜいたく》な奥さんに、私の気持はおわかりにならないわ。」

「あなたにも菊子の気持はわからない。」

信吾はつい菊子と名を言ってしまった。

「修一さんが、お父さんをおよこしになったんですか。」と絹子は詰問するように言って、

「修一さんは産むなと言って、私をなぐったり、踏んだり、蹴《け》ったり、医者へつれて行こうとして、二階から引きずりおろされました。その暴力沙汰《ざた》か芝居気で、修一さんの奥さんに対するお義理はすんでるんじゃありませんの?」

信吾は苦い顔をした。

「ねえ、ひどかったわね。」と絹子は池田を振り向いた。池田はうなずいて、

「絹子さんは、洋服地のあまりぎれも、子供のなにかやおしめになりそうなのは、今からためていますの。」と信吾に言った。

「足で蹴られましたから、子供が心配になって、後で医者へ行ってみました。」と絹子はつづけた。

「私は修一さんに言いましたわ。修一さんの子供じゃありません。あなたの子供じゃ

ない。それで別れましたの。いらっしゃいませんわ。」

「と言うと、ほかの人の……?」

「そうです。そうお取りになって、結構ですわ。」

絹子は顔をあげた。さっきから涙を出していたが、新しい涙が頰《ほお》を流れてつづいた。

信吾は困り果てながら、絹子が美しく見えた。目鼻立ちを仔細《しさい》に見ると、いい形でないが、ぱっと来る印象は美人だった。

しかし、やわらかい見かけによらず、絹子という女は、信吾を寄せつけなかった。

三

信吾はうなだれて、絹子の家を出た。

絹子は信吾の出した小切手を受け取った。

「あんたが、修一さんと別れてしまうのなら、いただいた方がいいかもしれないわ。」

と池田があっさり言うと、絹子もうなずいた。

「そう? 手切れ金てわけね。手切れ金をいただく身分になったのね。受取りをお書きしましょうか。」

信吾はタクシイを拾って、修一ともう一度和解させて、妊娠の中絶に持っていったものか、このまま絶縁にしてしまったものか、判断に迷った。

絹子は修一の態度にも信吾の訪問にも反感がつのって、興奮しているらしくはあった。しかし、子供のほしい女の哀切な願望も強いようだった。

修一をまた近づけるのも危い。しかし、このままでは子供が生まれる。

絹子の言うように、ほかの男の子供であればいいが、それは修一にもわからない。絹子が意地でそう言って、修一が簡単にそう信じて、後腐れがないなら、天下は太平だが、生まれた子は厳然と実在する。自分が死んだ後にも、見知らぬ孫が生きる。

「どういうことだ。」と信吾はつぶやいた。

相原が心中《しんじゅう》の片割れとなってから、あわてて離婚届を出したが、娘と二人の子を引取った形だ。修一は女と別れたにしても、どこかに子供がいることになるだろうか。二つとも解決でない解決、一時の糊塗《こと》ではないのか。

自分は誰のしあわせにも役立たなかった。

それにしても、絹子と話したもの言いのまずさは、思い出すのもいやだった。

信吾は東京駅から帰るつもりだったが、ポケットの友人の名刺を見て、築地の家へ車を廻した。

友人に訴えてもみたかったが、二人の芸者と酔っていて話にならない。

信吾はいつか宴会の帰りの車で、膝《ひざ》に乗せた若い芸者を思い出した。その子が来ると、友人は隅《すみ》におけないとか、目が高いとか、つまらぬことを言いつづけた。顔もよくおぼえていないのに、名をおぼえていたのは、信吾にしては大出来だが、可憐《かれん》で上品な芸者だった。

信吾はその子と小部屋へ行った。信吾はなにもしなかった。

いつのまにか、女は信吾の胸にやさしく顔をすり寄せて来た。媚《こ》びるのかと思って見ると、女は寝入ったようだった。

「寝たの?」と信吾はのぞいたが、寄り添っていて、顔は見えなかった。

信吾はほほ笑んだ。胸に頭をつけて、すやすや眠っている子に、信吾は温かいなごさめを感じた。菊子よりも四つ五つ若く、まだ十代だろう。

娼婦《しょうふ》のみじめないたましさかもしれないが、信吾は若い女に寄り添われて寝るという、やわらかい幸福になごんだ。

幸福というものは、このようにつかの間で、はかないものかもしれないと思った。

信吾は性生活にも、貧富や運不運のあることを、ぼんやり考えてみていたが、そっと抜け出すと、終電車で帰ることにした。

保子と菊子とが茶の間に起きて待っていた。一時を過ぎていた。

信吾は菊子の顔を見るのを避けて、

「修一は？」

「お先きに休みました。」

「そう？　房子も？」

「はい。」と菊子は信吾の洋服を片づけながら、

「今日は夜までお天気がもちましたけれど、また曇って来ましたでしょう。」

「そうか。気がつかなかった。」

菊子は立ったはずみに、信吾の洋服を取り落して、またズボンの折目をのばした。

美容院へ行ったのか、髪が短く変っているのを、信吾は目にとめた。

保子の寝息を聞きながら、信吾は寝つきが悪く、すぐ夢を見た。

若い陸軍の将校になっていて、軍服の姿で、腰に日本刀をさげ、ピストルを三梃《ちょう》つけていた。刀は修一が出征に持たせてやった、家伝来のものらしかった。

信吾は夜の山路を歩いていた。木こりを一人つれていた。

「夜みちは危いから、めったに歩きません。右側をお歩きになった方が安全ですよ。」

と木こりは言った。

信吾は右側に寄ったが、不安を感じて、懐中電燈《でんとう》をつけた。その懐中電燈はガラス

のまわりに、ダイヤがいっぱいついてて、きらきら光って、普通のより明るかった。明るくなると、黒いものが目の前に立ちふさがっていた。杉《すぎ》の大木の幹が二三本重なっている。しかしよく見ると、それは蚊《か》のかたまりだった。蚊の群が大木の形にかたまっている。どうしようかと信吾は考えた。切り抜けるんだ。信吾は日本刀を抜き払って、蚊のかたまりを切って切って切りまくった。

ふとうしろを見ると、木こりはころがるように逃げて行った。信吾の軍服の方々から火が出た。おかしいことに、そこで信吾は二人になって、火の出る軍服の信吾を、もう一人の信吾がながめている。火は袖口《そでぐち》とか、肩の線とか、端にそって出ては消える。燃えるのではなく、細い炭火がおこるような形で、ぱちぱちはじける音がする。

信吾はどうやら自分の家に着いた。子供のころの信州の田舎の家らしい。保子の美しい姉も見えた。信吾はつかれているが、ちっともかゆくはない。

逃げた木こりも、やがて信吾の家にたどりついた。たどりつくなり、気を失って倒れた。

木こりの体から、大きいバケツにいっぱい蚊が取れた。

どうして取ったかわからないが、バケツに蚊の盛り上っているのを、信吾ははっきり見て目がさめた。

「蚊帳《かや》に蚊がはいっているのかな。」と耳をすませようとしても、頭が濁って重かった。

雨になっていた。

蛇《へび》の卵

一

秋口になって夏のつかれが出たのか、信吾は帰りの電車で居眠りすることがあった。

ひけ時の横須賀《よこすか》線は十五分おきで、二等車はそうこまない。

今も夢うつつの、薄ぼんやりした頭に、アカシヤの並木が浮んでいた。その並木のアカシヤはみな花をつけていた。東京の並木のアカシヤでも花が咲くのかと、信吾はそこを通った時思ったものだ。九段下から皇居の堀端《ほりばた》の方へ出る道だった。八月の中ごろで、小雨《こさめ》の日だった。並木のなかの一本のアカシヤだけ、その下のアスファルトに花が散り敷いていた。どうしてだろうかと、信吾は車のなかから振りかえって、印象に残った。青っぽく薄黄色のこまかい花だった。一本だけ花を落している木がなくても、アカシヤの並木に花が咲いているというだけで、信吾の印象に残っただろう。肝臓癌《かんぞうがん》の友人を病院に見舞った帰りみちだったからだ。

友人と言っても、大学の同期生で、平素つきあっているわけではなかった。

もうかなり衰弱が見えたが、病室には附添看護婦しかいなかった。

信吾はこの友人の細君が存命なのかどうかもわからなかった。

「宮本に会うかい。会わなくても、電話で、あれを頼んでくれないか。」と友人は言った。

「あれって？」

「正月の同窓会の時、話に出たあれだよ。」

青酸加里《せいさんカリ》のことだと信吾は思いあたった。してみると、この病人は癌だと知らされているのだろう。

六十過ぎの信吾らの集まりでは、老衰の故障や死病の恐怖がとかく話題になりがちだが、宮本の工場で青酸加里を使っているところから、もし不治の癌にでもなれば、その毒薬をもらおうと誰《だれ》かが言い出した。陰惨な病苦を長びかせるのはみじめだというわけだ。また、死を宣告されたのなら、自分で死の時をえらべる自由を持っていたいというわけだ。

「しかし、あれは酒の上の、調子のいい話だからね。」と信吾は答えしぶった。

「使やしないよ。僕《ぼく》は使やしない。あの時の話のように、ただ自由を持っていたいだけだ。これさえあればいつでもと思うと、これからの苦しみに堪える力になりそうなんだ。そうだろう。僕の最後の自由というか、唯一《ゆいいつ》の反抗というかは、それしかないじゃないか。しかし、僕は使わないと約束するよ。」

友人は話すうちに、いくらか目にかがやきが出た。看護婦は白い毛糸でセエタアを編んでいて、なにも言わなかった。

信吾は宮本に頼めもしないので、そのままにしてあるが、まちがいなく死ぬ病人が、あてにして待っているかもしれないのを、思い出すといやだった。

病院の帰りに、アカシヤの並木が花の咲いているところまで来て、信吾はほっとしたものだが、今も居眠りかかった時に、そのアカシヤの並木が浮んで来たりするのは、やはり病人のことが頭から離れないのだろうか。

しかし、信吾は眠ってしまって、ふと目をさますと、電車がとまっていた。

駅でない場所だった。

こちらの電車がとまっていると、隣りの線路を走る、上り電車のひびきが強くて、それで目をさましたらしかった。

信吾の電車は少し動いてはとまり、また動いてはとまった。

細い路《みち》を子供の群が電車の方へ走って来た。

窓から首を出して行手を見る客があった。

左の窓には、工場のコンクリイトの塀《へい》が見えた。塀と線路とのあいだに、汚水のよどんだ小溝《こみぞ》があって、電車のなかまで悪臭がはいって来た。

右の窓からは、子供たちの走って来た小路が一筋見えた。路ばたの青草に犬が鼻を入れていて、長いこと動かなかった。

路が線路に突きあたるところに、古板を打ちつけた小屋が二三軒あった。その四角い穴のような窓から、白痴らしい娘が電車に向って手招きしていた。力なくゆるやかな手の動きだった。

「十五分前に出ました電車が、鶴見《つるみ》駅で事故があったらしく、ただ今とまっています。大変お待たせいたします。」と車掌が言った。

信吾の前の外人が、つれの青年を揺り起して、「彼はなにを言ったか。」と英語で聞いた。

青年は外人の大きい片腕を両手で抱き、肩に頬《ほお》をつけて眠っていた。目をあいてもその姿のままで、あまえるように外人を見上げた。目がとろんと薄赤く、目ぶたはくぼんでいた。髪を赤くしていた。しかし、根もとに黒いところが出て来ていて、茶色に汚い髪だった。毛のさきだけ変に赤かった。外人相手の男娼《だんしょう》だろうかと、信吾は思った。

青年は外人の膝《ひざ》の上の掌を上向けて、自分の手をそれに重ねると、やわらかく握った。いかにも満足した女のようだった。

外人は肩までのシャツで、赤熊《あかぐま》のように毛だらけの腕を出していた。青年はそれほど小柄《こがら》でもないのだろうが、外人が巨大なので、子供じみて見えた。腹が出張って、首も太くて、横を向くのも厄介《やっかい》なのか、青年のすがりつくのに全く無関心な風をしていた。恐ろしい顔つきだった。その血色のよさは、土色の青年のつかれをなお目立たせた。

外人の年齢はわかりにくいが、大きい禿《は》げ頭や咽首《のどくび》の皺《しわ》や裸の腕のしみから、自分の年と似たものではないかと、信吾は考えると、外国に来てその国の青年をしたがえているのが、巨大な怪獣のように感じられた。青年はくすんだ臙脂《えんじ》のシャツを着て、上のボタンの一つはずれたところに、胸の骨が見えていた。

信吾はこの青年が遠からず死ぬような気がした。目をそらせた。

臭い小溝のふちに、よもぎの列が青々と生いしげっていた。電車はまだとまっていた。

二

信吾は蚊帳がうっとうしくて嫌《きら》いなので、もう吊《つ》っていなかった。保子は毎晩のように苦情を言って、わざとらしく蚊を叩《たた》いたりした。

「修一の方はまだ吊っていますよ。」

「そんなら、修一の方へ行って寝たらいいじゃないか。」と信吾は蚊帳のなくなった天井をながめた。

「修一のところへは行けないけれど、明日の晩から、房子のところへ行きますからね。」

「そうだ。孫の一人は抱いて寝てやれよ。」

「里子は、下があるのに、どうしてああ母親にへばりついていたがるんでしょう。里子は異常なところがありませんか。ときどき妙な目つきをして。」

信吾は答えなかった。

「父親がいないと、ああなるものかしら。」

「お前にもっとなつかせるようにすれば、いいかもしれない。」

「私は国子の方がいい。」と保子は言ったが、

「あなたにもなつくようになさらなければ。」

「相原もあれきり、死んだとも生きたとも言って来ないね。」

「離婚届をお出しになったから、よろしいでしょう。」

「よろしいで、おしまいかね。」

「ほんとうですよ。しかし、どうにか生きているにしても、いどころもわからないんですから……。まあ、結婚が失敗だったと思って、あきらめるんですが、二人も子供をこさえておきながら、別れてしまうと、こんなものでしょうか。これじゃ結婚なんて、なんのあてにもならないもんだと思いますね。」

「結婚に失敗するにしても、もう少し美しい余情がありそうなものだ。房子も悪いには悪いよ。相原が世渡りしそこなって、どんな苦しみをなめたか、房子には、やさしい思いやりがなかっただろう。」

「男の人の自暴自棄には、女の手に合わないところがありますし、女を近づけないところがありますよ。捨てておかれて辛抱していたら、房子も子供と心中でもするよりしかたがなかったでしょう。男は行きづまっても、まだよその女がいっしょに死んでくれたりするから、捨てたものじゃないかもしれないけれど。」と保子は言って、

「修一は今はいいようですが、いつどうなるかわかりませんよ。今度のことが、菊子

にはずいぶんこたえているようですから。」

「子供のことがね。」

信吾の言葉には二重の意味があった。菊子が産まなかったことと、絹子が産もうとしていることだった。後のことは保子は知らない。

絹子はそれが修一の子供ではないからとも言って、産むのに信吾の干渉は受けないと反抗したが、修一の子供かどうか、信吾にはわからないながら、女がわざとそう言ったように思えてならなかった。

「私は修一の蚊帳へ行って、寝たほうがいいかもしれないんですよ。菊子と二人でまた、どんな恐ろしい相談をするかもしれませんからね。あぶなくて……。」

「恐ろしい相談てなんだ。」

仰向けの保子は信吾の方へ寝返りした。そして信吾の手でも取りたそうな手つきだったが、信吾が手を出さないので、信吾の枕《まくら》の端をちょっとさわりながら、秘密をささやくように、

「菊子がね、また子供が出来るかもしれないんですよ。」

「ええ?」

信吾ははっとした。

「少し早過ぎると思うんですけれど、房子がそうじゃないかと言うんです。」

保子は自分の妊娠を打ち明けるような恰好《かっこう》はもうなかった。

「房子がそう言ったのか。」

「少し早過ぎますね。」と保子はくりかえして、

「後は早いと言いますけれど。」

「菊子か修一が、房子に話したの？」

「いいえ。ただ房子の観測なんでしょう。」

保子の「観測」という言葉はおかしかったが、出もどりの房子が弟の嫁に詮索《せんさく》の目を向けているのだと、信吾には思えた。

「今度はだいじにするように、あなたからもおっしゃって下さい。」

信吾は胸をしめつけられていた。菊子が妊娠と聞くと、絹子の妊娠がなお強く迫って来た。

一人の男の子供を二人の女が同時にみごもったとしても、不思議はないかもしれない。しかし、それが息子の現実となると、奇怪な恐怖をともなった。なにものかの復《ふく》讐《しゅう》か呪詛《じゅそ》で、地獄の相ではないのか。

考えようでは、極めて自然で健康な生理に過ぎないが、信吾は今そういう闊達《かったつ》な考

えは出来なかった。

しかも、菊子は二度目である。菊子が前の子供を堕胎した時、絹子も妊娠していた。その絹子がまだ出産しないうちに、菊子はまた妊娠した。菊子は絹子の妊娠を知らない。絹子はもう人目に立ち、胎動もあるころだろう。

「今度は、私たちも知ってるということになれば、菊子だって勝手には出来ないでしょう。」

「そうだね。」と信吾は力なく、

「お前からも菊子によく話しておくんだな。」

「菊子の産んだ孫だと、あなたも可愛《かわい》いでしょうね。」

信吾は寝つけなかった。

絹子に子供を産ませないようにする暴力はないものかと、いらいら考えているうちに、兇悪《きょうあく》な空想も浮んだ。

絹子は修一の子ではないとも言ったが、絹子の素行をしらべてみたら、あるいは気休めの種も見つかるだろうか。

庭の虫の音が耳について、午前二時を過ぎた。鈴虫とか松虫とかではなく、はっきりしない鳴声の虫ばかりで、信吾は暗くしめった土のなかに寝ているような気持にさせられた。

このごろは夢が多いが、夜明けにまた長い夢を見た。道中はおぼえていない。目がさめた時は、まだ夢のなかの白い卵が二つ見えているようだった。砂原で砂のほかになにもなかった。そこに卵が二つならんでいた。一つは駝鳥《だちょう》の卵でずいぶん大きかった。一つは蛇の卵で小さかったが、その殻《から》が少しわれて、可愛い子蛇が頭を出して動かしていた。信吾はほんとうに可愛いと思って見ていた。

しかし、菊子と絹子とのことを考えていたので、こんな夢を見たのにちがいなかった。どちらの胎児が駝鳥の卵で、どちらの胎児が蛇の卵かは、無論わからなかった。

「はて、蛇は胎生だったかな、卵生だったかな。」と信吾はひとりごとを言った。

三

あくる日は日曜で、信吾は九時過ぎまで寝床にいた。足がだるかった。

朝になって思い出すと、駝鳥の卵も蛇の卵から首を出した小蛇も、不気味だった。

信吾は歯《は》楊枝《ブラシ》をもの憂《う》く使って、茶の間へ出た。

菊子が新聞を積み重ねて、紐《ひも》で束ねていた。売るのだろう。

保子のために、朝刊は朝刊、夕刊は夕刊できちんと揃《そろ》えて、日づけの順に取っておくのが、菊子の役目だった。

菊子は立って行って、信吾に茶を入れると、

「お父さま、二千年前の蓮《はす》の記事が、二つも出ていますわ。お読みになりましたの？別にしておきました。」と言いながら、二日分の新聞をちゃぶ台にのせた。

「ああ、読んだようだね。」

しかし、信吾はもう一度手にとってみた。

弥生《やよい》式の古代遺跡から、おおよそ二千年前の蓮の実が発見された。蓮の博士が芽を出させた。花が咲いたと、前に新聞に出ていた。信吾はその新聞を菊子の部屋へ持って行って見せた。菊子は病院で流産をして来たばかりで、寝ている時だった。

その後二度、蓮の記事が出たわけだ。その一つは、蓮博士がその蓮の根を分けて母校の東京大学の「三四郎」の池に植えたという。もう一つの記事はアメリカの話で、東北大学のなにがし博士が、満洲《まんしゅう》の泥炭《でいたん》層から、化石のようになった、蓮の実を発見して、アメリカに送った。ワシントンの国立公園では、その実の硬変した外側をはがすと、しめした脱脂綿に包んで、ガラスのなかに入れておいた。去年、愛らしい芽をふいた。

今年は池に移し植えられて、つぼみを二つつけ、薄紅の花を開いた。公園課は千年乃至《ないし》五万年前の種だと公表した。

「前に読んだ時も、そう思ったが、千年ないし五万年とほんとうに言ったのなら、ずいぶん大幅な計算だね。」と信吾は笑いながら、なおよく読むと、日本の博士は種の発見された、満洲の地層の工合から、数万年前のものと想像していたそうだが、アメリカでは、種の外側の削り落したのを、炭素十四の放射能で調べて、およそ千年前のものと推測されたのだという。

ワシントンから、新聞の特派員の通信である。

「よろしいですか。」と菊子は信吾が横においた新聞を拾い上げた。蓮の記事の出ている新聞も売っていいかという意味だろう。

信吾はうなずいて、

「千年にしても五万年にしても、蓮の実の生命は長いものだね。人間の寿命にくらべると、植物の種子は、ほとんど永遠の生命だな。」と言いながら菊子を見た。

「私らも、地下に千年も二千年も埋まって、死なずに休んでいられるとね。」

菊子はつぶやくように、

「地のなかに埋まっているなんて。」

「墓じゃなくさ。死ぬんじゃなく、休んでいるんだ。ほんとうに地のなかにでも埋まって休めないものかね。五万年も経《た》って起き出して来ると、自分の難儀も社会の難題も、すっかり解決ずみで、世界は楽園になっているかもしれないよ。」

房子が台所で子供になにか食べさせていたが、

「菊子さん。お父さまの御飯でしょう。ちょっと見て下さらない？」と呼んだ。

「はい。」

菊子は立って行くと、信吾の朝飯を運んで来た。

「みなお先きにいただいて、お父さまおひとりです。」

「そうか。修一は？」

「釣堀《つりぼり》に出かけました。」

「保子は？」

「お庭です。」

「ああ、今朝《けさ》は卵はやめとこう。」と信吾は言って、生卵のはいった小鉢《こばち》を菊子に渡した。夢のなかの蛇の卵を思い出していやだった。

房子が鰈《かれい》の干物を焼いて持って来たが、だまってちゃぶ台におくと、また子供の方へ行ってしまった。

菊子がよそった飯茶碗《めしぢゃわん》を受け取って、信吾は小声だが、真向から言った。

「菊子、子供が産まれるの？」

「いいえ。」

菊子はとっさに答えた後から、出し抜けの問いにおどろいたらしく、

「いいえ。そんなことはありません。」と首を振った。

「そうじゃなかったのか。」

「はい。」

菊子は不審げに信吾を見て、そして頰《ほお》を赤らめた。

「今度は大事にしてもらいたいね。この前、修一とも議論したんだ。お前は後が出来ると保証するかと言うと、修一は保証してもいいと、簡単に言うんだ。そういうことが、天を恐れぬ証拠だと言ってやった。自分の明日の命も、ほんとうは保証出来ないじゃないか。修一と菊子との子供にちがいないが、私たちにも孫だからね。菊子はいい子を産むにちがいないよ。」

「すみませんでした。」と菊子はうなだれていた。

菊子がかくしているとは見えなかった。

どうして房子は菊子が妊娠らしいなどと言ったのだろう。房子の詮索が度を過ぎた

のかと、信吾は疑ってみた。房子が気がついていて、当人の菊子はまだ気がつかないというようなことは、まさかないだろう。

今の話は台所の房子に聞えたかしらと、信吾は振りかえってみたが、房子は子供をつれて表へ出たらしかった。

「修一は釣堀なんかに、これまで行ったことはなかったね？」

「はい。お友だちにでも話を聞いたんじゃありませんの。」と菊子は言ったが、信吾は修一がやはり絹子と別れてしまったのかと思った。

日曜日にも、修一は女のところへ行くことがあったものだ。

「後で釣堀へ見に行ってみないか。」と信吾は菊子を誘った。

「はい。」

信吾が庭へおりて行くと、保子は桜の木を見上げて立っていた。

「どうしたんだ。」

「いいえ、桜の葉が大方落ちてしまってるでしょう。虫でもついているのかしら。まだこの桜の木で、ひぐらしが鳴いているように思うのに、もう葉がないんですよ。」

そう言ううちにも、黄ばんだ葉がつづいて散って来た。風がないので、ひるがえることもなく、真直《まっす》ぐに落ちた。

「修一が釣堀へ行ったんだって？　菊子をつれて見に行って来るよ。」

「釣堀へですか。」と保子は振り向いた。

「菊子に聞いてみたがね、そんなことはないって言うよ。房子の勘ちがいじゃないのか。」

「そうですか。あなたがお聞きになったの？」と保子は間の抜けた言い方だった。

「それはがっかりですね。」

「房子はまたどうして想像をたくましくしたんだ？」

「どうしてでしょうね。」

「こっちが聞くことだ。」

二人がもどって来ると、菊子は白いセエタアを着て、靴下《くつした》をはいて、茶の間に待っていた。

少し頬紅をさして、生き生きと見えた。

四

電車の窓にふと赤い花がうつって、曼珠沙華《まんじゅしゃげ》だった。線路の土手に咲いていて、電車が通ると花も揺れそうな近くだった。

そして、戸塚《とつか》の桜並木の堤にも、曼珠沙華が咲きつらなっているのを、信吾はながめた。咲き出したばかりで、明るい赤だった。

その赤い花が秋の野の静かさを思わせるような朝だった。

新しい薄《すすき》の穂も見えた。

信吾は右足の靴を脱いで左の膝《ひざ》に上げて、足の裏をもんでいた。

「どうかしたんですか。」と修一が聞いた。

「だるくてね。このごろは、駅の階段を上るのに、足のだるい時があるよ。なんか今年は弱ってるな。生命力が薄くなったとでもいう感じだ。」

「お父さまがつかれていらっしゃるって、菊子が心配していました。」

「そうか。土のなかへはいって、五万年も休みたいと言ったりしたから。」

修一はけげんな顔で信吾を見た。

「蓮の実の話だよ。太古の蓮の実が芽を出して、花を咲かせたという話が、新聞に出てたろう。」

「はあ?」

修一は煙草《たばこ》に火をつけてから、

「子供が出来たのかって、お父さまに聞かれて、菊子は弱ったらしいですよ。」

「お父さんがいらして下さったんですってね。手切れ金をもらったって聞きました。そんなものはいらなかったんですよ。」

修一はぐっとつまったが、むしろさからうように、

「それよりも、絹子という女の子供はどうなんだ。」

「まだでしょう。」

「どうなんだ。」

「いつ聞いたんだ。」

「間接に聞いたんです。あれとは別れていますから。」

「子供はお前の子供か。」

「そうじゃないとも、絹子自身が言い張るんで……。」

「向うがどう言おうと、お前の良心の問題じゃないか。どうなんだ。」と信吾の声はふるえた。

「良心ではわかりませんよ。」

「なに？」

「僕が一人で苦しんでも、女の気ちがいじみた決心は、どうにもならないんです。」

「向うの方がお前より苦しんでいるだろう。菊子だってそうだ。」

「しかし別れてみると、今までも絹子は絹子で、勝手に生きていたんだと思えて来るんです。」

「それでいいのか。お前はほんとうに自分の子かどうか知りたくないのか。それともお前の良心にはわかっているのか。」

修一は答えなかった。男にしてはきれい過ぎるような二重目ぶたで、しきりにまたたいていた。

会社の信吾の机の上には、黒枠《くろわく》の葉書があった。あの肝臓癌《かんぞうがん》の友人だが、衰弱で死ぬにしては早過ぎるように思えた。

誰かが毒薬をくれたのだろうか。頼まれたのは信吾一人でなかったかもしれない。あるいはほかの方法で自殺したのだろうか。

もう一通の封書は谷崎《たにざき》英子からだった。英子がこれまでの洋裁店から別の店に移ったしらせだった。絹子も英子より少し後で店をやめて、沼津へひっこんだと書いてあった。東京ではむずかしいので、沼津で自分の小さい店を持つと、英子に話していたそうだ。

英子は書いていないが、絹子は沼津にかくれて子供を産むつもりかもしれないと、信吾には思われた。

修一の言った通りに、絹子はもう修一にも信吾にもかかわりなく、勝手に生きてゆく人になってしまったのだろうか。

信吾は澄んだ日ざしを窓に見ながら、しばらくぼんやりしていた。

絹子と同居していた池田という女は一人になって、どうしただろうか。

信吾はその池田か英子かに会って、絹子のことを聞いてみたいとも思った。

午後から友人の悔みに行った。細君は七年も前になくなっていることを、信吾ははじめて知った。長男夫婦と暮していたらしく、その家に孫が五人もあった。長男も孫たちも、死んだ友人には似ていないようだった。

信吾は自殺かと疑っているのだが、無論聞くべきことではなかった。棺の前の花にはみごとな菊が多かった。

会社にもどって、夏子を相手に書類を見ていると、思いがけなく菊子から電話がかかって来た。信吾はなにごとか起きたのかと、不安におそわれて、

「菊子?　どこにいるの。東京?」

「はい。さとに来ています。」と菊子は明るく笑いながらのように、

「母がちょっと相談があると言いますので、帰ってみましたら、なんでもありませんの。さびしかったから、菊子の顔を見たかったと言うんですの。」

「そう？」

信吾は胸にやさしいものがしみるようだった。菊子の電話の声が娘らしくきれいなせいもあるが、そればかりでもないようだった。

「お父さま、もうお帰りでしょう。」

「そう。そちらは皆さんお変りないか。」

「はい。ごいっしょに帰りたいと思って、お電話してみましたの。」

「そう？　菊子はまあ、ゆっくりして行っていいよ。修一にそう言っとくから。」

「いいえ、もう帰りますわ。」

「それじゃ、会社へ寄ってくれるといいね。」

「お寄りしてもよろしいんですの？　駅でお待ちしていようと思ったんですけれど。」

「ここへ来たらいい。修一につなごうか。三人で御飯を食べて帰ってもいいね。」

「どこかへ出かけていて、席に見えないそうですわ。」

「そう？」

「今からすぐ行ってよろしいんですの。出かける支度は出来ていますから。」

信吾は目ぶたまで温まって、窓の外の町が急にはっきり見えるようだった。

秋の魚

一

十月の朝、信吾はネクタイをしめようとして、ふっととまどう手つきで、

「ええと？　ええっと……？」

そして手を休めると、困った顔をした。

「はてな？」

結びかけたのをいったんほどいて、また結ぼうとしたが結べなかった。

ネクタイの両端を引っぱって、胸の前へ持ち上げると、それをながめながら小首をかしげた。

「どうなさいましたの？」

上着を着せかける用意をして、信吾のななめうしろに立っていた菊子は、前にまわった。

「ネクタイが結べない。結び方を忘れちゃった。おかしいね。」

信吾はぎこちない手つきで、ゆっくりネクタイを指に巻き、片方を通そうとしたが、変な工合にもつれて団子になった。おかしいと言いたげなしぐさのはずだが、信吾の目の色は暗い恐怖と絶望にかげっていると、菊子をおどろかせたらしく、

「お父さま。」と呼んだ。

「どうするんだっけ。」

信吾は思い出そうとつとめる力も頭にないように、つっ立っていた。

菊子は見かねて、信吾の上着を片腕にかけると、胸に近づいて来た。

「どうすればよろしいの？」

ネクタイを持って迷う菊子の指が、信吾の老眼にかすんだ。

「それを忘れちゃったんだ。」

「お父さま毎日、御自分でなさってらっしゃるのに。」

「そうなんだ。」

四十年の会社づとめに毎日結び慣れたネクタイが、どうして今朝突然結べなくなったのか。結び方などことさら考えなくても、手が自然に動いてくれるはずだ。結ぶともなく結べるはずだ。

信吾は不意に自己の喪失か脱落が来たのかと不気味だった。

「私も毎日見てはいるんですけれど。」と菊子は真剣な面持《おもも》ちで、信吾のネクタイを巻いたりのばしたりしつづけた。

信吾はまかせたつもりになっていると、幼い子がさびしい時にあまえるような気持がほのめいた。

菊子の髪の匂《にお》いがただよった。

菊子はふっと手をとめて、頰を赤らめた。

「出来ませんわ。」

「修一の、結んでやったことはないのか。」

「ありませんわ。」

「酔って帰った時に、ほどいてやっただけか。」

菊子は少し離れて、胸を固くしながら、信吾のぶらさがったネクタイをじっと見た。

「お母さまは御存じかもしれませんわ。」と息を抜くと、

「お母さまあ、お母さまあ。」と声を上げて呼んだ。

「お父さまが、ネクタイを結べないとおっしゃって……。ちょっと来ていただけませんか？」

「それはまたどうして?」

保子は阿呆《あほ》らしという顔で出て来た。

「自分で結べばいいじゃありませんか。」

「結び方をお忘れになったんですって。」

「ひょっとしたはずみで、わからなくなったんだ。おかしいよ。」

「おかしいですね。」

菊子は横にどいて、保子が信吾の前に立った。

「さあ、私もよくわからない。忘れたでしょうよ。」と保子は言いながら、ネクタイを持った手で信吾のあごを軽く突き上げた。信吾は目をつぶった。

保子はどうにか結んでいるらしい。

信吾は仰向かせられて、後頭部を圧迫していたせいか、ふうっと気が遠くなりかかったとたんに、金色の雪煙が目ぶたのなかいっぱいに輝いた。大きい雪崩《なだれ》の雪煙が夕日を受けたのだ。どおうっと音も聞えたようだ。

脳出血でも起したのかと、信吾はおどろいて目を開いた。

菊子が息をつめて、保子の手つきに目を注いでいた。

昔信吾が故郷の山で見た雪崩の幻だ。

「これでよろしいんですか。」

保子はネクタイを結び終えて、形を直していた。

信吾も手をやってみると、保子の指に触れた。

「ああ。」

信吾は思い出した。大学を出て初めて背広を着た時、ネクタイを結んでくれたのは、保子の美しい姉だった。

信吾は保子と菊子の目をさけるように、洋服だんすの鏡へ横向いて、

「これでよさそうだ。やれやれ、耄碌《もうろく》したのかね。ふっとネクタイが結べなくなるなんて、ぞっとすることだ。」

保子が結べたところをみると、新婚のころにでも、信吾は保子に結んでもらったことがあるのだろうか。しかし思い出せなかった。

保子は姉が死んだ後へ手つだいに行っていた時、美男の義兄のネクタイを結んでやったことがあるのだろうか。

菊子は木のサンダルを突っかけて、門まで心配そうに信吾を送って出た。

「今夜は？」

「会がないから早く帰るよ。」

「お早くお帰りになって。」

大船あたりで、電車の窓に秋晴れの富士を見て、信吾はネクタイをしらべてみると、左と右とが逆になっていた。左の方を長く取って巻いて結んであった。向い合ったので、保子がまちがえたのだろう。

「なあんだ。」

信吾はほどいて難なく結び直した。

さっきしめ方を忘れたのなど嘘《うそ》のようだった。

二

近ごろは修一が信吾とつれだって帰る日も少くなかった。

三十分ごとの横須賀《よこすか》線が、夕方は十五分おきに出て、かえってすいていることがあった。

東京駅で、信吾と修一のならんだ前の座席に、若い女が一人かけていたが、

「ちょっとお願いいたします。」と修一に言うと、赤い裏皮のハンド・バッグを席においで立ち上った。

「二人分ですか。」

「はあ。」

若い女の答えはあいまいだったが、白粉《おしろい》の濃いめの顔を赤らめもしないで、もううしろを見せるとフォウムへ出て行った。細身の肩の端を可愛《かわい》く上げたあいオウバアは、その肩から下へ楽に流れて、やわらかくいきな姿だった。

信吾は修一がとっさに二人分かとたずねたのに感心した。よく気転がきくものだ。女が約束の相手を待っていると、どうしてわかったのか。

修一に言われた後では信吾も、女がつれを見に行ったにちがいないと思った。それにしても、女は窓際《まどぎわ》の信吾の前に坐っているのに、なぜ修一に声をかけたのだろう。立ったはずみに修一の方を向くようになったからだろうが、修一は女が近づきやすいのだろうか。

信吾は修一の横顔をながめた。

修一は夕刊を読んでいた。

間もなく若い女は電車にはいって来たが、扉《とびら》のあいた入口につかまって、もう一度フォウムをながめまわしていた。約束の人は見えないらしい。座席へもどって来る女の薄色のオウバアは、肩から裾《すそ》へゆるく揺れて、ボタンは胸に大きいのが一つだった。ポケットは前寄りのずっと下に切ってあって、女は片方の手を入れて、振るように歩いた。少し変った仕立てがしっくり似合っていた。

立って行く前とちがって、修一の前にかけた。三度入口の方を振りかえったところをみると、通路に近い方の席が入口を見やすいからだろう。

信吾の前の席には、女のハンド・バッグがあった。楕円《だえん》の筒型で幅広い口金《くちがね》だ。ダイヤの耳かざりは模造だろうが、よくきらめいた。女のしまった顔に、太い鼻が目立った。小さく美しい口だった。上り気味の濃い眉《まゆ》は短く切れていた。目ぶたはきれいな二重だが、この線も目尻《めじり》までゆかないで消えていた。下あごはきりっとつまっていた。一種の美人だった。

目に少し疲れがよどんで、年はわからない。

入口の方が騒がしく、若い女も信吾もそっちを見た、大きいもみじの枝をかついで、五六人の男が乗って来た。旅行の帰りらしくはしゃいでいた。

もみじのくれないの色は、寒国のものにちがいないと、信吾は思った。

男たちのあたりはばからぬ大声で、越後《えちご》の奥のもみじと知れた。

「信州のもみじも、もうきれいだろうな。」と信吾は修一に言った。

しかし、信吾は故郷の山のもみじよりも、保子の姉が死んだ時、仏間にあった、大きい盆栽のもみじの紅葉を思い出した。

そのころ修一は無論まだ生まれていない。

電車のなかに季節を色どって、座席の上に出ているもみじを、信吾はじっとながめた。

ふとわれにかえると、信吾の前に、若い女の父親が坐っていた。

女は父親を待っていたのか。信吾はなんとなく安堵《あんど》した。

父親も娘と同じに鼻が太くて、二つならべるとおかしいようだった。生え際もそっくりだった。父親は黒いふちの眼鏡をかけていた。

父親も娘もおたがいに無関心のように、ものも言わなければ、見向きもしなかった。父親は品川へ来る前に眠った。娘も目をつぶった。睫《まつげ》までそっくりの感じだ。

修一は信吾とこんなに似ていない。

信吾は父と娘とがひとことでも話し合うかと、なにか心待ちするものがありながら、また二人の他人のような無関心が、なにかうらやましくもあった。

おそらく家庭は平和なのだ。

だから横浜駅で、若い女だけが降りた時、信吾はあっとおどろいた。親娘《おやこ》どころか赤の他人だったのだ。

信吾はがっかり気抜けがした。

隣りの男は横浜を出しなに薄目をあけただけで、だらしなく居眠りつづけた。

若い女がいなくなると、信吾にはその中年の男が急にだらしなく見え出したのだ。

三

信吾は肘《ひじ》でそっと修一を押すと、

「親娘じゃなかったんだね。」とささやいた。

修一は信吾が期待したほどの反応を示さなかった。

「見たろう？　見なかった？」

修一はふんという風にうなずいた。

「不思議だねえ。」

修一は不思議とも思わぬらしい。

「似てたねえ。」

「そうですね。」

男は眠っているし、電車の走る音はあったが、目の前の人を声高にあげつらうわけにゆかない。

そう見ても悪いようで、信吾は目を伏せると、さびしさにおそわれた。

相手の男をさびしく思ったはずだったが、やがてそのさびしさは信吾自身のうちに沈んで来た。

保土《ほど》ケ谷《や》駅と戸塚《とつか》駅のあいだの長丁場だった。秋の空が暮れた。

男は信吾よりも下だが、五十の半ばは過ぎていそうだ。横浜でおりた女は、あれで菊子の年ごろだろうか。菊子の目のきれいさとは、まるでちがう。

しかし、あの女がどうしてこの男の娘でないのだろうと信吾は思った。

信吾の不思議さはなお深まっていった。

世のなかには、親と子としか見えないように似た人がいる。しかし、そう多くいるわけではない。あの娘にとっては、おそらくこの男一人きりだろうし、この男にとってはあの娘一人きりだろう。おたがいに一人あるきりだ。あるいはこの二人のような例は、この世にただ一組かもしれない。二人はなんの縁もなく生存して、相手の存在を夢にも知らない。

その二人がふと電車に乗り合わせた。初めてめぐりあって、二度と出会うことはあるまい。長い人生にたった三十分だ。言葉も交さずに別れてしまった。隣りに坐りながら、顔もよく見合わせなかったようだから、二人はおたがいが似ていることも気づかなかったのではないか。奇蹟《きせき》の人が自分の奇蹟を知らないで去った。

不思議に打たれたのは、第三者の信吾だ。

しかし、二人の前に偶然坐《すわ》って、奇蹟を観察した自分も、奇蹟に参加したわけだろうかと、信吾には思われた。

親子のように似た男と女とをつくり、一生のうち三十分だけめぐりあわせ、それを信吾に見させたのは、いったいなにものであろうか。

しかも、若い女は待ち人が来なかったばかりに、父親としか見えない男と、膝をならべて乗り合わせた。

こんなのが人生かと、信吾はつぶやいてみるほかはなかった。

電車が戸塚にとまると、眠っていた男はあわてて立って、荷物棚《にもつだな》の上の帽子を信吾の足もとに落した。信吾は拾ってやった。

「いや、ありがとう。」

男は塵《ちり》も払わずにかぶって行った。

「不思議なことがあるもんだね。あかの他人だった。」と信吾の声は解放された。

「似てるけど、身なりがちがいましたよ。」

「身なり……?」

「娘はしゃきっとしてたけど、今のおっさんはしおたれてますよ。」

「娘がおしゃれをして、おやじがぼろを着てるのは、世間にありがちじゃないか。」

「それにしても、服装の筋がちがうな。」

「ふむ。」と信吾はうなずいて、

「女が横浜で降りたろう。そして男が一人になったとたんに、実はわたしにも、男が急にうらぶれて見えたんだが……。」

「そうでしょう。はじめからそうですよ。」

「しかし、急にうらぶれて見えたのも、私には不思議なんだ。ちょっと身につまされるようでね。あの人はわたしよりだいぶ若いが……。」

「たしかに老人は、若いきれいな女をつれていると、引き立って見えるな。お父さんもいかがです。」と修一は落してしまった。

「お前みたいな若い男が、うらやましがって見るからさ。」と信吾もまぎらわした。

「僕はうらやましかないですよ。若い美男美女の一対《つい》は、どうも落ちつきが悪いし、不男《ぶおとこ》がきれいな人といっしょだと、可哀想《かわいそう》な気がするし、美人は老人にまかせますよ。」

信吾からはさっきの二人の不思議が、まだ消えない。

「しかし、二人は実は親子かもしれないよ。今ふっと思いついたんだが、どこかよそに産ませておいた子供じゃないのか。会って名乗ったことがないので、親も子も知らない……。」

修一はそっぽを向いた。

信吾は言ってから、しまったと、修一に思われた上は、

しかし、あてこすったと、修一に思われた上は、

「お前だって、二十年後に、あんなことになるかもしれないぞ。」

「お父さんの言いたいのは、それだったんですか。僕はそんな感傷的な運命論者じゃありませんよ。敵の鉄砲玉が耳すれすれに、ぴゅんぴゅん鳴って通って、一つもあたらなかったんだ。中国や南方にだって、落し子が生まれてるかもしれない。落し子と会って、知らずに別れるくらい、耳のそばを通る鉄砲玉にくらべたら、なんでもありませんよ。命の危険はない。それに絹子は娘を産むとは限らないし、絹子が僕の子供でないと言えば、僕はそうかと思うだけですよ。」

「戦争と平和の時とはちがう。」

「今も新しい戦争が僕らを追っかけて来ているのかもしれないし、僕らのなかの前の戦争が、亡霊のように僕らを追っかけているかもしれないんです。」と修一は憎さげに、

「お父さんこそ、あの娘がちょっと変っているから、ひそかに魅力を感じて、妙な考えをくどくどもってまわってらっしゃる。女がほかの女とどこかちょっとちがっているだけで、男はつかまるのですからね。」

「お前は、女がちょっとちがっているだけで、女に子供を産ませて、育てさせて、それでいいのか。」

「僕は望んでいませんよ。望んでいるとすれば、女の方です。」

信吾は言葉が出なかった。

「横浜で降りた女ね、あの女は自由ですよ。」

「自由とはなんだ。」

「結婚していないし、誘ったら来ますよ。お高い風を見せているが、まともな暮しじゃなく、不安定につかれているんだ。」

信吾は修一の観察にたじろいだ。

「お前にも、あきれたね。いつそんなに堕落したんだ。」

「菊子だって、自由ですよ。ほんとうに自由なんですよ。兵隊でも囚人でもありゃしない。」と修一はいどみかかるように吐き出した。

「自分の女房《にょうぼう》が自由とはなんだ。お前は菊子にも、そんなことを言っているのか。」

「菊子には、お父さんから言ってやって下さい。」

信吾はぐっとこらえて、

「つまり、お前は私に、菊子を離縁してくれとでも言うのか。」

「そうじゃありません。」と修一も声をおさえた。

「横浜でおりた娘が、自由だという話が出たもんで……。あの娘が菊子と同じ年恰好《としかっこう》だから、お父さんはあの二人が親子に見えたんじゃないんですか。」

「ええ？」

信吾はあまりに、不意を突かれて、むしろきょとんとした。

「そうじゃない。親子でないなら、奇蹟と思えるほど、似てたじゃないか。」

「しかし、お父さんの言うほど感動することでもない。」

「いや、わたしは感動するね。」と答えたが、菊子が心の底にあってのことと、修一から言われると、信吾は咽《のど》がつまった。

もみじの客が大船でおりた。もみじの枝がフォウムを行くのを見送ってから、

「一度信州へもみじ見に帰らないか。保子も菊子もいっしょに。」と信吾は言った。

「そうですね、僕はもみじなんか興味はないが。」

「故郷の山を見たいね。保子の家も、保子の夢ではぼろぼろに荒れているというし。」

「荒れてますね。」

「手入れ出来るうちにしておかないと、立ちぐされてしまうだろう。」

「骨組みがごついから、ぼろぼろじゃないが、手入れとなると……。しかし、なおしてみてどうなさるんです。」

「さあ、わたしたちが隠居するか、いつかまたお前たちが疎開《そかい》することになるかもしれん。」

「今度は僕は留守番をしてますよ。菊子はまだお父さんたちの田舎を見たことがないから、行った方がいいですね。」

「このごろ菊子はどうなんだ。」

「僕の女のことがなくなって、菊子も倦怠《けんたい》気味でしょうか。」

信吾は苦笑した。

四

修一は日曜の午後、また釣堀に出かけたようだった。

廊下にほしてあった座蒲団《ざぶとん》を一列にならべて、肘枕《ひじまくら》で横たわりながら、信吾は秋の日にあたたまっていた。

その前の沓脱石《くつぬぎいし》の上に、テルも寝そべっていた。

保子は茶の間で、十日分ほどの新聞を膝に積み重ねて読んでいた。おもしろいと思う記事があると、信吾に呼びかけて聞かせる。それがたびたびなので、信吾はなま返事してから、

「日曜は保子、新聞を読むのはやめてくれよ。」と言うと、気だるく寝返りした。

座敷の床の間の前で、菊子はからす瓜《うり》を生けていた。

「菊子、それ、裏の山にさがってたのか。」

「はい。きれいでしたから。」

「まだ山に残ってるだろう。」

「はい。まだ山に五つか六つ残っています。」

菊子の手のつるには、瓜が三つついていた。

裏山のからす瓜の色づいたのを、信吾は朝顔を洗うたびに、薄《すすき》の上の方に見ていたが、座敷に入れると、また目のさめるような赤だった。

からす瓜をながめていると、菊子も目にはいった。

あごから首の線が言いようなく洗練された美しさだった。一代でこんな線は出来そうになく、幾代か経た血統の生んだ美しさだろうかと、信吾はかなしくなった。

髪の形で首が目だつせいか、菊子はいくらか面瘦《おもや》せして見えた。

菊子の細く長めな首の線がきれいなのは、信吾もよく知っていたが、ほどよく離れて寝そべった目の角度が、ひとしお美しく見せるのだろうか。

秋の光線もいいのかもしれない。

そのあごから首の線には、まだ菊子の娘らしさが匂《にお》っている。

しかし、やわらかくふくらみかかって、その線の娘らしさは、今や消えようとしている。

「もう一つだけ……。」と保子が信吾を呼んだ。

「ここにおもしろいことが出てますよ。」

「そうか。」

「アメリカの話ですがね。ニュウヨオク州のバッファロオというところでね、バッファロオ……。一人の男が自動車事故で、左の耳を落してね、医者へ行ったんです。医者はいきなり表へ飛び出して、現場に駈《か》けつけて、血まみれの耳をさがして、拾って帰ると、その耳を傷あとにくっつけたんですって。その後今まで、工合よくついてるそうですよ。」

「指だって、切り落したとたんにつけると、うまくつくっていうね。」

「そうですか。」

保子はしばらくほかの記事を見ていたが、また思い出したように、

「夫婦もなんですね、別れて間もなくもどれば、また工合よくいくこともあるでしょう。別れてから、あんまり長くなるとね。」

「なんのことだ。」と信吾は問うともなく言った。

「房子のことだってそうじゃありませんか。」

「相原が生死不明、行方不明じゃね。」と信吾は軽く答えた。

「行方なんか、調べさせたらわかるでしょうけれど……。どうなることですかね。」

「おばあさんの未練だね。離婚届もとっくに出したじゃないか。あきらめなさい。」

「あきらめるのは、若い時からこっちの得意ですが、房子にああして二人の子供をつれて目の前にいられると、どうしたらいいかと思って。」

信吾はだまっていた。

「房子は器量が悪いしね。もし再婚の口があっても、二人も子供をおいてゆかれては、いくらなんでも、菊子がいたわしいでしょう。」

「そうなれば、菊子たちは無論別居するんだね。子供はばあさんが育てるんだ。」

「私がねえ。骨惜しみするわけじゃないが、六十いくつだと思ってらっしゃるの？」

「人事をつくして天命を待つんだな。房子はどこへ出かけたんだ。」

「大仏さんです。子供は妙なところがあるもんですね。里子は一度、大仏の帰りに、自動車にひかれかかったのに、大仏が好きで、よく行きたがるんですよ。」

「大仏そのものが好きなわけでもないだろう。」

「大仏が好きらしいですよ。」

「へええ？」

「房子は田舎へ帰らないでしょうか。あの家の跡取りに。」

「田舎の家の跡取りなんかいらん。」と信吾はきっぱり言った。

保子はだまって、新聞を読みつづけた。

「お父さま。」と今度は菊子が呼びかけた。

「お母さまの耳のお話で思い出しましたけれど、お父さまいつか、頭を胴から離して、病院にあずけて、洗濯《せんたく》か修繕出来ないものかと、おっしゃいましたでしょう。」

「そうそう、近所の日まわりの花を見てね。いよいよその必要がありそうだ。ネクタイのしめ方を忘れたりして、今に新聞をさかさまに見て、平気でいるようなことになるかもしれないよ。」

「私もよくあれを思い出すことがありますわ。頭を病院にあずけたと考えてみるんですの。」

信吾は菊子を見た。

「ふむ。毎晩睡眠病院に、頭をあずけているようなものだからね。ところで、年のせいか、夢をよく見る。苦しみを内に持っていると、現実の続きの夢を我は見ていし、というような歌を、なにかで見たことがあるな。わたしの夢は、現実の続きというのでもないのだが。」

菊子は生け終ったからす瓜を、と見こう見していた。

信吾もその花をながめながら、

「菊子、別居しなさい。」と唐突に言った。

菊子ははっと振り向いて立ち上ると、信吾のそばへ来て坐《すわ》った。

「別居はこわいんです。修一がこわいんですの。」と菊子は保子に聞えぬ小声で言った。

「菊子は修一と別れるつもりがあるのか。」

菊子は真剣な顔になって、

「もし別れましたら、お父さまにどんなお世話でもさせていただけると思いますの。」

「それは菊子の不幸だ。」

「いいえ。よろこんですることに、不幸はありませんわ。」

初めて菊子の情熱の表現であるかのようで、信吾ははっとした。危険を感じた。

「菊子がわたしによくしてくれるのは、わたしを修一と錯覚してなんじゃないの？　それで、かえってなお修一にへだてがあるように思うんだよ。」

「あの人には、私にわからないところがありますわ。ときどき、不意にこわくなって、どうしようもありません。」と菊子は白い顔で訴えるように信吾を見た。

「そう、あれも戦争に出てから変った。わたしにも本心のあり場をつかめなくするんだな、わざと……。しかし、さっきの話じゃないが、ちぎれた血まみれの耳みたいに、無造作にくっつけると、うまくゆくかもしれないね。」

菊子はじっとしていた。

「菊子は自由だって、修一は菊子に言わなかったかね。」

「いいえ。」と菊子はいぶかしげな目を上げて、

「自由って……？」

「うん、わたしもね、自分の女房が自由とはどういうことだと、修一に反問したんだが……。よく考えてみると、菊子はわたしからもっと自由になれ、わたしも菊子をもっと自由にしてやれという意味もあるかもしれないんだ。」

「わたしって、お父さまのことですの？」

「そう。菊子は自由だって、わたしから菊子に言ってやってくれと、修一が言うんだ。」

この時、天に音がした。ほんとうに信吾は天から音を聞いたと思った。

見上げると、鳩《はと》が五六羽庭の上を低くななめに飛んで行った。

菊子も聞いたらしく、廊下の端に出ると、

「私は自由でしょうか。」と鳩を見送りながら涙ぐんだ。

沓脱石のテルも鳩の羽音を追って、庭の向うに駈け出していた。

五

その日曜の夕飯には、一家が七人そろっていた。

出もどりの房子と二人の子供も、今は勿論《もちろん》家族だろう。

「鮎《あゆ》が三匹しか魚屋になかったんですの。里子ちゃんにあげますわね。」と菊子は言いながら、信吾の前におき、修一の前におき、それから里子の前においた。

「鮎なんか子供のたべるものじゃありませんよ。」と房子は手を出して、

「おばあさまに上げなさい。」

「いや。」と里子は皿《さら》をおさえた。

保子がおだやかに言った。

「大きい鮎ですね。もう今年のおしまいでしょうね。わたしはおじいさんのをつつくからいらないよ。菊子は修一のをね……。」

そう言えば、ここには三組集まっていて、家が三つあるべきかもしれなかった。

里子は鮎の塩焼きばかり先きに箸《はし》をつけた。

「おいしいの？　きたない食べ方をするわねえ。」と房子は顔をしかめて、鮎の卵を箸でつまむと、下の国子の口へ運んでやった。里子も苦情を言わなかった。

「卵を……。」と保子はつぶやいて、信吾の鮎の卵の端を自分の箸でちぎった。

「昔、田舎で、保子の姉さんにすすめられて、ちょっと、俳句をひねったことがあったが、秋の鮎とか、落鮎とか、錆鮎《さび》とかいう季題があるね。」と信吾は話し出して、ふと保子の顔を見たが、後をつづけた。

「卵を産んで、疲れ切って、見る影もなく容色が衰えて、ひょろひょろ海にくだる鮎のことだ。」

「私みたいね。」と房子がすかさず言った。

「私には鮎のような容色が、はじめからないけれど。」

信吾は聞かないふりで、

「今は身を水にまかすや秋の鮎、とか、死ぬことと知らで下るや瀬々の鮎、とかいう昔の句があってね。どうやら、わたしのことらしい。」

「わたしのことですよ。」と保子が言った。

「卵を産んで海にくだると、死んでしまうんですか。」

「たしか死ぬんだと思った。川の淵《ふち》にひそんで年を越す鮎もたまにはあって、とまり鮎と言ったかな。」

「わたしはそのとまり鮎の方かもしれませんね。」

「私はとまれそうにないわ。」と房子は言った。

「でも、うちへ帰ってから、房子も太って来て、色つやがよくなりましたよ。」と保子は房子を見た。

「太るのはいやだわ。」

「実家にもどってるのは、淵にひそんでるようなもんだからな。」と修一が言った。

「長くはひそんでないわ。いやよ。海に下るわよ。」と房子は甲高い声で、

「里子、骨ばかりよ。もうよしなさい。」とたしなめた。

保子は妙な顔をして、

「お父さまの鮎の話で、せっかくの鮎の味がなくなったでしょう。」

房子はうつ向いて小ぜわしく口を動かしていたが、改まって言った。

「お父さま、私になにか小さい店でも持たせていただけませんの？　化粧品店でも、文房具屋でも……。どんな場末でもいいわ。屋台かスタンドの飲み屋がやってみたいわ。」

修一がおどろいたように、

「姉さんに水商売が出来るの？」

「出来るわよ。なにもお客は女の顔を飲むわけじゃなし、お酒だって飲むんですからね。きれいな奥さんを持ったと思って、なに言ってるの。」

「そういう意味じゃないよ。」

「お姉さまにもお出来になりますわ。女はみんな水商売が出来ますもの。」と菊子が思いがけなく言い出した。

「お姉さまがなされば、私だってお手つだいさせていただくわ。」

「へええ、これはえらいことになった。」

修一はおどろいてみせたが、夕飯の場はしいんとしてしまった。

菊子がひとり耳まで赤くなっていた。

「どうだね、この次の日曜にみなで、田舎へもみじ見に行こうと思うんだが。」と信吾は言った。

「もみじですか。行きたいですね。」

保子の目が明るんだ。

「菊子も行こう。わたしたちの故郷もまだ見せてなかったから。」

「はい。」

房子と修一とはむっとしたままだった。

「留守番は？」と房子はたずねた。

「僕がするよ。」と修一が答えた。

「私がするわ。」と房子がさからった。

「でも、信州行きの前に、お父さまが今の返事を下さらなければいやよ。」

「一つ結論を出しておこう。」と信吾は言いながら、子供を腹に持って、沼津に小さい洋裁店を開いたという、絹子を思い出していた。

食事のあとで、修一がまっさきに立って行った。

信吾もうなじの凝りをもみながら立ち上って、なんとなく座敷をのぞいて灯をつけると、

「菊子、からす瓜がさがって来てるよ。重いからね。」と呼んだ。

瀬戸物を洗う音で聞えないようだった。

解説

山本健吉

一

『山の音』は、川端氏の傑作であるばかりでなく、戦後の日本文学の最高峰に位するものである。一章々々が独立した短編の形で、いろんな雑誌に断続的に発表されたもので、そのような発表の形式は、氏の『雪国』や『千羽鶴《せんばづる》』においても取られている。それは、長編完成の方法としては、いちおう変則的なやり方ではあるが、雑誌システムに依存しながら書きつがなければならないことから、強《し》いられた一つの方法であり、川端氏はそのような悪条件を、自分の資質に応じた好条件に転ずることのできた、たった一人の作家であろう。

このような細部の緻密《ちみつ》さを伴いながら、展開された長編小説は稀《まれ》であろうが、それは一編々々が、独立した短編でありながら、全体の構成の部分でもあるという、連句

の一句々々のような、あるいは絵巻物の一齣《ひとこま》々々のような役割を担《にな》わされていること
から、導き出されて来た性質であろう。この作品では、主人公の尾形信吾《おがたしんご》の家の、家
族的感情のこまかい網の目が、会話のはしばしや、ちょっとした動作のなかに、的確
に、また陰翳《いんえい》ふかく、捕えられているのである。主要な登場人物は、すべて一つの家
族の成員であり、これまで内観的に深まって来た川端氏の冴《さ》えた目が、ここではとも
かく「家」という一つの拡《ひろ》がりを持った世界を、張り切った強い表現で捕えていると
いうことが、言えるだろう。

二

題名は第一章の、信吾が深夜、裏山でえたいの知れない音を聞いたという一節に基
づいている。それは耳鳴りや空耳でなく、山の音というより仕方のないものだが、そ
の音をきいて、信吾は死期を告知されたような恐怖におそわれる。そしてこの不気味
な山の音は、この作品の主調低音として、始終ひびいて来るのである。
「敗戦後の私は日本古来の悲しみのなかに帰ってゆくばかりである。私は戦後の世相
なるもの、風俗なるものを信じない。現実なるものも信じない。近代小説の根底の写
実からも私は離れてしまいそうである。もとからそうであったろう」と、氏は言った

ことがある。氏が信じている唯一《ゆいいつ》のものが、ここに言う「日本古来の悲しみ」とすれば、それはこの作品のなかに、深く掘り下げられ、渾然《こんぜん》と結晶しているように思われる。だがそれは、戦後の世相や、風俗や現実そのものから、ますます背馳《はいち》してゆく孤独な自分を意識することで、獲得しえた表現ではなかろうか。実際の作者の歳《とし》より、一まわりも年長であるはずの信吾の老境を、あたかも自分の心境表現であるかのように設定し、そのことが、全編作者の心境表現ではないかと思わせる雰囲気《ふんいき》をただよわせている。その意味で、これはかなりな程度に、作者の心境小説と言ってもいい性格をそなえているが、日本の多くの私小説的な心境小説と違って、これは全く小説的な虚構の世界であり、作者の心境は無数の感情や言葉やイメージを融《と》かしこむ豊かな濾過器《ろかき》によって、作品の底に沈んで、一種の地模様のようなものになっている。そしてその地模様の上を、尾形一家の心理的葛藤《かっとう》を秘めた物語が静かに展開して行くのであるが、地模様の中のもっとも高音部として聴《き》こえてくるのが、死の告知なのだ。

だからこの作品は、詩や劇においてよく見られる、重層的な表現を獲ている作品と言えるかも知れない。あるいは表層と深層と、二つの声が同時に響いてくる、高度に詩的な散文と言えるかも知れない。

三

信吾は昔、妻の保子《やすこ》の姉にあたる美しい人にあこがれていた。その人は結婚して後死んだのであるが、その美しいイメージがいつまでも信吾の胸に残っており、彼は現在の妻に不満があるわけではないが、充《み》たされなかった恋の不満がいつまでも心の中に残っている。その信吾の家では、息子の修一がある戦争未亡人にはまりこんで家へ帰らなかったり、修一の姉の房子も二人の子供をつれて婚家から出戻《でもど》って来ていて、家庭には何か重苦しい雰囲気がただよっている。そして信吾にとっては、修一の嫁の可憐《かれん》な姿が、家の中のたった一つの開かれた窓のようなものになっている。舅《しゅうと》と嫁とのあいだの自然に出てしまう親しさの感情、不倫な恋にまでは進まないそのデリケートな状態が、この作品の主題となっているのだ。信吾の菊子への愛には、やはり一人前に開花しない前の女の美しさへの憧憬《どうけい》——すなわち『伊豆《いず》の踊子《おどりこ》』以来の作者の美意識が揺曳《ようえい》しているようである。

老齢の深い疲れや、予知される死期への恐怖や、そんな中にも信吾の中に若々しい欲望が目覚めてくる。若い娘と触れ合った夢を見たり、秘書の英子とダンスホールへ行ってみたり、少女のような慈童《じどう》の能面にあやうく接吻《せっぷん》しかかったり、信吾がわれながらあやしいともみだらとも思うことが続くのである。だが、そのような信吾の内心の秘事も、けっきょく菊子が身近かに来たということから動かされた意識下の反応であり、それはかつての、保子の姉への恋心の復活なのだ。その人のイメージは、始めの方の「雲の炎」の章で、彼女が死んだとき婚家から戻されて来た盆栽の紅葉の豪華な美しさの印象として、今に到《いた》るまで心の中に焼きついているのだ。そのイメージを、房子が家へ帰るとき持って来た古い大風呂敷《おおぶろしき》についての妻とのさりげない対話から、引出してくる技巧の冴えは見事である。そのとき信吾の頭いっぱいに照り明るんだ盆栽の紅葉のくれないが、この作品の最後の章で、夕飯どきの会話に、とつぜん信吾が、郷里の信州の紅葉見に行こうと言い出すところと、美しい照応をなしている。もちろん、故郷の紅葉のもとに、菊子を立たせてみたいのである。そのことから私は、『源氏物語』に書かれざる「雲隠」の巻があるように、『山の音』にも書かれざる「紅葉見」の巻があることを、想像した。

四

この作品の中に具体的に描かれた「日本古来の悲しみ」は、日本の中流の家庭の、一種名状しがたい暗い雰囲気だと思う。古くから持ち伝えた日本の「家」のなかの悲しさが、家族の感情の微細なひだに到るまで隈《くま》なく捕えながら、渾然と描き出されているのだ。親子二夫婦の同居という、日本にはざらにある家族構成がそこにあり、そこに房子が出戻ってくることによって、複雑な様相を呈するに至る。そこでは夫婦が一対一の関係において現われることなく、親子・夫婦・姉弟・舅（姑《しゅうとめ》・小姑《こじゅうと》）嫁という、錯雑した諸関係の一つに過ぎなくなる。そしてその錯雑した線の一つ一つが、家庭の結合の単位として微妙に交渉し合い、それぞれに隠微な心理的影響を及ぼす。そしてその諸関係の中に、信吾と菊子の舅嫁の関係が、拡大されて描き出される。

日本の「家」を、そのあらゆるデテールにおいて、冷静に描き出したこの作品は、一方において、日本的感性の極致とも言うべきものだが、他方において、そこに作者のきわめて批判的な、知的な眼《め》が働いていることを、認めないわけには行かないのである。

（昭和三十二年四月、文芸評論家）

解　説

辻　原　登

千葉市検見川《けみがわ》の古代遺跡から発見された蓮《はす》の実が開花したというニュースが作中、二度取り上げられる。土中で生き続けた実が数千年後、地上で可憐《かれん》な花を咲かせた。〃日本古来の悲しみ〃〃日本的感性の極致〃といった『山の音』についての代表的な評言に相応《ふさわ》しいエピソードだが、作者の意図とその作品世界は、蓮華《れんげ》に象徴される世界とは異質の、暗く、エロチックで背徳的なものである。

物語は敗戦から数年後、鎌倉に居を構える中流家庭を中心に展開する。尾形家は〃核家族〃が登場する直前の、父母・息子夫婦・子供の三代が同居する典型的な直系家族類型に、やや変則的だが属する。家長の尾形信吾（六十二歳）に妻保子、息子の修一と嫁菊子、娘の房子（夫の不行跡で二人の幼子を連れて実家に戻っている）、そして飼犬のテルという構成だ。「女中」は以前いたが今はいない。

信吾と保子の郷里は遠い信州で、実家は今や空家となっていて、鎌倉の家は急ごしらえの直系家族類型の感が拭《ぬぐ》えない。建物が木造平屋造りの日本家屋であることも忘れてはならない。信吾と息子の修一は、横須賀線で東京の同じ会社に通勤している。信吾は重役で、修一は部下である。

冒頭から不穏な気配が漂う。——息子の嫁に菊子が来て、二年にもならないのに修一はもう女をこしらえている、と信吾によって説明される。修一と菊子はいつ、どのようなきっかけで結婚したのかについては一切言明がない。ただ菊子は来たのだ。

娘の房子が二人の子供を連れて帰って来る。上の四歳の里子《さとこ》は暗い目付きをして殆《ほと》んど口をきかず、油蟬《あぶらぜみ》の羽根をハサミで切ってもらって喜び、暗い廊下をぺたぺたと走る。

信吾はただの主人公ではない。彼は全篇出ずっぱりで、彼のいないシーンは一つもない。ということは、全《すべ》てが信吾の目で切り取られ、判断されて我々に提示されるということだ。信吾以外の人物の本心は、彼らの行動（主に会話）を通してしか窺《うかが》い得ない。

菊子が嫁に来た時、信吾は菊子が肩を動かすともなく美しく動かすのに気づいた。明らかに新しい媚態《びたい》を感じた。

この時、菊子はまだ十八、九である。信吾は、ほっそりした色白の菊子から保子の美しい姉を思い出す。少年の頃から憧《あこが》れつづけた夭逝《ようせい》した〝美しい姉〟。この姉には最後まで名前がない。

一方、妻の保子は姉妹とは思えないほど不器量である。息子の嫁に菊子が来て、信吾の思い出に稲妻のような明りがさす。彼にとって菊子はうっとうしい家庭の窓であり、彼女にやさしくすることで胸にほのかな甘味がさす。

しかし、やがて信吾の菊子への関心がほのかな甘味どころでなくなり、彼女の声に耳をそばだて、からだつきの変化を執拗《しつよう》に観察するようになる。

（修一に・辻原注）女（絹子・辻原注）が出来てから、修一と菊子との夫婦生活は急に進んで来たらしいのである。菊子のからだつきが変った。

さざえの壺焼《つぼやき》の夜、信吾が目をさますと、前にはない菊子の声が聞えた。（略）その女（修一の愛人絹子・辻原注）から菊子に波打ち寄せて来たものはなんだろう。

（……）修一の麻痺《まひ》と残忍との下で、いやそのためにかえって、菊子の女は目ざめて来たようでもある。

（……）修一が絹子を知ったために、菊子はときどき青ざめながらも、腰まわりなども豊かになって来たのだ。

菊子が妊娠だとすると、修一の女に刺戟《しげき》された、菊子の成熟かもしれない。

これらはみな信吾の述懐なのである。

†

叙述は前後するが、信吾はある月夜、取り入れるのを忘れたのか、菊子のワン・ピイスが雨戸の外にだらりといやな薄白い色でぶらさがっているのを見る。「汗ばんだのを（傍点辻原）夜露にあてているのかもしれぬ」。ぎゃあっと夜の蝉が鳴く。信吾は、飛び込んで来た蝉をつかんだが、鳴かない。「おしだ」と信吾はつぶやき、蝉を闇《やみ》の中に投げる。

月の夜が深いように思われる。深さが横向けに遠くへ感じられるのだ。

そうして、ふと信吾に山の音が聞えた。

（……）

タイトルにつながる重要なモチーフの提示である。

信吾は、死期を告知されたのではないかと寒気がする。魔が通りかかったのでは……。

しかし、これは、死よりも深い闇の底からの呼び掛けなのだ。生きよ、愛せよ、と。

信吾が〝山の音〟について菊子に話すと、彼女は、保子の姉が死ぬ前に山の鳴る音を聞いた、という保子の話を伝える。

信吾は、幻の女たる〝美しい姉〟が、菊子となって顕現したことを覚《さと》って、ぎくっとなる。しかも、侵犯すべかざる女神としてでなく、生々しいもの、汗ばんだ（傍点辻原）薄白いワン・ピイスを着けた女となって。

最後まで名前で呼ばれない〝美しい姉〟は口実に過ぎない。幻とは、常に口実だ。

信吾が見る淫夢《いんむ》の数々は、すべて菊子の化身である。

松島で、抱擁する女がしきりに振る白いハンカチは、汗ばんだ菊子の薄白いワン・ピイスである。

また別の夢で、かつて修一と軽い縁談があった娘と同衾《どうきん》しそうになったあと、信吾は「純潔のあとを指に見て」はっとする。

この指は、『雪国』の有名なくだり、「この指だけは女の触感で今も濡《ぬ》れていて、自分を遠くの女へ引き寄せるかのようだと、不思議に思いながら、鼻につけて匂《にお》いを嗅《か》いでみたりしていたが（……）」を我々に思い出させる。

これらのイメージの連結は、現実に菊子の鼻血へと誘導される。

菊子の鼻血はふき出すようだったが、それは菊子の苦痛がふき出したように、信吾は感じた。

信吾は、菊子の額に手をやり、仰向かせ、背に腕を廻して介抱する。

もし、信吾の欲望がほしいままにゆるされ、信吾の人生が思いのままに造り直せるものなら、信吾は処女の菊子を、つまり修一と結婚する前の菊子を、愛したいのではあるまいか。

と作者は忖度《そんたく》する。

ここでさらに忖度を加えれば、菊子に対する修一の裏切りへの表向きの怒りとは裏腹に、信吾はおそらく息子に先んじるよりも、彼と同体して菊子を愛したいのではあるまいか。

だからこそ、修一の愛人（絹子）に会おうとしたり、絹子が妊娠したと知ると、修一に内緒で会って、堕胎を懇願したりしようとするのである。

†

信吾は、頓死《とんし》した友人の妻から買ってくれと言われて預った能面（慈童《じどう》）に危うく接吻《せっぷん》しかかり、〝天の邪恋〟というような心のゆらめき、ときめきを感じる。

信吾はシャツのボタンをはずして、胸に手を入れた。

「心臓がどきどきなさるんですか。」と保子は言った。

「いや、乳がかゆいんだ。乳の心が固くなって、かゆくて。」

「十四五の女の子みたいですね。」

信吾は左の乳を指先でいじくっていた。

少女というより、思春期の少年そのものではないか。保子を始めとして、誰も信吾の異常に気付いていないのだろうか。作者は、読者の前に常に信吾を置いて、彼の目と彼の背中越しにしか様子を窺わせない。菊子の本心はどこにあるのか、彼女はどんな夢を見ているのか、我々は是非知りたいのだが……。

菊子が花入《はないれ》に花を活《い》けようとして、黒百合《くろゆり》を持って来る。信吾はその花を手に取って、嗅いでみて、いやな女の、生臭い匂いだな、とうっかり口にする。菊子は目《ま》ぶたを薄赤らめてうつ向く。

「嗅いでごらん。」

「お父さまのように、研究はしないことにしますわ。」

と菊子は言ってのける。

直後に、信吾は慈童の面を持ち出して、「これは妖精《ようせい》でね、永遠の少年なんだそうだ」と解説する。菊子は面を顔に当てる。

面の目の奥から、菊子の瞳《ひとみ》が信吾を見つめているにちがいない。

菊子の見えるか見えないかのあごから咽《のど》へ涙が伝って流れつづける。

「菊子」

と信吾は呼ぶ。

菊子は、修一と別れてもお父さまのところにいたい、と面の蔭《かげ》ではっきり言う。

その時、ひいっと里子の泣声が聞こえ、庭でテルがけたたましく吠《ほ》える。

凶々《まがまが》しい外部からの声。これは激しい警告だろうか。

†

先に、菊子はどんな夢を見ているのか、と問うた。それは最早《もはや》明らかだ。菊子は夢の中で、様々な女に化身して信吾の夢の中にいるのである。

その信吾だが、物語も後半の「傷の後」の章で、彼が「戦争のあいだに、女とのことがなくなった。そしてそのままである」ことが明かされる。さらに、彼が芸者を小部屋に連れ込んだにもかかわらず、何もせずに終わる、という最近のエピソードが加わる。信吾が不能である可能性も排除出来ない。

信吾は通勤途上の電車の中で修一に訊《たず》ねる。

「お前戦争で人を殺したかね。」

「さあ？　僕の機関銃の玉にあたったら、死んだでしょう。しかし、機関銃は僕が射《う》っていたものじゃないと言えるな。」

修一はいやな顔をして、そっぽを向いた。

この時、多分、信吾は、修一が何か大きなものに見えたに違いない。不思議な転倒が起きている。修一が信吾の父に、つまり父の父になるのである。信吾が息子になる。

修一は外地の戦場から帰還した。しばらくは一種の怪物とならざるを得ない。彼についていて、心の負傷兵、と登場人物の一人に言わせている。菊子は、二人きりでいると、「修一がこわいんですの」と信吾に訴える。修一は酔うと荒れて、絹子に乱暴する。彼女は戦争未亡人である。

一方、信吾は、少年時のあこがれの〝美しい姉〟に固執しつづける〝優しい義父〟である。

菊子のセックスは、むくつけに言うなら、修一との同衾の際、想像裡《り》に――夢の中といってもよいが、信吾を呼び寄せているのかもしれない。信吾は菊子のその〝声〟を聞く。

菊子と絹子は前後して妊娠する。〈Kikuko〉〈Kinuko〉、音の相似した二人の女性の妊娠だが、菊子は堕胎し、絹子は産もうとする。

菊子は、修一に女のあるうちはくやしいという潔癖から産まなかったとされるが、理由はそれだけだろうか。彼女の〝夜〟と〝夢〟に信吾が濃厚に関わっていたとするなら……、修一と信吾の子、半ば不義の子という認識があったのかもしれない。不義の子を産むことは出来ない。

†

終局近く、修一が信吾に言う。

「菊子だって、自由ですよ。ほんとうに自由なんですよ。兵隊でも囚人でもありゃしない。」と修一はいどみかかるように吐き出した。

信吾は、修一の言葉を菊子に伝える。

この時、天に音がした。ほんとうに信吾は天から音を聞いたと思った。見上げると、鳩《はと》が五六羽庭の上を低くななめに飛んで行った。

菊子も聞いたらしく、廊下の端に出ると、

「私は自由でしょうか。」と鳩を見送りながら涙ぐんだ。

〝美しい姉〟は、古代蓮の実のように深く埋められていて、奇妙な形で花開いた。修一と菊子は、それぞれ違った方角に向かって、家を出て行くだろう。

†

『山の音』は、エドワード・サイデンステッカーの翻訳により一九七一年（昭和四十六年）、日本文学として初めて全米図書賞（翻訳部門）を受賞した。

（令和四年二月、作家）

この作品は昭和二十九年四月筑摩書房より刊行された。

山《やま》の音《おと》

新潮文庫　か-1-9

昭和三十二年四月十五日　発行
令和二年十一月二十五日　百五刷
令和四年四月一日　新版発行
令和六年六月五日　三刷

著者　川《かわ》端《ばた》康《やす》成《なり》
発行者　佐藤隆信
発行所　株式会社　新潮社
郵便番号　一六二―八七一一
東京都新宿区矢来町七一
電話　編集部(〇三)三二六六―五四四〇
　　　読者係(〇三)三二六六―五一一一
https://www.shinchosha.co.jp

印刷・錦明印刷株式会社　製本・錦明印刷株式会社

ISBN978-4-10-100242-2　C0193